ハヤカワ・ミステリ文庫
〈HM(104)-33〉

コールド・リバー

〔下〕

サラ・パレツキー
山本やよい訳

早川書房
9035

OVERBOARD

by

Sara Paretsky

Translated by
Yayoi Yamamoto
First published 2024 in Japan by
HAYAKAWA PUBLISHING, INC.
This book is published in Japan by
arrangement with
SARA AND TWO C-DOGS INC.
c/o DOMINICK ABEL LITERARY AGENCY, INC.
through THE ENGLISH AGENCY (JAPAN) LTD.

目次

コールド・リバー
〔下〕

登場人物

V・I・ウォーショースキー……私立探偵
ミスタ・コントレーラス…………V・Iの隣人
ミッチとペピー……………………愛犬
ロティ・ハーシェル………………V・Iの友人。医師
ヤン・カーダール…………………ベス・イスラエル病院の清掃員
エミリオ・パリエンテ……………シナゴーグの信者
イローナ・パリエンテ……………エミリオの妻
イシュトヴァン・レイト…………同信者。弁護士
エステッラ・カラブロ……………同信者。イローナの友人
ロバート・カラブロ………………エステッラの息子
ブレンダン
・〝コーキー〟・ラナガン……〈クロンダイク〉代表取締役
ドニー・リトヴァク………………V・Iのかつての隣人
アシュリー・ブレスラウ…………ドニーの妻
ブランウェル
（ブラッド）・リトヴァク……ドニーとアシュリーの息子
ソニア・ギアリー…………………ドニーの姉
レジナルド（レジー）／グレゴリー……………ドニーの弟
フィンチレー………………………シカゴ市警警部補
レノーラ・ピッツェッロ…………同部長刑事
スコット・コーニー………………シカゴ市警ホーマン・スクエア署警部補
ヴァレンタイン・トンマーゾ……サウス・シカゴのマフィアのボス
タデウシュ
（タッド）・デューダ…………ドニーの幼なじみ
シルヴィア・ジグラー……………グース島にある屋敷の所有者
ガス（オーガスタス三世）
・ジグラー………………………シルヴィアの息子
レイシー……………………………ガスの妻

31　小屋はやさし

悲鳴に叩き起こされた。自分がどこにいるかを忘れていたため、パニック状態で身を起こし、やがて、ここに入るときに使った窓があいているのに気がついた。ふらつきながら立ち上がった。寒いのと水に濡れたのとで、筋肉がガチガチにこわばっている。ひと筋の光がわたしをとらえた。誰かの声が叫んだ。「誰？　ここで何してるの？　こっちには銃があるのよ。遠慮なく撃つからね」

少女の声だ。若くて怯えている。

「あなたが銃を持ってて、撃ちたいんだったら、心臓を狙いなさい」わたしは自分の胸を叩いてみせた。「狙いがはずれたら、わたしは血を流し、熱を出す。じわじわと死んでいく。こんな狭いところでわたしと一緒にいたら、身の毛がよだつでしょうね」

光があちこちに飛んだ。明るいけれど細い光。電話のライトだ。ようやく床が見えるようになった。跳ね橋の歯車装置も見える。大きな歯車が組みあわされ、そこに太い鎖が巻きついている。

この少女を相手にかくれんぼぐらいはできる。たぶん格闘もできるだろう。ただ、そのエネルギーがなく、そういう気にもなれない。ふたたび腰を下ろし、膝を立てて顎につけ、両腕で膝を抱えて待った。

「誰なの？　ここで何してるの？」

「わたしはV・I・ウォーショースキー。ライフルを持った男から逃げるために、川に飛びこんだの。くたくたに疲れてて、今夜は歩いて帰る元気がない。安心して休める場所がほしくて、この橋守小屋に入りこんだの。今度はあなたの番よ」

「V・I・ウォーショースキー？」少女が叫んだ。

「わたしの名前を知ってるの？」

「ニュースで見た。あたしを捜してたんでしょ。つかまえようとしたら、ほんとに撃つからね」

わたしは両手を脇に下げた。「ユルチャ。ジュリア。つかまえるつもりはないわ。あなたを守ってあげたいの」

光が大きく震えた。「どうしてあたしの名前を知ってるの？　おじさ——いえ、誰かが外にいて、あたしをつかまえようと待ち構えてるの？」

「ずっとあなたを捜してたのは事実だけど、それはただ、あなたの身を守りたかったから」疲労のせいで、考えをまとめるのはおろか、言葉を選ぶことすらできなかった。「おじさん夫婦と一緒にいたらあなたの身が危ないってことはわかってるわ。それから、あなたが苦境に立たされてることもわかってる。おばあさんはいま介護ホームに入ってて、おじさん夫妻があなたたち二人を会わせまいとしている。おばあさんの家の地下室にあなたを閉じこめたのはおじさんなの？」

「あたしの家の地下室よ」少女は強い口調で言った。「あたしはあの家でナギーと一緒に暮らしてる。あたしをつかまえるために、ガスおじさんがあなたを雇ったの？」

「わたしは人に雇われてあなたを捜してるんじゃないわ。おばあさんの家に忍びこんだのは、ほかに捜しものがあったからよ。シルヴィア・ジグラーがあなたのおばあさんだなんて、そのときはまだ知らなかった。でね、焦げた臭いが残ってるのに気づいて、台所のドアが焼け焦げてるのを目にしたの。あの地下牢から、あなた、どうやって逃げだしたの？　どうやって火をつけたの？」

少女はずいぶん長いあいだ一人ぼっちで過ごし、恐怖も、わが身に起きたことも、自分の胸にしまいこんできた。疑いと非難の言葉をさらに何分か口にしたあとで、いっきに詳しい話を始めた。すさまじい勢いで言葉があふれでた。

ジュリアを地下室に監禁したのはガスとレイシーだった。ときどきやってきて、グラノーラバーを投げていったが、彼女が逃げだしたあの日は、ドアのチェーンのかけ方がぞんざいだった。ジュリアは横向きでドアからすべりでた。

「地下室から台所に出るドアはロックされてたけど、昔の作業室があって、そこに灯油が置いてあるのはわかってたの。あたしのおじいちゃんのお父さんの時代にはランプに灯油を使ってたって、ナギーが話してくれたから。おじいちゃんのお父さんはなんでもとっておく人だったんだって。古い服も、古い新聞も、古いランプも。だって、ランプは自分のガラス工場で作ってたから。あたし、マッチも見つけたわ。ドアに灯油をかけて火をつけた。ただ、灯油が少しジーンズにかかって、ドアを通り抜けるときに火が移ってしまったの」

「はるか遠くのエヴァンストンとの境にある岩場まで、どうやってたどり着いたの?」

「なんの話だかわからない」ジュリアはふたたび身をこわばらせた。

「うちの犬とわたしがあそこであなたを見つけたのよ」ミッチの活躍を話して聞かせた。

「どういうわけで、家からあんなに遠いところにいたの?」

さらにこちらから促す必要があったが、ようやく残りを聞きだすことができた。ジュリアは〈アークエンジェル〉の介護ホームへ行ってシルヴィアに会うつもりだったのだ。

「ナギーは転倒して腰の骨を折ったの。ただ、あたしはおじさんとおばさんに階段から突き落とされたんだと思ってる。あの日、あたしは自転車で出かけたの。おじさんとおばさんが家に来るってわかってたから、二人のそばにはいたくなかった。あの二人、あたしたちの家を狙ってるのよ。ナギーのことが大嫌いで、失礼な態度をとるのよね。ガスおじさんにとってはお母さんなのに。そして、あたしの母のお母さんなの。

あの日、家に帰ったとき、一月だったけど雪は降ってなくて、だから自転車で出かけたんだけど、とにかく、ナギーが床に倒れてた。ほとんど意識がなかった。あたしが九一一に電話したあとで、ガスおじさんがやってきて、いま来たばっかりみたいな顔をしたの。なんと恐ろしい事故だ、どうして床に倒れたきりなんだ、一人暮らしはもう無理だし、おまえだけでは面倒をみきれないという証拠じゃないか、って言うのよ。おじさんは裁判官やお医者さんやいろんな人にそう言った。ナギーのことを心配してるような顔でね。ほんとは死んでほしいくせに」

祖母が病院へ運ばれたあと――「ガスおじさんが聖ヘレナへ運ぶようにって言ったの。レイシーおばさんが働いてる病院よ。もっと近い病院へ運んだほうがずっとよかったのに」――ジュリアはグース島の屋敷に残ろうとした。

「あたしの家でもあるんだし。ナギーは自分が死んだら屋敷はあたしに譲るって言ってるから、ガスおじさんはめちゃめちゃ頭にきてる。息子の自分がもらうのが当然だと思ってるの。ただ、ガスおじさんは昔、何か恐ろしいことをしたみたい――何をしたのか、あたし、詳しいことは知らないけど、何かやったのはたしかよ。あたしが生まれる前の話。おじさんがあたしのお父さんに借りたお金のことで何かあったみたい」

ガスとレイシーはジュリアの父親が強制送還されたと言っていた。ガスが彼にお金を借りていたこととどう関係するのか、わたしにはわからないが、その質問でジュリアの話を脱線させるわけにはいかない。

「とにかく、ガスおじさんは何か特別な法律の書類を手に入れて――ほら、ブリトニー・スピアーズのお父さんがやったみたいに――で、その書類のおかげでうちのガスと電気を止めることができて、家はもちろん氷山みたいになってしまった。暖房がなくても、あたしは家に残りたかった。毛布がどっさりあるし。でも、家庭裁判所の裁判官から、おじさんの家へ移るよう命令されたの。おじさんとおばさんは人間の屑だって裁判官に言ってやった。そしたら、その裁判官、態度を改めて規律を守る必要があるってあたしに言うのよ」

ジュリアはしばらく黙りこみ、そのときの怒りを思いだしていた。「あたしは何回も逃げだして、ガスおじさんはそのたびに、のろまな警官たちにあたしを連れ戻させた。おじさんとレイシーおばさんはナギーから家をとりあげようとしてるの。で、ナギーが頑固に拒否すると、今度は何かの書類にサインするようあたしに言ってきた。おじさんが弁護士からもらった書類で、ナギーが死んだあと、あたしが家の権利を手放すって書いてあるやつ。おじさんたちが言ってたわ――あたしが拒否したら訴えてやるとか、何かひどいことをしてやるって。あたしみたいな手に負えない子供にあの家の管理をまかせても大丈夫だと判断する法廷なんか、どこにもないって」

「だから、二人はあなたを地下室に監禁したの？　書類にサインさせるために？」

「あたし、馬鹿だった」ジュリアは苦々しい口調で言った。「おじさんたちにめちゃめちゃ腹が立ったの！　あのね、どうしてこういうことを知ってるかというと、ある晩、二人が話してるのを聞いたから。レイシーおばさんが、あの子と暮らすのはもう一分だって耐えられない、あなたがあの子の名前をサインすればいいじゃない、そういうのは得意な人でしょって言って、そしたらおじさんが、ナギーの弁護士が異議を申し立てる、こっちには前科があるからって言って、そしたらレイシーおばさんが、ナギーがサインせずに死んでしまったらどうするのよって言ったの。そこで、あたしを訴えてやるとか、手に負えない子供だとかって、ガスおじさんが言いだしたわけ。

だから、あたし、部屋に駆けこんで言ってやった——おじさんたちの言うとおりよ。ナギーの書類は弁護士さんが全部預かってる。おじさんがどんなにひどい落ちこぼれで、犯罪者で、むかつくやつかを証明する品をナギーが持ってる。そして、貴重品箱に入れて誰にも手の出せないところにしまってある、って。そのときよ。二人があたしを地下室に監禁したのは。飢えさせて、貴重品箱の場所を白状させようとしたの」

「おばあさんはその箱を銀行の貸金庫に預けてたの？」

「ううん、銀行じゃない。弁護士さんが貴重品箱を保管してくれてる。でも、ナギーは救急車で運ばれるときに、箱の鍵がどこにあるか教えてくれた。ガスおじさんとレイシーおばさんは鍵を見つけようとして、書類やなんかを片っ端から調べはじめた。その音が聞こえたから、あたし、百万年たっても見つかりっこないって二人に言ってやったの。ほんとに馬鹿だった。あたしが鍵を持ってることがばれちゃったんだもん！」

「持ってるの？」

「あたし——」ジュリアは口ごもった。「あの家にはないわ。おじさんたちが書類の詰まった箱をひとつ残らずあけても、大おじいちゃんの工具箱をひとつ残らず調べても、ぜったい見つからない」

ジュリアは鍵についてそれ以上何も言おうとしなかった。「もうしゃべりすぎちゃった。あなたがほんとはおじさんとおばさんに頼まれて動いてるとしたら?」と言った。

わたしは話題を変えた。「あなたのサインを偽造したら、おばあさんの弁護士さんが異議を申し立てるだろうって、ガスが言ったわけね。前にもそういうことをしたような言い方だったのね」

「つまり、おじさんがほかの誰かの名前をサインしたって意味? 例えば、ナギーの名前とか?」ジュリアはしばらく考えこんだ。「おじさんがギャンブルですごい借金を作ったことは知ってる。おじさんとレイシーがうちに来るたびに、おじさんとナギーが喧嘩してた」

「だから、おじさんはあなたのおばあさんに屋敷を売らせて、借金を返すお金を手に入れようと思ったのね。あなたを地下室に監禁したのは、相続の権利を放棄させるため? それとも、鍵をどこに隠したのかを白状させるため?」

「放棄?」ジュリアはわたしの言葉をくりかえした。

「おじさんたちがあなたにサインさせようとした書類は、あなたが相続する可能性のある屋敷を捨てさせようとするものだわ」

「どういう意味? 〝可能性〟って」ジュリアはふたたび強い口調になった。「ナギーがあたしに遺してくれるのよ。百回もそう言ったわ」

「じゃ、きっとそうね」〝とらぬタヌキの皮算用〟という言葉を言って聞かせても始まらない。「だから二人はあなたを地下室に監禁したけど、あなたはタフだし、頭のまわる子だわ。うまく逃げだすことができた」

「ほんとは死ぬかと思った。でも、ナギーがあたしの年だったときにロシア軍の戦車に立ち向かったって話を何度も思いだして、おなかがすいて死にそうでも、おじさんたちが差しだす書類にはぜったいサインしなかった。

火をつけて逃げだしたあの日、ヒッチハイクで介護ホームまで行ったの。ナギーに会って一緒に逃げるつもりだった。でも、介護ホームの人がどうしても会わせてくれないの。必死に頼みこんだけど、だまされてしまった。ホームの人たち、面会を許可していいかどうか上の人に相談してくるってあたしに思わせといて、じつはガスおじさんに電話したのよ。

おじさんが来てあたしをつかまえようとしたから、走って逃げて、ちょうどホームを出ようとしてたトラックの荷台に飛び乗ったの。そして、トラックが湖まで行ったとき、荷台から飛び降りて岩場を下りたのよ」

ジュリアは電話のライトを消した。暗いなかで続く彼女の話には、子供っぽい響きと、あまりにも多くのことを経験してきた者の大人びた響きが、奇妙に混ざりあっていた。

「勇敢な子ね」わたしは言った。「あなたとおばあさんがこの難局を乗り越えられるよう、わたしも全力で応援するわ。病院から逃げだしたあと、ここに来たの？　この橋守小屋に？　どうして小屋のことを知ってたの？」

「あたしのおじいちゃんが、ナギーの夫だった人が、子供のころよくここで遊んだんだって。あたしが生まれる前に死んじゃったけど、ママが死ぬ前によく話してくれたわ。ママも小さなときにここで遊んでたそうよ。でも、ガスおじさんが来たことは一度もなかったって。だから、ここはいつもあたしの秘密の場所だった。あなたはどうして小屋のことを知ったの？　やっぱり、あたしをスパイしてたの？」

「あなたがここにいるなんて知らなかった。あなたがここに入りこめることすら知らなかった。わたしは警察から身を隠そうとして必死だったの。しつこく追ってくるんだもの。わたしを追えばあなたの居所がわかると警察は思ってるみたい。今夜、おばあさんの屋敷の外で誰かがわたしを撃とうとしたわ」

「あれ、あなただったの？　あたし、ここで上の階の窓から家を見張ってたのよ。人が二人入ってくのが見えて、次に、兵士みたいな格好の男たちが入ってってって、それから誰かを撃って川に突き落とした」

「それがわたし。向こうが撃ってきたから、川に飛びこんだの。まだ服が濡れてて汚れたままだわ。電話を貸してもらえると、すごくありがたいんだけど。警察を呼ぶためじゃなくて、無事でいることを、わたしのことを心配してる隣人に知らせたいの」

ジュリアは渋った。その気持ちはよくわかるが、わたしは説得力を総動員した。「わたしが警察と話してるのが聞こえたら、わたしを撃っていいから」

ジュリアは躊躇（ちゅうちょ）した。「ほんとは銃なんて持ってない」

「やっぱりね。でも、正直なところ、警察に電話する気はないのよ」

ジュリアはようやく暗いなかで近づいてきた。電話のライトを上に向けて、生気にあふれた細面の顔をわたしに見せた。わたしは電話をかけ、無事でいるが疲労困憊で今夜はもう一歩も動けそうにないことを、心配のあまり半狂乱だった隣人に告げた。マリからも老人に電話があり、わたしが無事に帰っているといいが、と言ったそうだ。そこで隣人は怒りを爆発させた。「あれはそういう男だ、クッキーちゃん。新聞のスクープをものにすることしか頭になくて、あんたが溺れようがどうしようが気にもしとらん」

ミスタ・コントレーラスはわたしのマスタングを運転して、いますぐわたしを迎えに行くと言ったが、わたしのほうはジュリアを一人で残していきたくなかった。それに、さんざんな一夜を送ったあとに、暗いなかで橋守小屋の窓から出て川岸に下りるなんてごめんだった。朝になったら連絡すると老人に言った。

電話を切ったあとで、写真のアイコンをタップした。鳶色の豊かな髪を背中に垂らした女性の写真があった。男性が彼女を抱きしめ、カールした髪に顔をうずめている。アシュリー・ブレスラウの髪だ。男性のほうは、カールした濃い色の髪とたくましい僧帽筋しか写っていない。

32　わたしのカップがあふれる

「あなたの電話だと思ってた！」わたしは叫んだ。「これ、ブラッド・リトヴァクのじゃない」

「あたしのはレイシーおばさんに叩きつぶされたの。契約も解除されてしまったから、電話はもう使えない。ブラッド・リトヴァクなんて名前、聞いたこともないわ。あたしが勝手に使ったっていいでしょ」

「一昨日の晩、川に落ちた子よ。おばあさんの屋敷の窓越しに自分のお母さんを見張ってたの」

「それがなんなの？　うちの庭に電話を落としてったのよ。だったら、あたしのだわ。見つけた者勝ち」

「落ちてたのが一ドル札なら、そうかもしれない。でも、電話は持ち主の名前で登録されてるのよ。リトヴァク家では電話の紛失届をまだ出してないようね。出してれば、電話は使えなくなってるはずだから。でも、それだけじゃなくて、通信会社のほうで電話の位置を正確に突き止めることができるのよ。通信会社はその情報を官憲当局にすぐさま通報するでしょう。いまにもそうなる危険があるわ。わたし、疲れ果てて動く元気もないけど、コーニーっていう極悪警部補がわたしを射殺しにくるのを袋のネズミみたいにここで待つなんてまっぴら。一緒に来るか、ここに残るか、自分で決めて。でも、わたしは行くわよ」

靴とソックスを見つけてはきはじめた。両足とも傷だらけでヒリヒリしていた。熱い湯に浸してもらい、塗り薬をすりこんでもらうのを待っていた。濡れた靴とソックスをはかされるのも、橋守小屋の外に出てまたしても階段をのぼらされるのもいやがっていた。

「おばあさんの貴重品箱の鍵のことだけど。警察がここに入ってきて捜索したら、あなたがいくら注意深く隠してたとしても、見つかってしまうわ。わたしに預けてくれたら、安全に保管しておくって約束する」

「あたしが鍵をどうしようと、あなたには関係ないわ」ジュリアは強い口調で言った。

こちらに鍵を渡すよう、わたしがさらに迫ると、ジュリアは神経をたかぶらせた。そこで、鍵の話題にはもう触れないことにしたが、一緒に来るようあらためてジュリアを急き立てた。彼女から返ってきたのは、〝偉そうにしないでよ〟という言葉だけだった。

闇にようやく目が慣れて、窓が見分けられるようになった。石壁にやや明るめの長方形がいくつか見える。ジュリアとわたしが使った窓を見つけて、サッシを押し上げ、動きの鈍い足先をふたたび分厚い窓枠にのせた。窓枠をまたいで、金属製の階段の手すりをつかんだ。ヒヤッとするその一瞬、下に広がる水面と、先端が尖った緩衝材がわりの丸太を見て身がすくんだが、やがて、階段にどうにか足が届いた。

震える脚で階段をのぼりはじめた。一段のぼって、停止して、休む。もう一段のぼって停止。休む。歩道の高さまでのぼったとき、ジュリアが追いついてきた。

「袋のネズミになってガスおじさんを待つのはいや」小声で言った。「庭で見つけた場所に電話を戻しておくわ」

「それでも、警察はここまで追ってくるわよ。電話があった場所はすべて向こうに知られてるから。川に捨てなさい。ただ、あなたの隠れ家が安全じゃないことは覚えておいて」

橋守小屋の最上部にたどり着いた。へとへとに疲れた脚をひきずって石造りの小屋の向こう側に出た。橋の欄干へ。通りへ。ジュリアもついてきた。

「これからどうするの？」ジュリアが声をひそめた。

「電話を捨てなさい。いやなら、わたしから離れて」

何台もの車のライトに照らされて、ジュリアの顔が見えた。空腹と苦悩で表情が虚ろだ。

口を尖らせたが、ジーンズから電話をとりだし、欄干から投げ捨てた。

「さて、少し休んで温まらなくては」わたしが一人きりだったら、疲れた身体に鞭打ってアパートメントまでの三マイルを歩きとおしたことだろう。だが、ジュリアの細い身体を見て、そんな強行軍は無理だと気がついた。

お金もスマートフォンもないとなると、選択肢は限定される。連絡道路を通ってジュリアの祖母の屋敷まで行った。ブラッドの電話を使ったときに時刻をたしかめておいた。午前三時過ぎだった。

二人とも疲れ果てていて、ゆっくり、慎重に動いたが、追手の連中はまだ監視場所を離れていなかった。ジュリアは庭を抜けて屋敷に入る道を知っていた。鬱蒼たる茂みの奥なので、そこにドアがあることは誰にもわからない。

「昔、使用人がどっさりいたころ、届いた荷物を台所に運びこむのに使ったドアだそうよ」ジュリアが説明した。「ナギーの話だと、料理人がこのドアから外に出ると、はしけの荷物が料理人の足元に下ろされたんだって」

わたしたちは足音を忍ばせて二階に上がった。おじのガスが屋敷の電気とガスをすでに止めていたが、水道はいまも使うことができた。わたしは冷水の蛇口の下でありがたく水を浴び、シルヴィア・ジグラーのクロゼットで暖かな服を何枚か見つけた。自分のベッドにすわりこんだジュリアを毛布でくるみ、シルヴィアのベッドからも毛布を持ってきた。そうすればジュリアのそばの床で番ができる。誰かが追ってきた場合を考えて、ジュリアを一人にしておきたくなかった。

「食事はどうしてたの？」ジュリアに訊いた。

逃亡してから数日のあいだに朝食用のシリアルを食べつくしてしまい、あとは食料貯蔵室の缶詰を食べていたという。冷たいスープ、冷たい豆、茹でてないマカロニ。「あたし、あのね、真夜中にここに着いたの。その時間だったら、川の向かいのセメント工場で働いてる人たちに姿を見られる心配も、ガスおじさんがうろついてる心配もないでしょ。だけど、橋守小屋に隠れることにしたの。そんなところをのぞこうなんて誰も思わないから。電話があそこにあったって、小屋に入りこんであたしを見つけるのは無理だったはずよ」

わたしは反論を差し控え、ジュリアが眠りに落ちたように見えるまでベッドの上にすわっていた。ジュリアの脚の火傷が気になるが、暗いなかではなんの手当もできない。

毛布で作った繭のなかに横たわり、眠りこんだが、無意識の世界へ漂っていく気になれなくて、浅い眠りだった。部屋にあふれる光で目をさました。何時なのかまったくわからなかったが、目がシクシクして、手足が疼いていることからすると、長く寝たわけではなさそうだった。

毛布をシルヴィアのベッドへ返しに行った。彼女の部屋から川と橋が見渡せる。橋守小屋の周囲を警官がうろついているのが見えた。

ジュリアのベッドに戻った。彼女は熟睡していた。わたしはシルヴィアのソックスと自分の濡れた靴をはいた。シルヴィアはわたしより小柄なようで、借りたパンツはジッパーがちゃんと閉まらなかったが、自分の汚れた服を着るよりはましだった。ジーンズのポケットからわたしの家の鍵と七ドルをとりだし、シルヴィアのジャケットに突っこんだ。ピッキングツールも見つかった。ゆうべ、ジグラー家の窓の掛け金をはずしたあとでジーンズのポケットに入れておいたことをすっかり忘れていたのだ。失っていなかったとわかってホッとした。

階段を下りる途中でジュリアが目をさました。機嫌が悪くて、わたしと一緒に行くのをいやがった。

「ベイビー、いまは警官が橋守小屋のまわりにうようよいるのよ。あなたをここに残していったら、あなたは警官に見つかってガスのところへ送られ、またしてもあなたのドラマが始まってしまう」

ジュリアは警察が橋守小屋を調べおえるまで自分は庭に隠れていれば大丈夫だと反論しようとしたが、わたしの助けを求めているのは明らかだった。靴をはき、祖母のセーターの一枚をはおり、わたしに支えられて庭を通り抜けた。

わたしたちは敷地の西端から離れないように進み――そうすれば、橋からも、川の東側に立ち並ぶコンドミニアムからも見られずにすむ――ホールステッド通りに出るための連絡道路を通った。デューダの工場の中庭や、もっと北にある工場の中庭から出てきた何台ものコンクリートミキサー車が橋のところで赤信号にひっかかっている。それを見て、まだ早い時刻なのだと気がついた。どの車もいまから工事現場へ出かけるところなのだ。

ホールステッド通りでタクシーをつかまえた。運転手がマスクの束を用意していた。無言でこちらに二枚よこした。ダッシュボードの時計は七時半を告げていた。

わが家は安全ではないかもしれない、コーニーが見張っているかもしれないという不安はあったが、タクシー代を払うには家に入ってお金をとってくるしかなかった。結局、襲ってきた者はいなかった。待っていてほしいとわたしが言うと、運転手は悪態をついた。でも、タクシー代はほしいはずだ。

わたしたちの足音をミッチとペピーが聞きつけた。ジュリアの匂いにも気づいたようだ。なぜなら、吠えるかわりに、二匹そろってキュンキュン鳴きだしたからだ。鳴きやまないため、ミスタ・コントレーラスも起きてしまった。ドアをあけると、ミッチとペピーはジュリアに駆けよった。わたしにも少しだけ注意を向けてくれた。ミスタ・コントレーラスがジュリアの世話を焼きはじめたところで、わたしは三階まで駆け上がってタクシー代が払えるだけのお金をとってきた。寝室の鏡に映った自分の姿がちらっと見えた。川に飛びこんだせいで、額が泥で汚れ、髪ときたら、頭にスチールたわしを貼りつけたみたいだ。ジッパーの閉まらないパンツから腹部が五インチほど見えている。タクシーがわたしたちを乗せてくれたのが奇跡だ。メーターの金額に五ドル足して支払った。

「二人ともお風呂が必要だわ」ジュリアと台所にいて、フレンチトーストを作ろうとしていたミスタ・コントレーラスに、わたしは言った。「それから、このお嬢さんは脚の火傷の手当が必要なの」

「食うもんも必要だぞ、嬢ちゃん。数学の教授でなくたって、こういうガリガリの子の肋骨を数えることはできる」

同意せざるをえなかった。老人がパンをフライパンで焼きはじめると、ジュリアの目が空腹を訴え、口からよだれが垂れた。

わたしは上の階へ戻る前にブラッドのことを尋ねた。老人の話では、いまもここにいて、いまも熟睡中だという。ミスタ・コントレーラスとわたしは、家出したティーンのための施設としてここを正式に登録すべきかもしれない。

「ゆうべ、あの子の父親がまたやってきた」ミスタ・コントレーラスは言った。「息子との仲を修復したいんだろうと、わしゃ期待したんだが、親子喧嘩になっちまって、父親はいつものようにプリプリして出ていった」

ドニー・リトヴァクというのは息をするときも、自分が吸う酸素量を増やすために誰かと喧嘩せずにはいられない人間だが、わたしが思うに、ゆうべの親子喧嘩は、ブラッドが昨日の午前中に家族から逃げだす原因となった口論の続きだったのではないだろうか。二人は大声で口論していたそうだが、残念ながら、ミスタ・コントレーラスにはわずかな言葉しか聞きとれなかった。

わたしはフレンチトーストにシロップをたっぷりかけるジュリアを残して上の階へ行き、シカゴ川の水を髪から洗い流した。片手で足をマッサージするあいだに、電話に残されたメッセージをスクロールしていった。ガス・ジグラーから全部で七件の連絡が入っていた。音声メッセージがいくつかと、メールがいくつか。そのほとんどが、わたしが〈アークエンジェル〉へ出かけて彼の母親の健康状態を探ろうとしたのはなぜなのかと尋ねていた。

最後のメッセージは二十分前だった。〝警察がおふくろの家を調べたところ、ジュリアがそこにいた形跡があちこちにあり、大人も一緒で、その大人は汚れた衣類を置いてったそうだ。それがあんたなら、説明してもらいたいことがたくさんある〟

ピッツェッロ部長刑事からも電話が入っていた。〝〈シャール・ハショマイム〉の向かいのクリーニング店から、泥棒に入られたという通報があったわ。何者かが洗濯前の衣類でぎっしりのカートを二台盗んでったそうよ。それに関して何か知らない?〃

マリはわたしが川に飛びこんだあとどうなったかを知りたがっていた。そして、あのあと彼がどうしたかをわたしに報告したがっていた。

ロティはわたしが無事かどうかを知りたがっていた。マックス・ラーヴェンタールは、わたしが昨日の午後ウォレン公園で身元確認をおこなった女性のことで話があると言っていた。あれって昨日の午後のことだったの? わたしにはもう近づけないどこかの宇宙で起きたことのような気がする。

ガスのメッセージがいちばん物騒だった。早く行動に移って、ジュリアをもっと安全に隠しておける場所を見つけなくてはならない。破れてしまった脚の水ぶくれに傷テープを貼り、清潔なソックスと靴をはき、サイズの合った服に着替えて、リュックに荷物を詰めた。ソックスの替えと包帯、ペットボトルの水二本、チーズサンドイッチも入れておいた。一日じゅう動きつづけることになった場合のために、食料だけは確保しておかないと。スマートフォンも持ったが、電波を遮断するためにアルミ箔で包んでおいた。

一階に下りてフルーツスムージーとトリプルエスプレッソを飲み、ジュリアをここに置いておけない理由を彼女とミスタ・コントレーラスに説明した。

「あたし、どこへも行かない」ジュリアは言った。「ミッチが泣くから。それに、サルおじさんが守ってくれるし」

ジュリアは床にすわっていた。ミッチが彼女の左膝に寝そべり、大きな頭を膝に埋めている。ペピーは右膝のほうへ押しやられている。二匹とも泣くに決まっている。

「それに、お風呂に入って清潔な服を着るまでどこへも行けない。ナプキンも必要なの」

「わしのこの家にいればいい」わが隣人が言った。「風呂ならうちにもあるし、ナプキンぐらい何枚でも使えばいい」

「生理なの」少女は言った。「けさから始まっちゃった」

わが隣人の顔がかすかな赤紫色に染まった。ルノワールが羨みそうな色彩だ。ジュリアはクスッと笑った。

「ナプキンならわたしが用意するわ」わたしは言った。「でも、コーニー警部補が今日ここに押しかけてくるのは間違いない。この子のおじさんのガスも。いまこの瞬間、こちらに向かってるかもしれない」

「令状なしでコーニーがここに入ることはできん」ミスタ・コントレーラスが言った。「それに、そのガスってやつにグダグダ言われる理由はない」

承服できなかったが、ジュリアと戦うエネルギーもなかった。とくに、彼女がわが隣人だけでなく二匹の犬まで味方につけてしまったのだから。

「ブラッドには、亡くなった奥さんの妹の孫娘だと言っておいて。この子がここにいるという噂が広まらないようにしてね。わたしは一日じゅう外に出ることになるけど、まずドラッグストアへ行ってジュリアに必要な品を買ってくる」

彼女のほうを向いた。「犬と庭に出るとき以外、外へはぜったい出ないで。いまから言うことを覚えておいて。ブラッドに訊かれたら、この人はあなたのおじさんのサルだって言いなさい。もちろん、ブラッドもサルおじさんって呼んでるけど、あなたに関係を訊いてくる人がいたら、クララの妹の孫娘だって言うのよ。わかった？」

「クララの妹の孫娘？」ジュリアは鼻にしわを寄せた。「どういう人たちなの？」

「サルおじさんが説明してくれるわ」

33　運命のボタン、誰に――どんな運命が？

近所のドラッグストアには基本的な衣類が少し置いてあった。ジュリアが必要としているナプキンと一緒にそれも買った。使い捨て携帯もさらに何台か買った。追手を警戒しつつ、ここまで警戒する必要があるのかどうかわからないまま、歩いて家に帰った。

建物が監視されている様子はなかったが、ドローンの開発が進んでいるこの時代、何も気づかないまま何百もの目に監視されている可能性もある。例えば、レジー・リトヴァクが〈メターゴン〉で開発を担当しているようなドローンとか。アメリカ全土の法執行機関が国民を監視するために採用しているスティングレイとか。ラシーヌ・アヴェニューの真ん中に立って空を見上げたが、目に入ったのは、ハトと、スズメと、正体不明のフワフワしたものだけだった。

ジュリアが犬と一緒に居間の床に寝そべっていた。ナプキンと衣類の入った袋を彼女に渡し、着替えができるように、三階のわたしの住まいへ連れていった。ミッチとペピーもついてきた。ジュリアがお風呂に入っているあいだにブラッドと話をしようと思い、ミスタ・コントレーラスのところに戻った。

「サルおじさんから聞いたんだけど、ゆうべ、お父さんがここに来て、きみと喧嘩になったんですって？　きみがここに泊まるのをお父さんは認めてたはずじゃなかった？」

「そのことじゃないんだ」ブラッドは台所にいて、五枚目のフレンチトーストを食べおえるところだった。「父さんはぼくがほんとにレジーおじさんの設計図を盗んで、電話にダウンロードしたんじゃないかと疑ってた。電話を見せろと父さんが言うから、ぼく、川に落としたって白状するしかなかった。そしたら、父さんがカッとなって、親のことを金のなる木だと思ってるのか、何百ドルもするスマートフォンを捨てちまうなんて、って言いだしたんだ。とにかく、その電話は父さんがもちろん解約するって言ってたから、ぼくが新しいのを手に入れても、契約代金を払う方法を見つけないと電話は使えない」

ブラッドはフォークを置き、しかめっ面で皿を見つめた。「何か仕事を見つけなきゃいけないのはわかってるけど、どうすれば見つけられるの？　どこで暮らせばいいかもわからないのに」

「それについては、いまのゴタゴタが片づいてから悩めばいいわ」わたしはブラッドに言って聞かせた。「でも、片づけるのにすごく手間のかかるゴタゴタだから、ひとつずつゆっくりやっていこうね。使い捨て携帯を渡してあげる。安く買えるけど、なぜかというと、アプリもオプション機能もついてないからよ。それはともかく、きみの電話はジュリア・ジグラーが見つけたわ。きみがお母さんの姿を見た屋敷は、じつはジュリアのおばあさんのものなの。電話は川じゃなくて庭に落ちてた。わたし、きみのお母さんと抱きあってた男性の写真を見たけど、見えたのは背中だけ。今日、お母さんと話をして、相手が誰なのか聞きだそうと思ってる」

ブラッドは電話を返してほしいと言い、捨てたとわたしが答えると怒りだした。

わたしは謝ったが、こう告げた。「警察が電話の信号を追えば、まっすぐわたしのところにたどり着くだろうから、わたしとしては、しばらく警察を出し抜く必要があったの」

ジュリアの様子を見にわたしの住まいに戻ると、まだ浴槽に浸かっていた。ミッチがそばで伏せをしていた。わたしを見るとしっぽをふったが、立つ気はなさそうだった。

「火傷したところを見せてくれない？」わたしはドアのところから尋ねた。「順調に治ってるかどうか確認したいの。治ってなかったら、抗生剤入りの軟膏を買ってこないと」

ジュリアはわたしに向かって疑わしげに顔をしかめたが、ようやく浴室に入れてくれた。ミッチが起きあがり、わたしとジュリアの脚のあいだに頭を割りこませようとした。ジュリアを護衛するつもりなのは明らかだ。

火傷痕にかさぶたができつつあるのを見てホッとした。救急箱のなかをかきまわしてビタミンE入りの軟膏をとりだした。「お風呂から出て身体を拭いたら、これをすりこんでおくのよ。わかった？　わたしがやってあげてもいいし」

ジュリアはうなずいた。

「おばあさんの貴重品箱の鍵がどこにあるのか、ゆうべは教えたくないって言ったわね。そろそろわたしを信用する気になった？」

ジュリアはさらにひどいしかめっ面になり、顔を背けた。「鍵はナギーの弁護士さんのところじゃないわ。ジャケットのなかに隠したの。ほら、あの女の人が――あ、あなただったわね。あなたが着せかけてくれたジャケットに。ただ、そのことを忘れてた。あわてて病院を抜けだしたから、ジャケットを置いてってしまったの。なんでそんなにドジなんだろう」

わたしはめまいの波に襲われた。ジャケット。ひと晩じゅうあたふた走りまわっていたせいで、ジャケットのことをすっかり忘れていた。シナゴーグの扉の郵便受けに押しこんでおいたのだ。ミスタ・パリエンテとお仲間はまだシナゴーグにいるだろうか？

それから、クリーニング店に泥棒が入った件。ピッツェッロ部長刑事から、そのことで何か知らないかと尋ねられた。一時間前は何も知らなかったわ、部長刑事さん、でも、いまは知っている。

「ドジじゃないわ、ベイビー」わたしは言った。「命の危険を感じたんだもの。ジャケットとか、鍵とか、そういういろんなことを思いだすよりも、自分の命を守るほうがずっと重要よ。おばあさんがどんな屋敷やその他の品よりあなたの命を大切にしてたことは、あなたにもわかるでしょ?」

ジュリアは洗面用のタオルで涙を拭こうとしながらうなずいた。浴槽の縁から身を乗りだしたミッチに顔をなめられて、立ち上がった。

わたしは清潔なタオルを渡して浴室を出た。ジュリアがわたしのフェイスクリームを塗るあいだ、いますぐシナゴーグに駆けつけたいという苛立ちを抑えながら、彼女の着替えが終わるのを待った。ジュリアは犬と一緒にわたしのアパートメントでじっとしていたいと言ったが、そんなことを許すわけにはいかなかった。何者かがわたしを捜していれば、ここにやってくるはずだ。ジュリア一人を残していって悪党と対峙させるなんてことはできない。買ったばかりの使い捨て携帯をジュリアとブラッドに一台ずつ渡した。

「最後にもうひとつ」ミスタ・コントレーラスの住まいを出るときに、わたしは言った。「あなたが病院から逃げだした理由を、わたし、一度も訊いてないわね。ほんとは脚の火傷が治るまで入院してなきゃいけなかったのよ。あなたに質問しに来た男って誰だったの？　あなたが怯えて病院を逃げだすなんて、男に何を言われたの？」

「誰なのか知らない」ジュリアは声を震わせ、ミッチの首筋に指を埋めた。ミッチはたじろいだが、逃げはしなかった。「最初、その人があたしにハンガリー語で質問しようとしたから変だと思ったの。あたしはハンガリー語なんて単語十個ぐらいしか理解できないのに、清掃員の人はしどろもどろでハンガリー語をしゃべってた。この人、ハンガリー語をあんまり覚えてないんだと思って、あたし、たぶん笑顔になるとか、そんなようなことをしたんだと思う。それで、もう一人の男はあたしがまわりの状況を理解してることに気づいたみたい」

ふたたびジュリアの涙がこぼれ落ちた。「ナギーのことを持ちだして脅迫してきたの。箱の鍵を渡さなかったら、ナギーが生きて介護ホームを出られないようにしてやるって。それであたしは逃げだした。ジャケットは病室に忘れていった。心の奥で思ってたのかもしれない――ジャケットはあの男に見つけさせればいい、そしたらナギーの身は安全だ、って」

「もういい、嬢ちゃん、もういい」ミスタ・コントレーラスがわたしに向かって言いながら、いつも持ち歩いている大判のハンカチをジュリアに手渡した。「このギャルをこれ以上苦しめる必要はない。蛆虫どもをやっつけて、この子が悪夢にうなされずにすむようにしてもらいたいが、この子の頭をガンガン叩くのはやめておけ」

わたしは少しのあいだだけしゃがんで、ジュリアの顔を正面から見た。「あなたはとっても勇敢に、冷静に行動したわ。この世で独りぼっちだったときに、おばあさんを守ろうとして立ち上がった。わたしはいまから、サルおじさんに言われたように、全力を上げて蛆虫どもを見つけだし、あなたの人生から追い払ってあげる。あなたは自分のすべきことをなさい。家のなかでじっとしてるのよ。ドアの呼鈴が鳴っても、窓からのぞいたりしてはだめ。いいわね？」

ジュリアは弱々しい笑みを浮かべてうなずいた。わたしは出発した。シカゴのジャンヌ・ダルク、祖母を本来いるべき場所に、自宅に帰すために。〈アークエンジェル〉の記憶ケアユニットに囚われの身となった重圧で、祖母がじっさいに認知症を発症しているのなら、ロティに頼んで在宅ケアが受けられるようにしてもらおう。

もし誰がドラゴンなのかを突き止めることができれば。〈シャール・ハショマイム〉とクリーニング店へ行くため、車でウェスト・ラント・アヴェニューへ向かった。シナゴーグは無事だった。それだけでもありがたい。ジュリアのことと、川で消耗した体力をとりもどすことで頭がいっぱいだったので、パリエンテ夫妻の力になることを忘れていた。シナゴーグの入口に設置した防犯カメラが作動しないことを忘れていた。それに、軒先に残ったカメラから送られてくる映像のチェックも怠っていた。

シナゴーグの向かいのクリーニング店を見ると、割れた窓に板が打ちつけてあった。となりの建物の戸口では、ホームレスのオリーヴがタオルと毛布の山に埋もれて眠っていた。頭のところにブランデーの空き壜がころがっている。わたしがゆうべ彼女のために買った十八ドルのレミーマルタンの一パイントボトルではなく、汚れたバケツに古い靴を入れて醸造したような酒の七五〇ミリリットルボトルだ。いくら身体が大量の酒になじんでいても、長時間眠らないことには酔いがさめないだろう。

オリーヴをじっと見ながら、ゆうべの出来事を頭のなかで再現した。オリーヴはわたしが赤いジャケットを持ってクリーニング店に入るのを見ていた。ジャケットを持たずに出てきたと思いこんだ。わたしが丸めてバッグに入れていたからだ。〈シャール・ハショマイム〉の扉の郵便受けに無理やりジャケットを押しこむところを、オリーヴは見ていない。もし見ていたら、安酒を買ってくれた相手にその話をし、相手はシナゴーグに押し入っていただろう。

クリーニング店のドアに手書きのお知らせが出ていた。〝窓ガラスの破損により本日休業〟と書いてあった。板の隙間からのぞいてみた。明かりがついていて、動くものがおぼろげに見えた。アルミ箔に包んでおいたスマートフォンをとりだし、クリーニング店の番号にかけた。すぐ留守電に切り替わった。こちらの名前を名乗り、ラーナ・ジャーディンが泥棒事件に関して話をしたいなら、わたしはあと何分かこのあたりにいるというメッセージを残した。

〈シャール・ハショマイム〉の朝の礼拝が終わる時刻にはもう遅すぎたが、通りの先のパン屋へ行ってみると、ミスタ・パリエンテと仲間がいて、表の歩道のテーブルでポピーシードケーキを食べていた。

「知ってるかね？」ミスタ・パリエンテが立ち上がって大声で言った。

「何を？」わたしは訊いた。「シナゴーグがまた襲われたの？」

「まさにそういう気持ちだ。ちょうどその話をしておったところでな――いったいどうすればいいのやら」

シナゴーグのなかにわたしのジャケットが落ちていたことを言っているのだと思い、説明しようとしたとき、ミスタ・パリエンテが上着のポケットから書類をとりだした。

昨日実施された建築検査の報告書だった。次のような内容だった。ボイラーが旧式のため、建物内に一酸化炭素が漏出。女性専用のバルコニーへ行く階段の手すりがぐらついているので、修繕するまでバルコニー席は使用禁止にする必要あり。レンガ壁の一部の損傷により、建物の安全性が疑問視される。報告書の結論として、〈シャール・ハショマイム〉は三十日以内に修繕を完了して再検査を申請すること、それができない場合は建物を永久的に閉鎖する、と述べてあった。

「イシュトヴァンになんとかしてもらおうと思ったんだが」男性の一人が言った。「こいつ、無理だと言うんだ」

「市庁舎とのコネは昔からあまり多くなかったし、いまではゼロになってしまった」そう言ったのは、ほっそりした生真面目な顔と悲しげな目をした小柄な男性だった。「弁護士時代は相続計画と遺言書が専門だった。うちの事務所が不動産の検査に関わらねばならん場合もあったが、それは遺贈物の査定をおこなうためだった。かつての同僚たちに電話してみたが、検査官を買収する方法は知らんそうだ。わたしも知らん。たとえその気があったとしても。

　しかし、なんとも困ったことになったものだ。シナゴーグに入ってみたら、検査官たちが建物内の捜索でもしたのかというような有様だった。祈禱書が乱雑に放りだされていた。聖櫃をあけてみると、律法（トーラー）の巻物が動かされていた」

「冠のうち二点は値打ちものだ」ミスタ・パリエンテが言った。「なのに、連中は持っていかなかった。いったい何を捜していたのか、わしらには理解できん」

「祈禱書や律法は破壊者どものやったことだ！」もう一人の仲間が言った。「とにかく修理しないとな。ただ、その金をどうやって工面したものか。保険の期限が切れてしまって――」絶望のしるしに両手を上げた。

「書類はわしが持ち帰ってイローナに見せてみる」ミスタ・パリエンテが惨めな声で言った。「イローナがロティ先生に見せれば、先生が力になってくれる――だが、手すりを修理するには――それに――見てくれ、バルコニーのゆるんだ床板――ロティ先生が金を貸してくれても、これを三十日で修理できる職人をどうやって見つければいい？　どう思うね――あんた、何かコネは――」

「調べてみるわ、もちろん」わたしは言った。「でも、その検査っていつだったの？　それから、検査官たちはどうやって建物に入ったの？」

男性たちは顔を見合わせ、力なく肩をすくめた。「昨日の朝の礼拝がすんでからだ。それから現在までのあいだのどこかで。わかっているのはそれだけだ。検査官を建物に入れた者は、わしらのなかにはいない。たぶん、勝手に押し入ったんだろう」

「そうとも。そして、女物のジャケットを置いていった。ズタズタに引き裂いて」イシュトヴァン・レイトが言った。「赤いジャケットだ。象徴だろうとわれわれは思った。血の象徴。わが民族の古い血の中傷を非難するものだ」

恥ずかしさでわたしの頬が火照（ほて）った。「うわ、ごめんなさい。それ、わたしのジャケットなの」シナゴーグに設置した防犯カメラが無事かどうかを調べていたとき、警察がやってきてわたしの身体検査をしようとしたことを話した。「けさ、礼拝の前に、あなたに電話するつもりだったけど、ひと晩じゅう警察から逃げる羽目になってしまって。ほんとに、ほんとにごめんなさい。ジャケットのことをすっかり忘れてた。拾い上げたとき、床に何か落ちてなかった？　鍵とか」

男性たちはひそひそと話しあったが、ジャケットを拾ったとき、床には何も落ちていなかったということで、全員の意見が一致した。

「みんなでよく見たんでな」イシュトヴァンが言った。「ふだん、床を見るようなことはないが、エミリオが言ったように、爆弾を仕掛けられたんじゃないかと心配になったのだ。礼拝を始める前に、ここに入りこんだ連中が何も置いていかなかったことを確認した。しかし、検査のせいで――礼拝のあいだじゅう、気もそぞろだった」

「ジャケットがガソリンに浸してあるか、なかに爆弾が隠してあるんだろうと思った」別の男性が言った。「角のゴミバケツに捨ててきた。消防署に電話すべきだとわかってはいたが、検査のせいで、市の機関は信用できん気がした。そしたら、思ったとおりだ。あんたまで警察から逃げまわっていたわけだ」

わたしは床にすわりこんで泣きたくなった。恐怖の時代を生き延びてきたこの老人たちが、いまはアメリカで身の安全を脅かされているように感じていて、その不安をわたしがさらに煽り立ててしまった。

「向かいのあのクリーニング店、知ってるだろう?」男性の一人が言った。「ゆうべ、泥棒に入られた。このシナゴーグを傷つけたのと同じやつだろうか?」

わたしは違うと言おうとした。ジャケットを狙っていた人物のしわざに決まっている。でも、いまのわたしは無知の海を泳いでいるようなものだ。「可能性はあるわね。でも、詳しい事情を知らないから、なんとも言えないわ」

この国全体に陰謀があふれているので、それを増やすのは避けたかった。しかし、探偵仕事というのはそもそも、怪しげなグループによる陰謀を前提として、他人のトラブルを金儲けの道具にするものではないのか?

小走りでシナゴーグに戻り、角のゴミバケツのなかを探った。ついていた。金持ちが捨てたものを拾おうとしてゴミ漁りに来るホームレスの人々より、わたしのほうがひと足早かった。玉子たっぷりの朝食の残りが入った発泡スチロールの箱に、袖の一部がのっていた。箱とポリ袋と新聞とその他のゴミを出して地面に置くと、ジャケットをそれ以上破らずに持ち上げることができた。

光にかざして、ジュリアはいったいどこに鍵を隠すことができたのかと首をひねった。

斜子織りの生地そのものには何も隠せそうにない。ポケットは空っぽだった。哀れなアリアドネ・ブランチャードが殺されたときに鍵が紛失したのではないかと思いはじめた。遺体が横たわっていた茂みの下にころがったのかもしれない。しかし、警察が鍵を見つけていれば、コーニーがゆうべわたしを追いかけまわすことはなかったはずだ。

ジャケットを裏返して、前開きの部分を調べてみた。あった！　ボタンの裏に押しこんである。わたしがジャケットに惹かれた理由のひとつである大きな黒いボタンは、縁がカーブし、そこに小さな空洞ができている。ジュリアはボタンの縁の内側に鍵を押しこんだのだ。病院へ運ばれる途中でボタンを隠すなんて、ジュリアはなんとすばらしい冷静さを発揮したのだろう。たぶん、軍隊の戦車に立ち向かった祖母に育てられたおかげで、勇気と冒険心を身につけたのだろう。

わたしの母のガブリエラもティーンエイジャーのときに一人でイタリアから脱出した。ファシストの手で殺されるのは確実だったので、そこから逃れるためだった。母の非凡な勇気を思うたびに、危険そうだから、あるいは、辛そうだからというだけの理由で、なすべきことを回避してはならないとつくづく思い知らされる。〝もう一度あの突破口へ突撃だ、ヴィク。この老人たちの、あるいは、おまえの手に託されたティーンエイジャーたちの遺体で壁をふさいではならない〟。ジーンズの内ポケットに鍵を慎重に押しこんだ。

34　シーソーに乗って

ミセス・パリエンテ、ピッツェッロ部長刑事、マリ、ロティと話をする必要があったが、まず、わが整備工のところへ車を走らせた。ルーク・エドワーズといって、『クマのプーさん』に出てくる悲しげなロバ、イーヨーのまさに人間版だ。あらゆる街角に惨事が潜んでいることを知っている。たぶん、交通事故のあとの状況をいやというほど見てきたせいだろうが、わたしの運転に対してはとくに暗い意見しか述べようとしない。大破したわたしの車を修理することがしばしばあり、殺人犯から逃げる途中で車を破損したのはわたしの無謀運転によるものではないことをいくら弁明しても、ルークは納得してくれない。

今日、わたしが彼に頼んだのは、GPSをとりはずすことだった。

「いますぐ？　急ぐのか？」ルークは汽笛のように長く大きなため息をつき、彼の修理を待っている何台もの車のほうへ腕をふってみせた。「わかった。あのBMWにこのトランスミッション・ギアをつけたらな。ニュースに派手に出てたじゃないか、ウォーショースキー。零細企業の経営者にとってはいい宣伝になるよな」

「残念ながら、わたしが現在請けてる仕事に全力でとりくんでないことを、依頼人たちに知られる結果になっただけよ」車でルークのところに来る前に、メールチェックをしておいた。わが事務所の主要な依頼人である中規模の法律事務所の多くが、わたしに不満を抱いていた。ニュースでわたしのことを知り、わたしが栄光を追い求めるあまり、彼らの問題をなおざりにしているのではないかと危惧していた。

わたしは建築検査の報告書に目を通した。実施されたのは昨日の午後一時、朝の礼拝が終わってかなりたってから。そして、わたしがジュリアを見つける前のことだ。だとすると、わたしがかきまわしている問題とは無関係のように思える。でも、でも……。

市の建設局に電話をした。待たされるあいだに、忍耐強い依頼人のために報告書を仕上げ、次に、別の依頼人が採用を予定している人物に関してSNSで情報を捜すという、退屈な作業にとりかかった。その人物が〈パーラー〉に投稿した過激なコメントのいくつかをコピーしていたとき、ようやく、検査課の係と電話がつながった。

シャクマン政令が禁じている「ひいき雇用」（金品や便宜を受けるかわりに仕事をあっせんすること）の典型のような応対だった。市民からの電話を受ける人々は、市民の力にならなくてはという意識が、こちらが期待するほどには強くない。しかしながら、だらだらと長たらしいやりとりをして、わたしが弁護士会の会員であることを告げ、召喚状を出してもらう必要があるのか、それとも、〈グローバル〉のベス・ブラックシンにわたしから連絡をとって、読者の興味をそそるリポートをしてもらうほうがいいのかと迫ったところ（「〝市の建設局から迫害を受けたホロコースト生存者たち〟というタイトルにすれば、視聴率がぐんとアップするでしょうね」と言ってやった）、電話の向こうの女性はやけに大きなため息をついた。

「こちらに匿名の投書が来まして、あの建物は高齢の利用者たちにとって危険であると訴えてきたのです。わたしどもは所有者の一人から建物に入る許可をもらい、その人が扉のところでうちの検査官を出迎えてくれました」女性は所有者の氏名の綴りを言った。ラーマ・カラブロ。「ほかに何かあれば、検査官が建物のほうに置いていった報告書をお読みください。新しいボイラーの設置、階段の修理、その他の修繕を完了するのに、教会には三十日間の猶予が与えられています」

わたしは精一杯丁寧に礼を言った。ルークがわたしの車のGPSをはずし終えたら、アシュリーのところへ行くつもりだったが、その前にミセス・パリエンテを訪ねて、ラーマ・カラブロなる人物を知っているかどうか確認したほうがよさそうだ。

〝することリスト〟を走り書きして、今日のうちに会って話をする必要がある人々の順番を考えていたとき、クリーニング店のラーナ・ジャーディンから電話があった。「まだ近くにいる？　泥棒事件のことで何かわかった？」

わたしはすでによそへ移動したが、泥棒の正体についてはなんの手がかりもつかんでいないと答えた。厳密に言えばたしかにそうだが、それでも身の縮む思いだった。泥棒が入った理由についてはかなり確信していたからだ。

「クリーニング店のとなりの戸口でホームレスの女性が寝起きしてるでしょ」わたしはさらにつけくわえた。「その女性、何も言おうとしないけど、周囲で起きてることをすべて知ってるような感じよ」

「やだ、やだ、あんな女と話なんかできないわよ。酒やいろんな汚れの臭いをプンプンさせてんだもの。うちではお客さんの服をクリーニングして、そういう臭いをとりのぞいてるってのに」

「わたしに言えるのはそこまでよ。ただ、衣類をとりもどしたいなら、〝謝礼を差し上げます〟って書いた紙を近所に貼ってまわってもいいんじゃないかしら。盗まれた衣類を保険会社のほうで一点ずつ査定したいだろうし」

「そりゃまあ、保険が適用されるならね」

世の中が不景気だと、零細企業は保険の期限が切れても放っておくことが多い。この店もそうだったのかもしれない。ラーナの話だと、建物と衣類に火災保険と水害保険をかけただけだという。

「盗難保険をかけないのは不用心だってわかってたけど、保険料が跳ね上がるからね！ クリーニング店に忍びこんで汚れた衣類を盗むやつがいるなんて、誰が思う？ ハンガーにかけて、いつお客さんがとりに来てもいいようにしてあった分は、一枚も盗まれてないんだよ」

わたしはラーナ・ジャーディンに同情の言葉をかけた。今度シナゴーグに来たとき、わたしがオリーヴに尋ねてみようという提案までした。せいぜい期待できるのは、目当てのものが見つからなかったときに、泥棒が衣類をどこか近くに捨てていく程度のことだが、気の滅入りそうなこの予測については黙っておくことにした。

電話を切ったあと、しばらくその場にすわりこんで目をきつく閉じた。シーソーに乗っている気分だった。ひとつのことに、例えばシナゴーグの問題に注意を集中したとたん、誰かがシーソーの反対側に五百ポンドの重石を落とし、わたしは宙に跳ね上げられる。地面に下りるころには、何に集中すべきなのかわからなくなっている。

電話が鳴った。目を開き、画面を凝視した。ピッツェッロ部長刑事からで、クリーニング店の泥棒事件についてわたしが何を知っているのかを尋ねる電話だった。

「そういう事件があったことと、店では衣類の盗難に保険をかけていなかったことだけ」

わたしは答えた。「となりの戸口でオリーヴって女性が寝てて、通りで何が起きたか、かなりよく知ってるみたいよ。わたしが一時間ほど前に行ったときは、安酒に酔って眠りこんでた。わたしが買ってあげたレミーの一パイントボトルを飲んでしまったあと、誰かが七五〇ミリリットルボトルを彼女に持ってきたみたい」

「オリーヴにブランデーを買った？　なんてことしてくれたのよ、ウォーショースキー。ああいう女はホームレス用のシェルターとリハビリ施設に入れなきゃいけないのに。あんな酔っぱらいのためにブランデーを買うなんて、いったい何考えてるのよ」

「お金を渡せば、シナゴーグのまわりで誰を見かけたかって質問に答えてくれると思ったんだけど、オリーヴはいつもの戸口から離れようとしないの。一パイントボトルを渡したら、喜んで答えてくれたわ。だから、あのスリヴォヴィッツを彼女が自分で買いに行ったとは思えない。誰かが持ってきたのよ。その人物が捜し求める品物を持ってクリーニング店に入っていった者がいなかったか、聞きだそうとしたんだわ」

「ミステリ映画じゃないんだからね、ウォーショースキー、ブラウン神父と張りあわなくてもいいの。誰がクリーニング店の品物を狙ったのか言いなさい。そして、その品物がなんだったのかも」

「コーニーが舞い戻ってきたんじゃないかしら。あなたが現れて、わたしに殴りかかろうとする彼を止めたとき、あの男、怒り狂ってたでしょ。わたしが一人になったところをつかまえようとして、戻ってきたのかもしれない。そして、クリーニング店に気がつき、その隣にいるオリーヴを目にした。目をさましてれば、理想的な目撃者だわ」

「ついでに、しらふならね」

「うーん、しらふだったことはもう何年もなさそうよ。ちゃんと歩くことも、しゃべることもできないかもしれない。でも、周囲の出来事は理解してるわ」

「オーケイ、ウォーショースキー、その言葉を信じましょう。コーニーがこのあたりをうろついてたとは思えないけど、とにかく、汚れた衣類を狙う謎の人物がいたとしましょう。その男——もしくは女、もしくは複数の者たち——は何を捜してたの？」

「例えば、誰かがクリーニングと修理の必要な赤いジャケットを持っていて——」

「あなた、殺人事件の捜査を邪魔したと言ってるわけ？」ピッツェッロはナイフの刃のように鋭い声でわたしの言葉をさえぎった。「あなたがそのジャケットを現場から——」

「部長刑事さん、わたしは仮定の話をしてるのよ。じっさいの犯行現場でじっさいに起きたことを話してるんじゃないわ。続けてほしい？」

ピッツェッロはわたしの耳元で大きく息を吐き、それから腹立たしげに言った。「わかった。続けて」

「わたしに似た誰かがクリーニングの必要な赤いジャケットを持っていて、シナゴーグに寄って防犯カメラの映像をチェックしたあと、ラーナ・ジャーディンの店にそのジャケットを持ちこんだとしましょう。オリーヴはその誰かがどんな外見かを知っていた。悪徳警部補にジャケットのことを話したかもしれない。赤は目立つ色よ。茂みの下で土汚れがついたあとでも」

「ずいぶん無理のある説だわ」ピッツェッロは言った。「頭が空っぽで傲慢などこかの私立探偵がある特定のクリーニング店にジャケットを預けたと仮定するわけね。それから、悪徳警官がジャケットを手に入れようと焦るあまり、クリーニング店のドアを叩きこわして、汚れた衣類をすべて持ち去ったと仮定する」

「たしかに無理のある説よ」わたしも同意した。「そんなことは何ひとつ起きていないのかもしれない」

「もし起きていたとしても、コーニー自身はやってないわね——誰かにやらせると思う。でも、盗まれた衣類が全部、あなたの事務所近くの路地で発見されたら、事情聴取のためにあなたを連行するわよ」

「仕方ないわ」わたしも同意した。

しかし、ピッツェッロの言うとおりだ。ずいぶん無理のある説だ。この説が成立するためには、自分が必死に捜している品はジャケットに隠されている、とコーニー――もしくは、とにかく誰か――ひょっとするとガス？――が推測したという前提が必要だ。その前提自体にまず無理がある。

ガスは母親の貴重品箱の鍵を捜し求めている。しかし、母親の顧問弁護士が箱を預かっているのなら、彼が鍵を手に入れたところでなんの役に立つだろう？　まず、弁護士事務所を訪ねて、貴重品箱をとってくるようシルヴィアに頼まれた、と言わなくてはならない。もしくは、ジュリアを監督する権利をガスに与えた検認裁判所の判事に頼んで、シルヴィアの貴重品箱をガスに渡すようにという命令を出してもらわなくてはならない。

わたしの考えは堂々めぐりを続けて、コーニーはなぜこのゴタゴタに関わっているのかという疑問に立ち戻るばかりだった。関係者の誰かに頼まれて、非番のときに暴力をふるっているとか？　ひょっとすると、〈クサリヘビ〉の依頼で？　ジュリアのおじのガスでないことは確かだ。ガスはただの小者、関係者ではない。しかも、借金で首がまわらない。タッド・デューダも同じだ。

関係者のなかではコーキー・ラナガンがかなりの大物だ。〈クロンダイク〉がグース島の開発に関心を持っているなら、人々に脅しをかけて土地を売らせるために、コーニーのような警官たちを使っているかもしれない。

〈クサリヘビ〉とラナガンのあいだに追跡可能な関係はないだろうか？　わたしがそれを見つければ、マリはピュリッツァー賞をもらい、ジョナサン・マイケルズは被疑者をどんどん起訴できるようになり、わたしは――希望的観測ではあるが――肩甲骨のあいだに弾丸を受けずにすむかもしれない。

ルークがマスタングのところにわたしを呼び寄せた。わたしの車を監視の目から解放するためにとった手順を、いやというほど詳しく説明してくれた。わたしがそのマニュアルを書く気になったら、彼の説明が終わるまでに書き上げていただろう。「あんた自身もGPSを使えんということだぞ、ウォーショースキー。行き先は昔のやり方で見つけるしかない」

「紙の地図ならちゃんと持ってるわ」

「空気をクンクン嗅げって意味だよ。それが猟犬のやり方だ。人間はテクノロジーに頼りすぎる」

「車の修理で生計を立ててる人がよく言うわ」

支払いをすませ――現金で。ルークはそのほうが好きだ――パリエンテ夫妻の住む建物へ車を走らせた。

35
蛇の牙より鋭い

ルーク・エドワーズに頼んでマスタングのGPS信号を止め、携帯電話はアルミ箔に包んで電波を遮断してあるが、それでも、車を止めるのはパリエンテ夫妻の建物から四分の一マイル離れたところにした。建物と反対方向の横丁に曲がり、外階段の影のなかにたぶん十分ぐらいすわっていた。誰もがよくやるようにスマートフォンをとりだして何も考えずにアプリを次々と見ていきたかったが、その衝動に負けないために、呼吸を整えるとか、小さな声で発声練習をするとか、とにかくなんでもやった。

女性がベビーカーを押して通りすぎた。電話で活発におしゃべりをしていて、いっぽう、赤ちゃんは目の前の通りを無言で見つめていた——自分でデバイスを使えるようになる日を待っているのだろう。犬を連れて通りかかったカップルはわたしにもう少し注意を向けた。犬がリードをひっぱってわたしを調べに来たからだ。こちらを見ている者はいなかったが、それでも大きく迂回して、いつもなら北側からパリエンテ夫妻の建物に入るところを、今日は南側からにした。

建物のロビーに入ったところで、使い捨て携帯を使って夫妻に電話をかけ、いきなり立ち寄ったことを詫びた。ミセス・パリエンテがブザーを押して入れてくれた。

「ヴィクトリア！　すぐ飛んできてくれてよかった。エミリオから建築調査のことを聞いたわ。すごくショックみたいだし、わたしたち二人とも怖くてたまらない。エミリオはもう寝てしまったわ。恐怖でがっくり来たのね。いったい誰がわたしたちをこんな残酷な目にあわせてるの？」

わたしは安心の言葉や元気づけの言葉をかけたかった。悪人どもを見つけだして地球の果てまで追いかけるからね、と。でも、これまでいくつも約束をしてきたのに、ひとつも守れないままだ。

彼女とエミリオを個人的な危害から守るために全力を尽くすつもりでいることだけは、彼女に言っておいた。「それから、シナゴーグに新しいボイラーが必要だってことをロティが知ったら、誰かに頼んで大至急設置してもらうと思うわ」

「でも、代金が払えない」ミセス・パリエンテが悲痛な声を上げた。

「そのことで頭を悩ませるのは、いまはやめておきましょう。かわりに、ラーマ・カラブロという男性のことを教えて。〈シャール・ハショマイム〉の権利書にその人の名前が出ていて、昨日の午後、あそこに検査官を入れたのもその人なの」

「ラーマ・カラブロが？ そんな馬鹿な。エステッラ、わたしの仲良しのエステッラ・カラブロが——一年前の二月に亡くなったことは——たしか話したわね。ラーマ・カラブロというのは、エステッラの夫の父親よ。何年も前に亡くなったわ。〈シャール・ハショマイム〉の創立者の一人だったの。あなたに権利書を見せて、管財人に指名された人全員の名前を見せてあげる。建物に関する決定権を与えられた人たちよ」

ミセス・パリエンテは電話が置いてある隅の小さなデスクまで行き、引出しからグレイのボール箱を丁寧にとりだした。足首がむくみ、手の指が腫れているため、身体を動かすのが億劫そうだが、わたしは飛び上がって彼女からボール箱を奪いたい衝動を抑えた。

彼女は箱をわたしの前のテーブルに置くと、コーヒーを淹れる湯を沸かすためにガス台のほうへ行った。悲嘆のなかにあっても、家に客を迎えたらお茶やお菓子を出さずにはいられない人だ。

箱の書類のいちばん上にのっていたのは現在の光熱費の請求書で、すべて小切手で支払い済み、領収証もあった。次は現在の信者のリスト。わずか三十二人。小切手記入帳には月額五十ドルの会費が記録してある。ほとんどの信者がきちんと支払っている。支払いが遅れた者については、徴収のための努力をミセス・パリエンテがヨーロッパ流の手書き文字で記録している。母の文字を見てきたわたしがよく知っている書き方だ。〝三回電話したが、ルチアは身体をこわしている。どうすればこの一家に会費が払えるというの？〟

収支とんとんとまでもいかない状態だった。新品のボイラーの購入などとても無理。ロティか、もしくは、ユダヤ系の慈善団体に助けてもらうしかない。

現在の金銭関係の書類の下に、シナゴーグの歴史に関する書類があった。創立は第一次世界大戦の少しあとで、かつてのハプスブルク帝国から移民してきたハンガリー人やチェコ人やドイツ人など、さまざまな国の人々が創ったものだった。一九二一年の新聞の切抜きに建物の完成写真が出ていて、五百近くの家族が信者になっていると書いてあった。

困ったことに、すべての書類を二回ずつ調べても、建物の権利書は見つからなかった。土地測量図はボール箱のいちばん下に入っていて、建築家の設計図にクリップで留めてあり、フォート・ディアボーン・ナショナル銀行発行の明細書には〝ローン全額返済済み〟と記されていたが、権利書はどこにもなかった。

「このなかにないのなら、どこにあるのかわからないわ」ミセス・パリエンテがわたしの前にコーヒーを置いてから、山と積まれた書類を自ら調べはじめた。一度にひとつずつ、ページを指でめくりながら。

「ドンナ・イローナ、前に言ってたでしょ。ミセス・カラブロが介護ホームの費用を払うために、自宅コンドミニアムの権利書をホームに渡したって。シナゴーグの権利書も一緒に渡してしまったとは考えられない？」

「とんでもない！　エステッラがそんなことするわけないわ」恐怖に目を大きく開いて、ミセス・パリエンテは言った。「ただ、コンドミニアムの権利書をじっさいに介護ホームに渡したのは息子のロバートだった。息子としてその権限を持ってたの。悲しいことね。すばらしい女性だったのよ。五カ国語を話し、オペラを愛していた。それなのに、美しい心は彼女から去ってしまった。

ところが、ロバートのほうは怠惰でほんとに役立たずなの。権利書をホームに渡す前だって、コンドミニアムの掃除なんかしたこともなかったし、彼女の大切な宝物の手入れもしなかった。わたしたち、宝物をみんなで少しずつ持ち帰ることにしたわ。アデル・レイトはエステッラのクラウンダービーのティーセットが大好きだったし、わたしは時計をもらうことにした。ほら、ドアを入ってすぐのところに置いてあるでしょ。わたしが死んだら、どこかの強欲な人に売り払われると思うけど、いまのところ、時計を見るたびにエステッラに会っているような気がするのよ」

わたしもしばしば、その置時計を目にしていた。つやつやに磨かれた木製の時計で、文字盤には黄金が使われている。質素なテーブルに置かれていたが、ドンナ・イローナという人とよく調和していた。

「あの介護ホームときたら、あこぎなところで——エステッラの自宅の片づけを二週間で終えるように言ってきたのよ。アデル・レイト——彼女も〈シャール・ハショマイム〉の信者で、わたしと同じくエステッラの仲良しだったんだけど——彼女とわたしで片づけをひきうけることにしたわ。ありがたいことに、アデルの娘さんも男の子を連れてやってきて、コンドミニアムの片づけを手伝ってくれた。そうでなかったら、ロバートか介護ホームの連中が何もかも売り払って、代金は自分のふところに入れていたでしょう」

ミセス・パリエンテはそのときのことを思いだして不愉快になったのか、首を横にふったが、さらに話を続けた。「でも、ロバートがシナゴーグの権利書をホームに渡すことはできなかったはずだわ。権利書にロバートの名前は出ていないから。シナゴーグは信者たちのもので、ロバートは信者じゃないのよ」

わたしは椅子にすわったまま、落ち着かない思いで身じろぎをした。じっさいには、けっこう簡単にできることだ。アメリカの裁判所は宗教関係の不動産をめぐる訴訟を山ほど抱えこんでいる。〈シャール・ハショマイム〉が多数の小さな宗教団体と同じやり方をしているなら、正式文書の管財人の氏名を変更するようにという法的アドバイスに従ったことは一度もなかっただろう。自分は権利書に名前が出ている者の一人だと主張するのは、そうむずかしいことではない――相手が仕事にうんざりしている市の職員であればとくに。

「ここにある書類はすべて、ミセス・カラブロが亡くなったときに息子のロバートからあなたに渡されたものなの？」

「いえ、違うわ。とても悲しいことだけど、渡されたのは亡くなる一年前だった。エステッラがひどく忘れっぽくなったために、シナゴーグの電気を一カ月間切られてしまったことがあって、みんなでエステッラに手を貸さなきゃと思ったの。帳簿はイシュトヴァン・レイトにひきうけてほしかったのよ。弁護士さんで、とても優秀な人だから、まさにうってつけだけど、当時は帯状疱疹からようやく回復しはじめたところだった。そこで、帳簿はわたしが家に持ち帰ることにしたの。息子のロバートはまったく関心がなかったし、たぶんそのほうがよかったと思う。請求書の支払いをエステッラ以上になおざりにしたでしょうから。エステッラもかわいそうに。シナゴーグを大切にしていて、シナゴーグの事務仕事を続けたかったのに、あの息子ときたら――！　アデル・レイトとわたしの猛反対にも耳を貸さず、エステッラを介護ホームに入れてしまった。息子がエステッラの世話をするわけはないし、アデルはイシュトヴァンの介護で手一杯だった。わたしも一人でエステッラの面倒をみるのは無理だった。でも、介護ホームに入れられたせいで、エステッラはあっというまに衰弱してしまったの」

それを思いだして、ミセス・パリエンテの顔が苦悩に歪んだ。「ひどいところだったわ。エステッラをベッドに寝かせっきりにして、シーツ交換にも来ないの。アデルとわたしは週一回、バスではるばるノースフィールドまで出かけて、寝具を交換したり、気の毒なエステッラに清潔な寝間着と清潔なシーツを届けたりしてたのよ。ひどい話でしょ。エステッラはコロナが流行する少し前に亡くなった。不幸中の幸いね。パンデミックが始まったら面会にも行けなかったでしょうから」

「シニョーラ・カラブロはノースフィールドの〈アークエンジェル〉に入ってたの？」わたしは尋ねた。

「ええ。まるで天使が見守ってると言わんばかりの名前よね。わたし、ロティ先生に頼んであるの——わたしに介護が必要になったときは、この自宅でモルヒネを注射すると約束してほしいって。安らかな眠りにつくのに充分な量を」

「あなたに災いが降りかかることはロティが許さないわ。わたしもそうよ。さてと、わたしはミセス・カラブロの息子から話を聞かなきゃ。ここにある書類をまとめてあなたに渡したとき、シナゴーグの権利書だけ入れ忘れたのかもしれない」

「ええ、息子が権利書を紛失した可能性もあるしね。シナゴーグのことにはまったく関心のない人だから。エステッラをあの介護ホームに入れたとたん、書類を残らずわたしに押しつけるのが待ちきれないって感じだった」ミセス・パリエンテはため息をついた。「わたしが請求書の支払いを続けたのは、間違いだったのかもしれない。年をとりすぎて、そんな仕事はもう無理なんだわ。注意散漫になっている。権利書が紛失してたことにも気づかなかった」

「ううん、そんなことないわよ」わたしは彼女の手を握りしめた。いまの時代、誰もがこういう接触を必要としているのに、誰にもそれが許されない。「ロバートの住所と電話番号を教えてちょうだい。会いに行ってくる。かならず解決してみせるから、心配しないで」

ミセス・パリエンテはふたたび小さなデスクのところへ行き、電話機の下からアドレスブックをとりだした。くたびれた革表紙が柔らかなバラ色を帯びていた。シナゴーグのレンガとほぼ同じ色だ。思いどおりに動かない手でロバート・カラブロの住所を書いてくれた。

「あなたとロティ先生。二人はエミリオとわたしを守ってくれる天使よ」ミセス・パリエンテは爪先立ちになってわたしの頰にキスをした。これもコロナのせいで禁じられた行為だが、わたしは歓迎している。

36　陶芸家の住まい

シカゴ市の方針で、パンデミックのあいだも図書館は開いていた。無責任な方針だとわたしは思っていた。新しい相手に会うのが大好きなウイルスを共有する機会を人々に与えることになるからだ。しかし、今日のわたしにとってはありがたかった。半マイル先に図書館の分館があったので、ほかの利用者から安全な距離をとってすわり、備えつけのパソコンを使うことができた。ミセス・パリエンテからロバート・カラブロの住所を教わってはいたが、彼の背景を少し調べておきたかった。

図書館に入る前に、ベンチにすわってロティと電話で話をした。今日はロティが診療所に出ている日なので、患者の診察が終わるまで電話口で待たされた。電話に出た彼女は、シカゴ川で水浴びをしたあとのわたしの健康状態を知りたがった。

わたしはジュリア・ジグラーを見つけたことをロティに話した。「いまはミスタ・コントレーラスに預かってもらってる。一時的な隠れ家に過ぎないけどね。ジュリアを連れて帰ったときは誰にも見られずにすんだけど、わたしたちが橋守小屋で一緒にいたことぐらい、警察はすぐ突き止めるでしょうから」

「橋守小屋？」

「跳ね橋の端にある小さな小屋。昔は橋守がそこで寝起きして、橋を上下させてたの。ジグラー家の人たちはどうやら、シカゴ・アヴェニューに面した小屋を個人的な遊び場にしてたみたい。それはともかく、ジュリアはとても元気そうよ。生理になってる。つまり、栄養状態も心配してたほど悪くはないってことね。それから、ジュリアが隠してた鍵もわたしが見つけたわ。ジュリアを追ってる連中が捜してたのは、たぶんそれね。あなたが電話を切る前に、〈シャール・ハショマイム〉のことを話しておかなくては」

「知ってる――ミセス・コルトレーンが建物検査の報告書のことを話してくれたわ。どうして検査なんてことに？　誰がそこまで気にかけてるの？」

「コーキー・ラナガンがしばらく前から嗅ぎまわってて、権利書を手に入れようとしてたの。理由はさっぱりわからないけど。でも、〈シャール〉の検査をおこなうよう、あの男が建設局をせっついたんじゃないかな。ラナガンが乗りこんでくるのを阻止するために、シナゴーグの修理を急いで終える必要があるわ。銀行の融資で費用をまかなえばいいって、わたしは思ってた。建物は抵当に入ってなくて、シナゴーグの所有物だから。ところが―

―さっきまでドンナ・イローナのところにいたんだけど、権利書が紛失してるの。ドンナ・イローナはひどく動揺している。でも、わたし、これからシナゴーグの会計を担当していた女性の息子に会いに行ってくる」

「ああ、その女性ってイローナのお友達ね。イローナからよく話を聞いてたわ。わたし、家に帰る前にイローナとエミリオのところに寄るつもりだけど、今日は仕事の予定がまだ入ってるの。寄るのは遅くなってからになりそう。でも、修理に必要な費用はマックスとわたしで負担できると思う。それでパリエンテ夫妻の心も少しは軽くなるでしょう」

さすが、七桁の診療費をとれる有名な外科医のことだけはある。

図書館でロバート・カラブロの経歴を少し調べてみた。一人っ子だった。もうじき六十歳で、母親の家から三マイルほど東へ行ったところに住んでいる。衰退と安定のあいだをさまよっているエリアのひとつだ。結婚は一度もしておらず、子供もいないが、現在、ヴァージニア・ウィギンズという女性と暮らしている。

SNSでは起業家と自称しているが、何をやっているにせよ、内容は曖昧だし、まともな収入は得ていない。ヴァージニアのほうはアーティスト、やはりなんとでも解釈できる。

三十分後にヴァージニアがアパートメントに通してくれたとき、陶芸家だとわかった。ロビーで呼鈴を押すと彼女が応答したので、わたしはロバートの母親の友人だと名乗り、母親が礼拝に通っていたシナゴーグのことでいくつか手短に訊きたいことがあると言った。

玄関ドアの外に、ターコイズブルーの巨大な壺――たぶん傘立て――が置いてあった。家に入ると、ポットとボウルとカップが棚にぎっしり置かれ、幅木に沿って並んでいた。それに目を奪われているわたしを見て、ヴァージニアは自意識過剰の笑い声を上げた。

「ウイルスのせいでお店を閉めなきゃいけなかったの。買いに来る人がいないから、お店の家賃を払えなくなってね。現在は〈エッツィ〉と〈イーベイ〉でネット販売のみよ」

作品作りはどこでやっているのだろうと、わたしは首をひねった。ヴァージニアの説明によると、アーティスト・ユニオンに入っているので、作品はそちらで保管してもらうことができ、料金を払えば、ろくろと窯も時間決めで借りられるという。

「まず、少しは作品を売らないとな。誰もほしがらないものをさらに作ろうとして金を注ぎこむ前に」

その声は窓のそばのウイングチェアから聞こえてきた。部屋に入ったとき、陶芸作品の量に圧倒されて、わたしはロバート・カラブロの存在に気づいていなかった。肌の浅黒い男性で、髪の生え際が後退しつつあり、ひどく痩せているため、椅子のウイングが繭のようにその身体を包みこんでいた。

ヴァージニアもロバートもわたしに椅子を勧めてくれなかった。部屋の中央に、赤とブルーのティーポットをのせたスツールが置いてあった。わたしはヴァージニアの抗議を無視してティーポットを床に下ろし、スツールをロバートのそばまで運んで、ヴァージニアと彼の両方を見られる場所にすわった。ロバートがポケットから黒いマスクをとりだした。「ジニーがなんであんたを家に通したのかわからん」彼はぶつぶつ言った。「おれが仕事中で、おふくろの友達に話すことなんか何もないのを、ジニーだって知ってるはずなのに」彼の膝にノートパソコンがのっていた――推測するに、仕事中であることを示す証拠なのだろう。

「いましがた、ミセス・パリエンテを訪ねたところです」わたしは言った。「お母さんが亡くなられるまで、ミセス・パリエンテがとても力になってくれたそうですね」

ロバートは肩をすくめた。

「お母さんの体調が悪化してシナゴーグの会計の仕事ができなくなったとき、ミセス・パリエンテがあとを引き継ぎました。あなたの考えだったのですか？　それとも、お母さんの？」

彼の目がキーボードからヴァージニアのほうへ向いた。「おふくろは人生最後の何年間か、ひどく弱って、自分では何も決められなくなっていた。おれのこともわからなくなってたほどだ。ツィーア・イローナ――ミセス・パリエンテ――はシナゴーグでおふくろといちばん仲のよかった人だ。会計の仕事をかわってもらうなら、あの人が最適だと思った」

「シナゴーグの様子はずっとご存じでした？」

ロバートはぎこちない笑い声を上げた。「家を離れたあと、おれはシナゴーグへ行くのをやめた。ユダヤの連中の墓場みたいなところだからな。第二次大戦で破壊されてしまった世界で生きていけるふりをしようとする連中だ。おれはそいつをテーマにして、小説まで書いている。〝漂流者〟って題にするつもりだ。間違った世紀と間違った国に流れ着いたのに、そこが自分の居場所でないことに気づいていない連中の話だ」

「ほうぼうの出版社が版権をとりたがることでしょう」わたしは礼儀正しく言った。

「〈シャール・ハショマイム〉が破壊行為の被害を受けたという記事は読まれました？」

ヴァージニアが小さく首をふった。返事をしないよう、ロバートに警告しているように見える。興味深い。

「最近は新聞を読んでないんだ。クソばっかりだからな——誰もが嘘をついてる」

「破壊行為のこともわたしの嘘だとおっしゃるの？」

ロバートは椅子の上でもぞもぞ動いた。「年寄りの一人から電話があった。建物の修理費をおれに少し負担してもらえないかと思ったみたいだ。うちだってかつかつの暮らしなのに。この不景気だからな、人の生活をのぞき見るのが商売のあんたみたいな連中はいい思いをしてるかもしれんが、おれたちアーティストは青息吐息だ」

「では、破壊行為のことはご存じだったのね。電話をくれたお年寄りは、三十日以内にボイラーの交換と階段の修理をすませるよう市の建設局から言われたことについても、説明しました?」

「いまも言ったとおり、ジニーもおれも他人を助ける金なんかない。もしあれば、老いぼれ信者を三十何人か抱えたシナゴーグの前で、スープキッチンでもやってやるよ」

「シナゴーグの人々を助ける簡単な方法がひとつあります。あの建物の権利書をシナゴーグに渡してください。銀行に融資を頼むよう、わたしからみなさんにアドバイスしたいので。そうすれば、建物の維持管理に必要なお金が作れます。保険料や性能のいいボイラーの購入費に充てるお金を工面するのに、強大な保険ブローカーの気まぐれに頼らなくてもよくなります。でも、言うまでもなく、権利書は必要です」

ロバートとヴァージニアは完全に黙りこんだ。外のウェスタン・アヴェニューを通る車の音が聞こえた。そして、ケーブルのことで揉めている二人の男の声も。

「おふくろの具合が悪くなってシナゴーグの仕事ができなくなったとき、おふくろが持ってた書類を、おれがツィーア・イローナに残らず渡した」ようやくロバートが言ったが、どこか自信のなさそうな声だった。「権利書がそっちにないのなら、ツィーア・イローナが紛失したんだろう」

「それはありえないということぐらい、おたがいよくわかっているはずです」わたしは言った。「シナゴーグ関係の書類はすべてミセス・パリエンテがボール箱に保管してますけど、箱のなかをいくら捜しても、いちばん大切なものは、つまり権利書は出てこなかった。つまり、最初から預かっていなかったということです」

「なんでも好きに言うがいい。あんたがなんで〈シャール・ハショマイム〉の問題を気にかけるのかよくわからんが、おれはそんなものになんの関心もない。それから、おふくろのコンドミニアムのことでツィーア・イローナがグチグチ言ってるが、それを蒸し返すのはやめてもらいたい。おふくろはシナゴーグの仕事ができなくなったのと同じく、コンドミニアムの管理もできなくなったんだ。コンドミニアムを売って介護ホームの費用を作ったのは正解だった」

「ただし、お母さんはろくな介護もしてもらえなかった。ドンナ・イローナが大げさに言ってるのでなければ、あなたはお母さんがもっと快適に暮らせるように気を配ろうともしませんでしたね」

ロバートは唇をキッと結び、窓の外を眺めた。

「ひょっとすると、お母さんのコンドミニアムのキッチンカウンターに、あなたがシナゴーグの権利書を置き去りにしたんじゃありません？　ドンナ・イローナとミセス・レイトが掃除をすませ、お母さんの宝物の整理もすませたあとで、あなたは最後にもう一度コンドミニアムのなかを見てまわり、権利書を残していったのかもしれない。ほかの誰かが持ち去ることのできる場所に」

「そっちの妄想だ」うんざりした声でロバートが言った。「ただし、面白味がない。あんたの話を聞いてても、得るところはひとつもない。自分にはおれの家に押しかける権利がある、イシュトヴァン・レイトやおやじの仲間みたいにおれに説教する権利がある、とあんたが思ってることだけはわかったけどな」

「わたしがコーキー・ラナガンの仲間だとしたら？」わたしは尋ねた。「だったら権利書のことを話してくれます？」

　ロバートはやけに長いあいだ黙りこみ、それから言った。「コーキー・ラナガン？　ロックスターを夢見てるやつとか？」

「なるほど。たしかに岩(ロック)だわね。あなたみたいな人たちを硬い場所に押しつけてつぶそうとする岩。あなたをグイグイ押して〈シャール〉の権利書を奪おうとしたのかしら」

　ロバートは芝居じみたあくびをした。

「タッド・デューダとガス・ジグラーはどうなの？　この二人もあなたの友達？」

「かまかけてんだな。何を探りだせばいいかもわからないくせに」

「あなたはわかってるのね。少なくとも、あなたの身辺に目を光らせるべきだってことだけは、わたしにもわかったわ」

「通報してやる。ストーカー禁止法ってのがあるんだぞ」

「誰でも閲覧できる財務関係の記録に目を通すのを禁じる法律はないわ」

「あなたは暇かもしれないけど、わたしたちは仕事があるの。だから、悪いけど……」ジニーが言った。「あなた、いくらなんでも長居しすぎよ」

わたしは室内を見まわし、雑然と置かれた陶芸作品を見まわした。ロバートがこのどこかに権利書を隠しているとしたら、大量のポットやボウルを調べるのに何時間もかかりそうだ。しかし、ロバートはなぜ権利書にこだわるのか？〈シャール・ハショマイム〉の理事というか、管財人というか、とにかくその一人のようなふりをして、自分が受けとる金額を吊り上げるつもりだろうか？

室内の花瓶とピッチャーをすべて叩き割りたかったが、その衝動を抑えて、わたしは立ち上がった。害虫とつきあうときは、自分自身が害虫になったりしないよう、くれぐれも用心しなくてはならない。

わたしがポットとカップのあいだを縫ってドアへ向かうあいだに、ジニーがこれみよがしにスツールを元の場所に戻し、ふたたびティーポットをのせた。

わたしがドアを完全に閉めきらないうちに、ロバートがジニーに愚痴をこぼしはじめた。

「うちの両親ときたら、生きてるときにおれを惨めにするだけじゃ足りなくて、墓に入ってからも嫌がらせをするんだからな」

わたしは思わず廊下で足を止め、耳をそばだてた。

「まず、おやじがおふくろに遺す分だけ別にして、全財産をシナゴーグに寄付した。おれに無理やり毛皮商売を継がせようとした。リッチな女どもがミンクやセーブルの仮縫いをするため店に来るたびに、おれはそいつらの腋の下に鼻を埋めなきゃならなかっただろうな。その次は、おれに説教するのをやめられん老いぼれのクソ女(プッターナ)が、おれの身を犠牲にしてでもおふくろの面倒をみろと言いだした」

「はいはい、よく知ってますとも、ロブ。あなたに五十万回ぐらい聞かされたから。でも、シナゴーグの権利書ってどういうことよ?」

「それがどうした?」ロバートはどなった。「おまえも説教を始める気か?」

子供を二人連れた女性が大きな音を立てて階段をのぼってきた。ジニーがドアをあけた。わたしは姿を隠す暇もなかった。ジニーはわたしに向かって、「あんたもプッターナだわ」と悪態をつき、ぴしゃっとドアを閉めた。プッターナ――〝クソ女〟というより〝娼婦〟のニュアンスのほうが強い。わたしがこの言葉を使うと、母に頬をはたかれたものだった。

37　ジキルとハイド

バス停のベンチにすわり、電話で〈シャール・ハショマイム〉の権利書のコピーを請求した。一ドルとひきかえに、ドンナ・イローナの書類からわたしが見つけた情報の要約が送られてきた——竣工年、建物の種類、などなど。建設局の女性が言ったように、所有者の名前はラーマ・カラブロとなっていた。シナゴーグの管財人だ。

印刷可能なコピーをオンラインで入手することはできない。そのためには権利書の現物を提示する必要がある。権利書が勝手に印刷されて詐欺に使われるのを防ぐためだ。しかし、建築検査を実施した係官が報告書を書く場合は、所有者の名前さえわかっていれば充分だ。

自分の車に戻り——そこなら、話をするための静かなスペースを確保できる——使い捨て携帯でコーキー・ラナガンに電話をかけた。留守電に切り替わったので、メッセージを残した。"〈シャール・ハショマイム〉の建物に関心をお持ちのようですね。わたしはロバート・カラブロに会い、建物の権利書に関して興味深い会話をしてきたところです。不動産や権利書については、おそらくあなたがシカゴでいちばん詳しい方でしょうから、シナゴーグ関係の書類をどう処理すればいいかを、ロバート・カラブロがあなたに相談したのではないかと思っております〃

駐車場を出たとき、ラナガンから折り返し電話があった。わたしは道路の縁に車を寄せた。

「ミズ・ウォーショースキー、小さなビーバーみたいに忙しい人だな。いや、シロイワヤギと言うべきか。岩場を跳んで上り下りし、川に飛びこんで這い上がり、梯子をよじのぼって橋守小屋に出入りし、それでもまだ、朽ちかけた建物に集まってくる老いぼれユダヤ人たちのことを考える時間があるというのは、まさに驚異的だ」

ラナガンはわざと侮辱的な言い方をしていた。わたしを怒らせて、こちらの手の内を探ろうというのだろう。たいした手の内でもないのに。「建物はちゃんとしているように見えますけど。ご存じのように、弾痕がいくつかありますが、建物の構造を脅かすものではありません」

「わたしが聞いている話とは違うな。じつのところ、建物の寿命はそう長くないそうだ」

「あなたは伝説的な情報源をお持ちですけど、コーキー、今回は誤ってそう思いこまされたのかもしれませんね」

「それは違う、ウォーショースキー。違うとも。レンガ壁を軽く叩いてみるだけで、建物がいかに不安定な状態かがわかる。それに、先日の建物検査の結果、建物内部のひどい老朽化が判明した」

「あ、そうそう、あの建物検査。すばらしい手腕でしたね。あっというまに実施させたんですもの。なぜそんなことをなさったのか、不思議でなりません。お仲間の誰かがあの土地に何か建てたがってるんですか？」

「建物が倒壊すれば、どこかの開発業者が関心を寄せるのは間違いない。ただ、あのあたりは開発の機が熟したと思われるエリアには入っていない」ラナガンは間髪を容れずすらすらと答えた――わたしよりも老練な決闘相手を巧みにかわしながら、これまでの人生を送ってきた男だ。

「建物が倒壊したら、あなたはきっと小さな手押し車持参で駆けつけ、ご自身がとても高く評価なさっている、カリュメット湖の泥土から生まれたレンガを拾い集めるのでしょうね」

ラナガンは大きく吠えるような笑い声を上げた。「すてきな光景だ、ウォーショースキー。そして、たぶん正解だろう。だが、わたしの仲間は――これはきみの呼び方だが――

ある特別な品を手に入れたがることと思う。シナゴーグの建物の鍵とでも呼んでおこうか。鍵のことなど知らないときみは言いつづけているが、それが何でどこにあるかをきみが知っていることは、おたがいによくわかっている。きみがそれを差しだして、わたしから仲間に渡すことができれば、来月の審議会でユダヤの連中があの建物の安全証明書を発行してもらえるよう、われわれのほうでとりはからうつもりだ」

「コーキー、わたしは何も知りません。だって、事実そうなんですもの」少なくとも、今日の朝まではそうだった。「あなたの仲良しのコーニーが体腔検査をおこなったり、わたしの車のUジョイントからシートカバーまで調べたりしましたけど、そこからも、わたしの自宅からも、事務所からも、何も見つかりませんでした。あなた、ご自分が雇った人たちのことをもっと信用なさらなきゃ」

「わたしがシカゴ市警のスキルよりきみのずる賢さのほうを信用しているのは、きみへの賛辞だと思ってもらいたい」

「本当にそうならいいんですけど、コーキー。わたしがずる賢い人間だったら、新しい防犯カメラを設置して、〈シャール・ハショマイム〉の検査に来たのは誰だったのかを確認できたでしょうね」

ラナガンはふたたび笑った。前以上に大きな声だった。わたしは何を見落としていたのだろう？　防犯カメラ。なるほど。防犯カメラのトランスミッションが抜かれていたのは、オース・キーパーズやプラウド・ボーイズといった極右団体がシナゴーグを攻撃するためではなかった。誰が建物検査の係官をシナゴーグに入れたのかを、わたしに知られないようにするためだったのだ。それはシナゴーグの鍵を持っている誰か、権利書に近づける誰かだ。

「権利書を持っていた人物がじっさいにラーマ・カラブロでなくても、あなたのところの検査官は気にしなかったわけですね」

「うちの検査官ではない、ウォーショースキー」ラナガンの声は穏やかだった。「検査官は市のために働き、自分の職務には忠実だ。だから、もちろん、相手がラーマ・カラブロであることを確認している。さて、ウォーショースキー」ラナガンはこれまでより歯切れのいい口調になった。椅子にだらしなくもたれていたのが、急にきちんとすわりなおしたという感じだった。「今日は一日じゅう忙しい。きみもきっとそうだと思う。だから、このおしゃべりはとても楽しいが、そろそろ電話を切らなくてはならん。

だが、もうひとつ言っておこう——きみ、ジグラー家の少女と一緒に橋守小屋にいたそうだね。シナゴーグの件で取引してもいいんだが、いまや取引価格は上がっている。きみは超活発なシロイワヤギで、ずいぶん多くの岩場を跳びまわっているから、なぜ転落死しないのか理解に苦しむ。リトヴァク家の岩にも跳び乗ったようだな。われわれが捜している品を差しだすよう、あの少年か父親を説得してほしい」

ラナガンは言葉を切った。

「あら、陰で糸をひいてるのはあなたなんですね、コーキー。なんのお話だかわかればいいんですけど、残念ながら、わたしにはわかりません」

「目をパチパチさせて無知な女のふりをするには、きみは少々年をとりすぎているぞ、ウォーショースキー」

「コーキー、わたしとアシュリー・ブレスラウをとり違えてらっしゃるようね。目をパチパチさせるのがわたしのスキルに含まれたことは一度もありません」

「声が出なくなるまで歌いつづけるがいい」ラナガンは声を尖らせた。「そうだ、もうひとつ。ガス・ジグラーが姪を返してほしいと言っている。後見人となるための申立てをおこなって、すでに認められているのだぞ。〈クローフォード・ミード〉の弁護士を雇い、きみが姪を返そうとしない場合は訴えると言っている」

そこはわたしの別れた夫がパートナーをしている法律事務所で、一時間あたりの料金は千ドルを超える。別れた夫とわたしはジキルとハイドのようなもので、同じときに同じ空間に存在することができない。わたしの不意を突こうとする努力の一環として、ラナガンがこの事務所を選んだに違いない。

「たしかに優秀な情報源をあれこれお持ちですね、コーキー」わたしは声を冷静に保ち、かすかな称賛まで加えた。「そのなかの誰がジュリア・ジグラーの情報を持ってきたのかしら。もっと言わせてもらうと、あなたはなぜジュリアのことが気になるんです？　あるいは、橋守小屋のことが」

「いや、ジュリアのことを気にしているわけではない。個人的には。だが、わたし自身も父親だ。子供は家族のもとで暮らすべきだと強く信じている」

わたしの首の血管が激しく脈打ち、呼吸困難に陥りそうだった。ましてや考えごとなどできるわけがない。「橋守小屋で何が起きたにせよ、ニュースにはなっていません。だってリポートする人がいなかったから。つまり、あなたはスコット・コーニーを通じて知ったわけですね。〈クサリヘビ〉がコーニーのうしろで糸をひいているのだと、わたしはずっと思っていました。コーニーがあなたに情報を流してることを教えてくれて、どうもありがとう。ホーマン・スクエア署の上司はそのことを知ってるのかしら」

「〈クサリヘビ〉、糸。きみは映画のセットをこしらえ、ありもしない犯罪をでっちあげて喜んでいるわけだ」

わたしはそれを聞き流し、熱をこめて言った。「ガス・ジグラーのことがほんとにお気に入りなんですね。弁護士の費用まで出してあげるなんて。映画のセットと言えば、ニール・サイモンの戯曲の映画化なんかどうかしら？　《おかしな二人》——かつかつの暮らしをしているケチな請負業者と政財界のフィクサーのお話。フィクサーがずいぶん派手に動いているため、わたしの情報源によると、連邦の大陪審が会いたがってるそうですよ。現代の映画ファンにはセックスの場面が必要だけど、あなたに頼まれれば、ガスはほぼなんでもやるでしょうね」

「きみ自身も三流のケチな探偵だ、ウォーショースキー。きみが何をやっても世間が何年ものあいだ大目に見てきたのを、わたしは意外に思っている。きみを叩きつぶすのは簡単なことなのに。家に侵入したゴキブリを叩きつぶすようなものだ」

ラナガンはわたしのせいで苛立っている。いいことだ。「最初はシロイワヤギだったのに、今度はゴキブリに降格ですか。でも、ゴキブリが世間でどう言われてるかご存じでしょ、コーキー——キース・リチャーズと共に核戦争を生き延びることができるのはゴキブリだけ。叩きつぶすのはすごくむずかしいのよ」

わたしは電話を切った。シャツが汗でぐっしょり濡れていた。車を降り、腕と脚の震えを止めようとしてぐるぐる歩きまわった。

いつしか、さまざまなピースを組みあわせようとしていた。ブラッド・リトヴァクの電話を使ったせいで、わたしたちが橋守小屋にいることを知られてしまった。警察がブラッドの電話の信号を追ってただちに駆けつけたところを見ると、ブラッドの電話がグース島の近くにあることを誰かが報告したに違いない。その相手はラナガン？　それとも、スコット・コーニー？　ドニーが報告したとは思えない。リトヴァク家の者は一族が団結することにより、サウス・シカゴで生き延びてきた。ドニーが息子を侮辱することはあっても、密告するなんてありえない。

アシュリーとなると、また話は違う。ブラッドが写真に撮った黒っぽい髪の男がアシュリーの愛人だったら、彼女がその男に話したかもしれない。〝息子を密告した〟ことを品よく表現するとそうなる。

この街では破損した下水管の修理にとりかかるにも五年はかかるというのに、警察がブラッドの電話の現在地を突き止めて橋守小屋の捜索にとりかかるまでは、ワープのごときスピードだった。

ミスタ・コントレーラスに預けておけばブラッドもジュリアも安全だと思ったのは幻想だった。ジュリアのために別の場所を探さなくてはならない。それも大急ぎで。尾行を阻止するため、スマートフォンはアルミ箔で包んであるが、ジュリアのために隠れ家を見つけるまでは、わたしの姿を人目にさらしておくほうがよさそうだ。シカゴの笛吹き女、わたしのあとを追えば少女のもとへ行けると思っているネズミたちを連れていこう。寝室のクロゼットに安全にしまってあるスミス&ウェッスンのことを考えて、残念に思った。そのままにしておくのが、たぶんいちばんいいのだろう。シカゴ市警の人間を銃撃したりすれば、ピッツェッロ部長刑事も、フィンチレー警部補も、わたしを守ってくれなくなる。

38 モンテ・クリスト伯

アシュリー・ブレスラウは玄関先に立ったわたしを見るなり、未成年のわが子の問題に干渉するわたしを訴えるつもりでいることを、声をかぎりにわめきはじめた。

わたしは彼女の言葉をさえぎった。「二日前の晩、息子さんがジグラーの屋敷の外にいたことはご存じね？　あなたがあの屋敷にいて、あの子の父親ではない男性の腕に抱かれ、唇を重ねている姿をあの子が見ていたことも。それが未成年の子供の心に大きな衝撃を与えたため、あの子はあなたのいる家に戻るのをいやがってるのよ」

「あの子、ドニーにそそのかされたんだわ」アシュリーは言った。「あそこで何してたのかってブランウェルに何回も訊いたら、ようやく、わたしを尾行してきたことを認めたわ。すでに薄々わかってたけどね。ドニーがあなたを雇ってわたしのことを嗅ぎまわらせたの？　そして、あなたはその汚い仕事をわたしの息子にやらせたわけ？」

「どちらも答えはノーよ。ブラッドはあなたとドニーの両方のことを心配している。ただ、あなたの車を尾行して川べりまで行ったのは、あの子自身の思いつきだった。あなたが誰かと密会していることを証明できれば、あなたが子供の監護権を求めて訴えることはできなくなり、ドニーの印象を悪くしようとするのもやめるだろうって思ったのね」

「ドニーの印象を悪くする？　印象を悪くするですって？」アシュリーは芝居じみた甲高い笑い声を上げた。「わたしの助けがなくても、印象を悪くするぐらい、ドニー一人でやれるわよ」

「かもしれない。でも、はっきり言わせてもらうと、息子さんは両親から地面に叩きつけられるアメフトのボールになりたいとは思ってないのよ。あなたにきりきり舞いさせられるのも、夜中にドレスアップして仕事に出かけるふりをされるのも、あの子にとっては辛いことなの。

あの子は写真を撮った。すると、あなたの愛人が出てきてあの子をシカゴ川に突き落とした。あなたの愛人のせいで、あなたの息子は危うく死ぬところだった。二人の姿を見たことをあなたには知られたくないってあの子が言うから、わたしは二日間黙っていたけど、その段階はもう過ぎてしまったわ。あなたの写真はクラウドに保存してあって、ブラッドがフォトアルバムにアクセスすれば、いつでもとりだせるのよ」

アシュリーは猫のようにひそやかに微笑を浮かべたが、そのあとで言ったのは、ドニーがミスタ・コントレーラスのところにブラッドを置いて出たあとで彼女に電話してきた、ということだけだった。「ブ、ラ、ン、ウ、ェ、ル、が川岸で電話をなくしたってドニーが言ったから、あの子の電話をすぐ解約しなきゃということで、わたしたちの意見が一致したの。わたし、ドニーに言っておいたわ――ブランウェルに新しい電話を買ってやりたいなら、どうぞご自由に。でも、あなたがその電話でわたしをスパイするつもりなら、電話を買うお金も、電話料金も、わたしは一セントだって出さないわよ、って」

「でも、あなた、そのあとすぐボーイフレンドに電話したでしょ。違う？　いまいましい写真を削除したいから、その電話を拾ってきてって彼に言ったんじゃない？」

アシュリーは嘲笑で唇を歪めた。「ボーイフレンド？　わたしたちのこと、中学生だとでも思ってるの？」

「やってることからすれば、まさに中学生レベルだわ。彼のことをあなたの新たなヒースクリフって呼んであげる。あなたは二十年前、ドニーがロマンティックなワルに見えたから彼にのぼせ上がったけど、彼にはあなたが焦がれる贅沢な暮らしをさせることができなかった。そこで、今度はもっと大物のワルを見つけた。その男は大物の悪徳警官たちとつきあいがあり、大胆な悪事に手を染めている。あなたの青春時代の夢よふたたび、ってわけね」

「自分が何言ってるのか、わかってないようね」アシュリーは言った。「あなたとドニーが円満に暮らしてたころ、ドニーの十代のときの話を何か聞かなかった？　ヤバすぎて人前ではとうてい白状できないようなことをしたという話を」

「不良だったしね。話は聞いてるわよ。サウス・シカゴの落ちこぼれ連中とつるんでて、あなたのいとこもその一人だったとか。あなたはいとこが水の上を歩けると思ってるようだけどね。みんなでケチな悪事をさんざんやってたんでしょ。世界じゅうのあらゆる場所で男の子たちがくりかえす話だわ。でも、ドニーはそのすべてから手をひいたと言ってた。刑務所や採石場の底で人生を終えたくなかったから」

「ブーム＝ブームについてのあなたの意見は合ってるわ。落ちこぼれって点ではなく、水の上を歩けるという点が。少なくとも、すべることはできたもの。ドニーとタッド・デューダは地元のマフィアのボスだったヴァル・トンマーゾの使い走りをしていた。そして、ある晩、トンマーゾに何か命じられて出かけたけど、よほど怖い思いをしたらしく、それきりやめてしまった。少なくとも、ドニーと双子はビビってた。何があったのか知らないけど、ブーム＝ブームはそれには加わってないわ。

二週間ほど前に誰かがドニーに電話をよこし、こちらの頼みを聞いてくれないなら、あの夜おまえたちがしたことを通報してやる、と言ったそうよ。誰が電話してきたのか知らない？　ヴァル・トンマーゾだったの？　ドニーに何をさせようとしたのかしら」

「ドニーは悪事やペテンに数えきれないほど関わってるから、わたしはそういうことに注意を向けるのをとっくの昔にやめてしまったの。それに、あなたも見たとおり、最近のわたしたちは秘密を分けあう仲じゃないし、ましてや誰が電話してきたかなんてドニーが話すわけないから、あなたがなんのことを言ってるのか、さっぱりわからないわ」

「じゃ、わかる話をしましょう。あなたと、あなたのボーイフレンドじゃない人が抱きあってた川べりの屋敷の話。ジグラー家の屋敷の室内装飾を手がけてお金儲けをしようなんて、あなたが考えてないといいんだけど。だって、あれは売却物件じゃないから」

「第三者預託物件として、買手を待ってるところよ。わたしがあそこへ出かけたのは、なんの疚しいところもないビジネスの用件のためで、案内してくれた男性が屋敷の鍵を持っていたの」

「ガス・ジグラーがその男に渡した鍵ね。ガスは屋敷の所有者の息子で、自分の姪からその鍵を盗んだのよ。そして、あなたたち二人は暗いなかで物件のチェックをおこなった。明かりといえば、リビングに置かれたバッテリー式のスタンドと、暖炉のロマンティックな火だけの家で。おまけに台所のドアは焼け焦げてた」

「ええ、最後に住んでたのは認知症のおばあさんだった」アシュリーの声は落ち着いていた。「自分がやってることもわからない状態だったから、いまは閉鎖病棟に入れられてるわ。あの屋敷に戻ってくることはないでしょうね。もう売りに出されてるし」

〝暴力はなんの解決にもならない。暴力はさらなる暴力を招くだけだ〟父と母から何度も言われた。いま、わたしはそれをくりかえして、心を静める効果があると言われる深呼吸をした。それでもなお、アシュリーの頭をひきちぎってやりたかった。

「お友達連中からフェイクニュースを吹きこまれたようね。あそこはガスの母親の屋敷で、母親は家に戻りたいと思ってて、わたしはその希望を叶える手伝いをするために動いているの。あなたを案内してくれた男性に、権利書を見せるよう頼んでみて。見せられないはずよ。だって、権利書は、所有者の顧問弁護士の事務所に預けてある貴重品箱に入ってるんですもの。

今度またあの屋敷へ出かけて、『真夜中のサバナ』を室内装飾用に何冊もばらまくことがあったら、地下に下りてごらんなさい。ガス・ジグラーと妻のレイシーが姪を監禁していた地下牢があるから。あの二人はね、ガスの母親の貴重品箱の鍵を姪から無理やり奪おうとしてたのよ。室内装飾に『モンテ・クリスト伯』を加えたら、すてきな仕上がりになるかもね」

「地下室ならすでに下りてみたわ」アシュリーは言った。「ネズミの巣窟だわね。あの屋敷をどうにかする前に、大型ゴミ容器を一ダース運びこんで、書類やその他いろんなものを放りこまなきゃ」

「バッテリー式のスタンドの光であなたが逢引きした翌日、わたしもあそこへ行ってみたのよ」わたしは言った。「シカゴの消防署の人たちもやってきた。でね、書類や昔の衣装をかき分けて進んだところ、地下牢が見つかった。ほっそりした少女ならくぐり抜けられる程度の隙間がドアにできてたわ」

アシュリーはまたしても芝居じみた笑い声を上げた。「あなたの想像力ってすごいのね、ヴィク。ドニーやソニアやサウス・シカゴの不良たちにはないものだわ。音楽をやってたあなたのお母さんが想像力を育ててくれたのかもね」

「あなたの想像力だってかなりのものよ、アシュリー。そのうち記録に残すべきね。あなたの辛辣さや安っぽい侮辱の言葉のせいで、息子はあなたから離れていった。あなたたちが離婚を望んでるのは、もしかしたら、ドニーのせいだけじゃないかもしれない」

アシュリーは玄関ドアを閉めかけていた。そのドアをふたたびあけた。憎悪に目がぎらついていた。「いろいろとご存じのようだけど、ヴィク、すべて知ってるわけじゃないでしょ。わたしは新しくできる不動産会社の幹部になる予定よ。ブローカーとして手数料がとれるようになる。そして、ジグラーの屋敷が成功への踏み台になるの」

わたしは思わず口をぽかんとあけてアシュリーを凝視した。「その不動産会社の背後には誰がいるの？　コーキー・ラナガン？　ジグラーの屋敷で会ってた相手はラナガンだったの？」

「コーキー・ラナガン？」アシュリーはオウム返しに言った。「やめてよ、ヴィク、あの男に会ったことないの？　ベーコンのかたまりを抱くほうがまだましだわ」

アシュリーはふたたびドアを閉めかけたが、開いてこう言った。「『真夜中のサバナ』はいい提案ね。でも、『モンテ・クリスト伯』はだめだわ。剣戟の場面は家を売る助けにならないから」

「あなたが言ってるのは『三銃士』のことでしょ。モンテ・クリスト伯は孤島の土牢に閉じこめられた人よ。敵の策略によって、そこで死ぬ運命だった。ところが——驚くなかれ！　みごと脱獄したの。ジュリア・ジグラーと同じように」

捨てゼリフを残してやったが、気分は晴れなかった。今日、わたしのことを何も知らない人間だと言ったのは、アシュリーで三人目だ。ラナガンは、わたしにはとうてい探りだせない内部情報を持っているが、アシュリーのボーイフレンド兼案内役の男は、ラナガンの取巻きの一人なのかもしれない。ロバート・カラブロもわたしのことを無知だと言ったが、彼は重要人物ではない。ただの寄生虫にすぎない。

アシュリーは以前、ひとつだけ正しいことを言った。ドニーが恐怖や不安に駆られたときに頼ろうとするのは、彼の妻ではなく、姉のソニアだ。

39 巨大小売店

家族のほかの人々と同じく、ソニアもサウス・シカゴを離れていた。ギアリーという男性と結婚した。ブリッジポートで暮らすようになったのもうなずける――ここはアイルランド系の代々のシカゴ市長とその取巻きたちの家があった歴史的地区だ。

当時は、黒人が第十一区の境界線を越えただけで殺されかねず、白人であってもアイルランド系でない者はぶちのめされる時代だった。それがいまでは、本物の多様性を誇るシカゴでも数少ない地区のひとつになっているのだから、かつてのデイリー市長の取巻き連中は墓のなかで、核分裂を起こしかねないほど強烈に嘆き悲しんでいることだろう。

ソニアは八年前にスティーヴ・ギアリーと離婚した。子供はいなかった。データベースで調べたところ、パーシング・ロードにある〈オールド・コミスキー・オートパーツ〉の店長をしていることがわかった。この時刻なら、たぶん店にいるだろう。いくらパンデミックの時代でも、人々はバッテリーやファンベルトを必要としている。

今日は野球試合のある日だった。ホワイトソックスはワールド・シリーズに向かってまっしぐらのときでさえ、集客に苦労している。いまはシーズンが始まったばかりで、しかも四月の肌寒い日なので、野球場付近の車の流れは順調だった。これがリグレー球場なら、たとえカブスが最下位に沈んでいても、スタンドは満員だ。世の中はたしかに不公平だ。〈オールド・コミスキー・オートパーツ〉はソックスの球場の三ブロック西にあって、試合日はバッテリー充電のロードサービスありと宣伝していた。〝あなたのパパよりも、AAAよりも迅速に駆けつけます〟また、〈オールド・コミスキー〉の防犯カメラつき駐車場の料金は十五ドルという宣伝もあった。今日、店の駐車場を利用しているのはわずか二台で、その横に発電機とケーブルを荷台にのせたトラックが止まっていた。

　わたしは空いたスペースに車を止めてから店内に入った。入ったところは狭いスペースで、このスペースとオートパーツの売場を、受付カウンターと奥の倉庫に通じるゲートが隔てていた。あたりには誰もいなかったが、奥から人の声が聞こえてきた。ゲートまで行ってみると、ロックされていた。

　頭上で船鐘（シップスベル）のような音が響いた。「〈オールド・コミスキー〉にようこそ。カメラに向かって、はい〝チーズ〟」

　録音された音声に驚いて、わたしは思わず上を見た。ライトが光り、ゲートが開いた。

賢いやり方だ。商品を勝手に持ち帰りたくても、こちらの顔がファイルに保存されているというわけだ。

「誰か来たわね。いますぐ行きます」店の奥からソニアの声が聞こえた。すぐわたしのところに来ることを伝えようとして、大声を上げている。

「あら、ソニア！ V・I・ウォーショースキーよ」わたしは叫んだ。「通路14にいるわ」

「ウォーショースキー！ いったいなんの用？ バッテリー充電が必要なら、AAAに電話しな。あんたのためにトラックを出すのはごめんだ」

最後の言葉と同時に、ソニアが通路の端に姿を見せた。ジーンズに緑色の男物のシャツという仕事用の服装で、シャツは左のポケットに〝オールド・コミスキー〟、右のポケットに〝ソニア〟とステッチされている。

「そうとも、なんの用だ、ウォーショースキー？」ソニアのうしろにレジーが姿を見せた。

「レジー！ ロケットシップはもう見つかった？」

「〈スカイロケット〉だ」レジーはわたしの間違いを正した。「まだ見つからん。あんた、ブラッドを説得して、誰に売ったか白状させたか？」

「自分の息子たちじゃなくてブラッドを疑うのには、きっと理由があるんでしょうね。あの子たち、とっても行動力のある二人組に見えるけど」

レジーが顔をこわばらせた。「うちの息子たちは〈スカイロケット〉がいかに重要かを知っている。おれだけじゃなく、産業全体にとって。しかも、それが成功すれば、息子たちだってどんな夢でも実現できるようになる」

「十年後の売値がいくらになるかを夢に見る十代の子なんて、ほとんどいないわ。その子たちが望んでるのは、いますぐ行動に出る、お金をもらう、刺激を得るといったことなの。フィンとキャメロンには、あなたの作業場やパソコンに入りこむ機会が何十回もあったはずよ。悪賢い子たちだから、あなたのパスワードもおそらくすべて知ってるでしょうね」

「そのとおりだよ、レジー」驚いたことに、ソニアがわたしに同調した。「ブラッドよりあの二人のほうがずっと悪賢い」

「もちろん、ドニーの子だから、あんたはブラッドの肩を持つだろうな」レジーは苦々しげに言った。「だが、ブラッドはゲーム好きだ。ドニーの子だ。だから、ズルをする方法を学びながら大きくなった」

「ブラッドはズルなんかしないよ」ソニアが言った。「あの赤毛とむっつりした顔の下にどんな子が隠れてるか、誰にわかるっての？　アシュリーには似てないし、もちろん、ドニーにも似てない。たぶん、生まれたときによその子ととりかえられたんだろう」

レジーが反撃する暇もないうちに、わたしが割りこんだ。「ドニーと仲間のズル連中。じつは、ソニアとその話をしたかったの。だから、あなたもいてくれて助かったわ、レジー。ブラッドがわたしのところに相談に来た理由をずっと黙ってたのは、両親がそれを知ったらこれまで以上にひどい喧嘩になりそうで、あの子がそれを心配してたからなの。でも、誰かがドニーに圧力をかけてて、過去の何かをネタにして脅迫し、気の進まないことをやらせようとしてるのを知って、あの子は怯えている。それが何なのかをわたしは知る必要があるの。誰が圧力をかけてるのかも知る必要がある」

「ちょっと、アシュリーがあんたに金払って、ドニーを悪者に仕立てようとしてるのかい？」ソニアが嘲笑した。「あの女こそ、自分のケツをかばう必要が――」

「頼むからやめて」わたしはうんざりして言った。「わたしは命の危険にさらされた十代の少女と、あなたの甥を預かっている。あなたの甥が暴力をふるわれたのは間違いない――誰がやったのかはわからないけど、その人物は〈スカイロケット〉のソフトか、少女が隠し持つ何かを狙っている。ティーンが二人、命を脅かす秘密がふたつ――どこかで何かの形でつながっていると推測するのが自然だし、そのつながりにドニーが関わってるかどうかを調べる必要があるの」

弟と姉が同時にしゃべろうとした。

「最後まで言わせて」わたしはブラッドが偶然耳にしたという電話のことをかいつまんで伝えた。「そこで、わたしはドロシーア・ジェンコに連絡をとったの。昔、お父さんの店で働いてた女性で、あなたたち双子とドニーがタッド・デューダと一緒に店のバンで出かけた夜のことを話してくれたわ。ブーム＝ブームはあなたやドニーの仲間になってトンマーゾの使い走りをしていたけど、そのときは一緒に行くのを拒んだ。ミズ・ジェンコの話だと、その夜を境に、あなたとスタンはトンマーゾに背を向け、アカデミックな世界のスーパースターに変身していったそうね。ドニーは学校には戻らなかったものの、トンマーゾの使い走りをするのはやめた」

　ソニアとレジーは身じろぎもしなくなった。静寂のなかで、暖房装置の送風機がオンになるのが聞こえた。

　長いあいだ立ちっぱなしだったため、わたしのハムストリングに痛みが走った。「あの夜、あなたたちは〈クサリヘビ〉に用事を命じられて出かけていった。そうね？」

「用事？　そう呼ぶこともできるよな」レジーが苦い口調で言った。「ドニーは十二か十三のころから、〈クサリヘビ〉のためにクソみたいな使い走りをしていた。あのころ、スタンとおれはドニーをロックスターみたいに崇めてて、あとをついてまわったものさ。ドニーは兄貴、ドニーはクール。スタンとおれは十三で、ドニーは十六だった。おれたちはドニーが近所でちやほやされてるのを見たし、あのバイクだって——ドニーのバイクにおれたちは憧れてた。トンマーゾにみかじめ料を払おうとしない連中の酒場から、ドニーは煙草をかっぱらってきた。通りの角でコンビニをやってたノヴィックも払ってなかったな——やつのこと、覚えてるか？　〝ノヴィックは敵だ〟ドニーがよくそう言ってたから、スタンとおれも口をそろえて〝うん、そう、ノヴィックは敵だ〟と言ったものだった」

レジーは裏声を出し、十三歳のころの自分のまねをした。

「人はそうやって悪の道に入っていくんだ」レジーはさらに話を続けた。「湖に片足を入れ、次は足首まで水に浸かる。ほどなく、足が湖の底を離れたことには気づきもせずに泳ぎはじめる——ヴァル・トンマーゾの軌道にひっぱりこまれるというのはそういう感じだった。

それはともかく、あの夜、ヴァルはおれたちに命じた——車でカル・ハーバーのガイザー・スリップまで行き、そこで誰かがおまえたちに荷物を渡すから受けとってくるように、と。誰なのかは訊かないでくれ。あのときそいつの名前を聞いたかもしれないが、おれにはなんの意味もなかった。

ヴァルはドニーに、貨物船がガイザー・スリップで荷降ろしをする予定だから、箱を一個受けとってこいと言った。少年たちの冒険の一夜だ。警備員の詰所を通り抜けるためのパスワードをもらった。貨物船の荷降ろしをしている男にそのパスワードを告げるように言われた。まずいことになるわけないだろ?」

レジーはおもしろくもなさそうに微笑した。「ブーム＝ブームは行かないと言った。そのことでタッド・デューダと喧嘩になった」

わたしはうなずいた。「その喧嘩のことなら、ドロシーア・ジェンコが店員仲間の女性から聞いたそうよ。女性はエクスチェンジ・アヴェニューの店舗の上階にある狭いアパートメントに住んでて、喧嘩を目撃したんですって」

「そうか、ウォーショースキーは——あんたのいとこは——きっとヤバいと感じたんだろう。あのころすでに、ナショナル・ホッケーリーグの強化合宿に参加して、二軍リーグのどこかのチームがスカウトしてくれるのを待ってたから、犯罪行為に加担してつかまるのは避けたかったんだな。

それはともかく、おれたちはスリップまで行って、最初のうちは、ヴァルに頼まれたいつもの用と同じくスムーズに運んでる感じだった。パスワードを言って無事に通過し、荷降ろしの責任者がおれたちを倉庫に連れてって、トンマーゾの荷物を持ってくように言った。荷物というのは木箱で、めちゃめちゃ重かった。ドックの男たちが二人がかりで持ち上げなきゃならなかった。

あのバンは動く衣料品店みたいなものだった。フロント部分に助手席があったが――そこはデューダの席で――うしろには座席がないから、スタンとおれは床にすわった。車のなかは荷物を積みこんだり降ろしたりするときに衣類をかけておくラックでぎっしりだった。そして、ドックの男たちがヴァルのでかい木箱をそこに放りこんだ。

ユーイング・アヴェニューを走ってたときに、とんでもないことが起きた。木箱が内側からあいたんだ。そして、男が這いでてきた。これまでに見たホラー映画がどっとよみがえって――おれたちはホラーの世界に放りこまれた。まだガキだったスタンとおれは悲鳴を上げた。何事かと驚いたドニーが道路脇に車を寄せると、男が銃を抜いてドニーに向け、このまま運転しろ、行き先は指示する、と言った。そこでドニーは運転を続け、車は市街地を離れた。そのあとどこへ行ったのかは、いまだにわからない。男が車を降り、しばらく待ってろと言った。一軒の家に入っていった。おれたちは待った。やがて男が家から出てきて、おれたちはその男を乗せてガイザー・スリップにひきかえした。ドックにいた男がやつを貨物船に乗せた」

「殺し屋だったのね」わたしは言った。

「うん、殺し屋に間違いない」レジーも同意した。「ドニーはもうパニック状態で、道路からはずれ、バンを傷だらけにしちまった。家に帰り着いたのは朝の三時ごろだった。おふくろは酔いつぶれてたし、おやじはたぶん、カル・シティに囲ってた愛人のとこにいたんだと思う。

サウス・シカゴに戻ったとき、ドニーがデューダに言った。〝〈クサリヘビ〉に言ってやる。やめさせてもらうって。とにかく、リトヴァク家は手をひく。おまえは残りたきゃ残れ〟と。そこで、デューダが〝ヴァルに言いつけてやる。リトヴァク家の者は表裏があるってな。ユダヤ人はみんなそうだ〟と言ったため、ドニーがやつに飛びかかった。スタンとおれはその場に突っ立ったまま、二人がボコボコに殴りあうのを見ていた。もちろん、ドニーが勝った。負けそうになったら、スタンとおれが加勢してただろう」

「その話だったら、あたしもドニーから聞いてる」ソニアがざらざらした声で静かに言った。「その日のうちじゃなかったけど、一週間ほどしてから。ドニーはブーム＝ブームに警告されたと言っていた。ヴァルがドニーをハメて支配下に置こうとしてるから気をつけろって。あんたのいとこはなんでそんなことがわかったんだろ？」

「ブーム＝ブームからは一度も聞いてないわ」わたしは言った。「もしかしたら、ヴァルがあなたのお父さんのバンを使わせようとしたのを見て、ブーム＝ブームはピンときたのかも。何かまずいことになった場合、責任を負わされるのはドニーとタッドだけど、リトヴァク家のバンで出かけたんだから、ドニーのほうが先よね。ただ、わたしが思うに、ブーム＝ブームが抜けたのは、ゴールデン・ジェット（ホッケーの名選手ボビー・ハルの愛称）のようなスター選手たちの前でプレイするのが大きな刺激だったからじゃないかしら。ケチなマフィアのボスの使い走りで安っぽい刺激を得る必要はなかったのよ」

だが、ヴァルは本当にケチなボスだったのか？　違法賭博から酒、ドラッグ、そしてたぶんセックス産業に至るまで、シカゴのサウス・シカゴに流れこむ金の多くを意のままに動かしてきた男だ。自分の指示に従わなかったブーム＝ブームに、あるいは、自分から離れていったドニーに制裁を加えることもできただろう。

「ヴァルはブーム＝ブームを脅してたわ」不意に、ある記憶がよみがえった。「わたしの耳に入ったのは、やりとりの最後の部分だけだったけど。ブーム＝ブームとわたしがエクスチェンジ・アヴェニューを歩いてたとき、ヴァルが車を――ばかでかいトロネードを――道路脇に寄せて、ブーム＝ブームを呼び止めたの」

いとこはわたしに、歩道でじっとしてろ、そばに来るんじゃないぞ、と言った。身をかがめて、開いた窓越しにヴァルと話を始めた。助手席にホーリー部長刑事がすわっていた。警官がマフィアのボスの車に乗っているのを見て、ショックを受けたことを覚えている。

やがて、ブーム＝ブームが車からあとずさりながら叫んだ。〝ああ、あんたからスケート靴をもらったよ。けど、それであんたのものになった覚えはない。レッド・ウィングはジャージをくれたけど、あのチームのものになった覚えもない〟と。

ヴァルに脅された理由を、ブーム＝ブームはどうしてもわたしに言おうとしなかった。わたしはホーリー部長刑事がヴァルと一緒にいるのを見たときの不安を、父に話すことができなかった。母が一回目の手術を受けたばかりだったから。父は心配と過労でやつれていた。母がほしがる新鮮な果物を買うために、勤務時間を増やしてもらっていた。わたしは母の身を案じるあまり、このときのことをすっかり忘れていた。

「そう、ブーム＝ブーム・ウォーショースキーはヒーローで、リトヴァク家の者はろくでなしだった」ソニアが苦々しげに言った。「いまじゃ、製鋼所の聖ヴィクトリアは聖なる山のさらなる高みへのぼることができる」

「ソニー、リトヴァク家の者はクソ幸運だったんだぞ」レジーが言った。「おれたちは犯罪の片棒を担いだ。どんな犯罪だったか探ってみようなんて思ったこともない。あの男を途中で降ろしたのが人殺しをさせるためだったのかどうかも、知りたいとは思わない。高飛びする前に母親に最後のキスをしたかったんだと、おれは思いたい。

スタンとおれはけっしてその話をしないと約束した。ドニーもぜったいしてないと思う。おれはメラニーにひとことも言ってないし、ドニーだってアシュリーには話してないはずだ。あんたたち二人も、この件を蒸しかえすようなことはぜったいしないでくれ」

「もちろんだよ」ソニアが言った。「頼む必要もないことはわかってるだろ——ああ、ウォーショースキーがここにいる。警官の娘。あたしたちを密告する気かい？」

わたしはそのジャブを無視した。「ブラッドはドニーの電話の相手が〝昔はソニアがあんたを助けだしてくれたが、今度はもう無理だな〟と言ったのを聞いている。あなた、ドニーを何から助けだしたの？　それとも、電話の相手が言ってたのは何かほかのことだったのかしら」

ソニアが「誰もあんたを神さまにしたわけじゃないんだから、あたしや弟たちを偉そうに批判するのはやめてほしいね」とわめきはじめたが、レジーがそれをさえぎった。「いつもおれたちを助けだしてくれただろ、ソニー。それは秘密でもなんでもない。例えば、自分がガールスカウトの集まりに出てるあいだ、ドニーがグレゴリーのお守りをしてたとあんたは主張した。しかし、じっさいには、ドニーはトラックのテールゲートに飛び乗って煙草をくすねてた。言うまでもないが、おれがサツにしょっぴかれそうになれば、あんたはサツの連中にスタンとおれを間違えてると言ってくれた。スタンとおれの立場が逆になることもあった。あの晩、あんたがあそこにいたかどうかは覚えてないが、おれはそのたぐいの記憶をずいぶん封じこめてきたから、ひょっとすると、いたのかもしれないな」

「いや、違う。あたしは出かけてた。もちろんグレゴリーを連れて。ドニーが何かヤバいことをしてて、あたしの力じゃもう逃がしてやれないことはわかってた。けど――」

ソニアはわたしをちらっと見た。苦悩、怒り、すてきな組み合わせだ。

「あたしは孤独だった。孤独だったんだ！　あんたたち男の子とドニーはつるんで出かけ、冒険してるってのに、あたしは赤んぼと酔っぱらいと一緒に家で留守番だ。だけどあの夜は、いや、もう午前になってたけど、ドニーが帰ってきた。ボロボロの状態で、震えたり吐いたりしてた。木箱から出てきたのが誰だったのか、そいつが郊外の家で何してたのかをドニーが知ってたかどうか、あたしにはわからないけど、ドニーがあたしを必要としてるのはわかってた。

父さんにはこう言っといた――レインボー・ビーチのパーティに行ってたら、ドニーがあたしを捜しにきたけど、あの子、コンクリートの壁に車をぶつけちまったってね。父さんはあたしの言葉を信じなかったけど、もちろん、母さんは夕食の時間までに酔いつぶれてたから、あたしが家にいたかどうかを父さんが知るすべはなかった。あたしは別にあんたたちを助けだしたわけじゃなくて、あんたたちがどこにいたのか、何してたのかを誰も証明できないようにしただけさ」

レジーはソニアの首の付け根をさすった。「おれたちのためにずいぶん無理してくれたよな、ソニー。おれたちゃ、ギアリーのクソ野郎のことでもっとあんたの力になるべきだった」

「ドニーがヤバそうな犯罪者を車で運び、それから降ろしたんだって、ドニーの電話の相手が言っていたのなら、ブラッドがたまたま耳にした電話の人物というのは、きっとデューダかトンマーゾね」わたしは言った。「ドニーに何をさせようとしたのか、あなたたちのどちらかに心当たりはない？」

マスクの上でソニアの目が悲しげに見えた。「今回の騒ぎが始まって以来、ドニーはあたしから身を隠してる。あたしにつかまったらほんとのことを白状させられるのがわかってんだろうね。もしかしたら、あたしを守ろうとしてるのかも」

「リトヴァク一家がほかにどんな秘密を抱えてるのか、わたしにはわからないから、ひとつだけわかってることを言わせてもらうわ。レジーの発明品のことよ。紛失したのは、ドニーが脅迫電話を受けたのと同じころだった」

「ドニー？」レジーはまさかという口調だった。「何バイトかが立ち上がってドニーのケツに食いついたとしても、それがソフトウェアだなんて、あいつは気づきもしないぞ」

「使用法を知る必要はないわ。コピーをとる方法さえ知ってればいいのよ。ほしがってる人間に渡すために」

「ドニーがコピーをとる姿も想像できないな。それに、なんでそんなことするんだ？

〈スカイロケット〉がおれにとってどんなに重要か、ドニーは知ってる。おれを裏切ってソフトを盗みだし、ほかの誰かに渡すなんてこと、するわけがない」

「ドニーが自分から進んであなたを裏切ることはありえないわ」わたしは同意した。「でも、バンで出かけた夜のことが表沙汰になったら、あなたにとってどれほどのダメージになると思う？　あなたも一緒に出かけたことを知ってる人なら、その年に起きたマフィア関係の説明のつかない出来事を調べだすのはむずかしくないでしょうね。迷宮入りになった暗殺事件かもしれないし、男が母親にした別れのキスかもしれない。ドニーは仕事をクビになる。アシュリーは親権をめぐる争いで有利な立場に立つ。そして、あなたに投資する可能性のあった人たちはあなたと距離を置こうとする。あなたはあのとき、わずか十三歳だったけど、それでもやはり――！」

「こんなこと言うのは息が詰まりそうだけど、この女が正しい」ソニアが言った。

　レジーはうなずいた。「ソニー、水を一杯くれないか」

　ソニアは店の奥へ姿を消した。

「ブーム＝ブームはほんとにあの夜の話をしなかったのか？」レジーが訊いた。

「わたしにはひとことも」不快な思いに胸をえぐられた。いとこがわたしに秘密を持ってたなんて思いもしなかった。でも、人生があの段階まで来ていれば、秘密があって当然だ。

ブーム＝ブームはまだ十六歳だったが、すでにＮＨＬの二軍チームからスカウトされていた。スカウト関係のイベントに出かけたときに出会った女の子たちと、たぶんセックスしていただろう。そんなことをわたしに詳しく話すわけがない。

40　ヒースクリフ到着

ソニアがペットボトルの水を持って戻ってきた――わたしの分まであった。

「〈スカイロケット〉のことをもっと話してもらう必要があるわ」わたしは言った。「バグを解消すればドローンの機能を革新的に変えられると言ってたわね。でも、実証機がまだないのにどうしてドローンを狙う人がいるのか、その理由がわからないわ」

レジーは顔を歪め、わたしからソニアへ視線を移した。「ドローンのデモをやったところ、びっくり仰天さ。うまくいくにはいったが、こっちが予想もしなかったことまでやってのけた。外部電源なしで電力が供給されるように、ドローンにソーラーアンテナをとりつけたんだ。それで、実物サイズで初めて試験をしてみたら、そいつが家の上空を飛ぶたびに、その家から吸い上げた情報を送ってきた。

この装置でデータを統合すれば、気候変動の現象をマッピングするのに役立つんじゃないかと思ってたんだが、じっさいに飛ばしてみてわかったのは、予想もつかなかった機能を実現させることに、おれが心血を注いでたということだった」

「なるほど。下界からデータを吸い上げることになるのなら、オーウェルの『一九八四年』に出てくる〈ビッグ・ブラザー〉が空に浮かんでいるようなものね」

「そういうこと。それに比べれば、携帯端末の盗聴・傍受装置のスティングレイやダートボックスなんか、どう言えばいいのかな、コーンフレークのおまけについてる解読リングみたいなもんだ。ドニーはおれのｉＰａｄでデモを見てた。わめいたり悪態をついたりしてたが、そのうち、ブラッドとアシュリーをおれに押しつけて飛びだしてった。おれはめちゃめちゃ頭に来たから、デモの日以来、ドニーとはほとんど口を利いてない。データを吸い上げる問題が解決しないかぎりプロトタイプの試験はやらないことも、あいつには教えてやらなかった。ドニーがブラッドを使って盗ませたんだと思ってた」

「あなたがその品をどこに置いてたにしろ、そこに忍びこむ方法がブラッドにわかると思う？」わたしは尋ねた。「わたしはブラッドのことが好きだけど、そういう才覚のある子には見えないわ」

「家族はあの子を見くびってる。グレゴリーを見くびってるのと同じように。二人とも口が重いからだ。じつを言うと、おれはあの子がドローンを使ってゲーミングしてるのを何度か見たことがある。自分が何やってるか、ちゃんと心得てる子だ。おれの作業場に忍びこんだら、何を捜せばいいか、間違いなくわかったはずだ」

レジーは手にしたペットボトルの水をじっと見た。彼のドローンの所在地がそこに出ているかのように。「おれはドニーが盗みだしたか、ブラッドを使って盗ませたと思いこんでたから、ほかの可能性は考えもしなかった。あれが手に入ったら、すごい製品を生みだせる。ドニーがしゃべれば、〈クロンダイク〉みたいな会社にいる者なら誰だってほしがるだろう」

「何を馬鹿なこと言ってんの」ソニアが言った。「ドニーがおまえを裏切るようなまねするわけないだろ。しかも、コーキー・ラナガンみたいなお高くとまった豚野郎になんて」

「いや、おれにはわかるんだ、姉さん」レジーはソニアに片方の腕をまわした。「ドニーがどんなに口の軽いやつか、姉さんだって知ってるだろ。おれの〈スカイロケット〉が人のプライバシーをどれほど侵害するものか、あいつならべらべらしゃべるに決まっている。それを聞いて、コーキーに借りのある誰かが〈スカイロケット〉の産業面でのポテンシャルに気づき、やつのところへ持っていけば大きな点数稼ぎになると思ったのかもしれない」

レジーはわたしに視線を戻した。「いまの時代、データマイニングにおける大きな課題のひとつはデータインテグレーションだ。誰もが毎日、何十億バイトものデータをまき散らしているが、データの形式はばらばらだ。ふつうのドローンでは重すぎて使えないようなデータセットでも、〈スカイロケット〉ならデータインテグレーションが可能になる。あんたが探偵事務所——この呼び方でいいのかな？——をやってて、ホワイトカラー犯罪が専門だとしたら、おれは過去五年間にあんたが解決した事件を調べて、悪党どもと依頼人たちの共通点を洗いだし、同じような連中に関するデータを集め、それからおれのドローンを飛ばして、依頼人にできそうな連中にいちばん近い地点を示すマップを作成するだろう」

「グース島と対岸の土地は住宅開発の機が熟してるわ」わたしは言った。「川べりに古い屋敷があって、所有者の息子がそれを売ろうとしている——所有者は望んでいないのに。わたしの情報源によると、開発業者が予備段階で考えている価格は九桁で、業者どうしの競争が過熱すればさらに上がる可能性があるそうよ。コーキーがそれによだれを垂らすのはわかるけど、あなたのテクノロジーのようなものは必要ないでしょうね。誰の目にも見えるところに建ってるわけだし」

レジーはうなずいた。「たしかにそうだ。コーキーが〈スカイロケット〉をほしがるとすれば、それはやつが強欲なクソ野郎で、ほかの誰も持ってないものを手に入れようとするからだ。〈スカイロケット〉が本当に必要な場面は、複雑なデータセットを扱わなきゃいけないときぐらいだろう」

「〈クロンダイク〉が開発プロジェクト向きの地形を調べるために、〈スカイロケット〉を使うことはありうるわよ」わたしは言った。

「そりゃそうだが」レジーはもどかしげに言った。「六つの郡の不動産について〈クロンダイク〉はすでによく知っている。あんたもそう言ってたじゃないか。高価なドローンは必要ないはずだ」

「アシュリーがいるよ」ソニアが言った。「不動産の仕事をしてるけど、あの女はそれを不満に思ってる」

「そうなのよね」わたしはうなずいた。「ほんの一時間前に、アシュリーがわたしに言ったの――新しくできる不動産会社の幹部になる予定だって。でも、あなたのロケットを盗むことがアシュリーにできたかしら」

「あの女も〈スカイロケット〉のデモを見に来てた」レジーが言った。「デモに注意を向けてれば、ドニーが〈スカイロケット〉についてわめくのを聞いただろうが、たしかメラニーと二人で隅のほうにひっこんで、リトヴァク家の悪口を並べ立ててたと思う。スタンに言わせると、おれたち五人きょうだいは強烈な力で結ばれてて、その引力から抜けだすことができないそうだ。だから、スタンはセドナであの台地にすわりこんで〝オーム〟とかなんとか唱えてるわけだ。家族以外の者とつながりを持つのは無理だと思ってるが、ドニーやおれみたいに家族に縛られるのはまっぴらだという気持ちがあるようだ」

わたしの電話が鳴りだした。使い捨て携帯のほうだ。ミスタ・コントレーラスの名前が出ていた。二、三時間おきに電話すると老人に約束したのを忘れていた。リトヴァク家の姉弟から離れて通路の少し先へ行った。

かけてきたのはジュリアだった。恐怖で声がうわずっているため、言葉がほとんど聞きとれなかった。「あの男が来てる！　あたしを狙ってる。逃げなきゃ。でも、サルおじさんが行かせてくれない」

「ジュリア！　大きく息を吸って、頭のなかで十まで数えるあいだ息を止めなさい。ふたたび話を始める前に、とにかくやってみて」

「でも、もし――」

「いいから、やるのよ。そのあとで、どうするか考えましょう」

ジュリアは息を吸った。彼女が数をかぞえているあいだに、クーンという犬の声と、支離滅裂な老人の叫びが聞こえてきた。

「深呼吸したけど、男は消えてない」

「〝男〟って誰のことか教えて。誰が来てるのか、その男が何をしてるのか、わたしにはわからないから」

「病院にいた男。あたしが逃げだしたあの日、病室に来た男よ。建物の外で呼鈴を押してる。いまにも誰かがブザーを鳴らして建物に入れてしまう。サルおじさんに言って。あたし、逃げなきゃいけないって！」

わたしは電話を耳に押しあてたまま、〈オールド・コミスキー〉の通路を走って出口へ向かった。「いきなり押しかけてきて、ひっかきまわしたあげく、何も言わずに出てくなんて許せない」というソニアの憤慨の叫びは聞き流した。

ジュリアを落ち着かせるために言葉をかけつづけながら、ようやく車に乗りこんだ。

「ジュリア、サルおじさんと電話をかわって」

車のエンジンをかけ、電話を片手に持ったまま、三十五丁目を走りだした。

「嬢ちゃん、あの男が何者なのか、わしにはわからん。ブラッドは見覚えがあるそうだ。名前はわからんが、こないだの晩、母親と一緒にいた男だと言っておる」

「その男が路地に誰かを待たせてるかどうか、わからない？　わたし、ここからだと少なくとも二十分はかかる。一刻も早く子供たちを逃がしてやらなきゃ」

ミスタ・コントレーラスは庭に出て、ヒマワリの茎が支柱に結びつけてある裏塀のそばの花壇まで行った。「うん、嬢ちゃん、誰かが路地で待っとるようだ。エンジンをかけたままのでかいSUVも止まっておる」

わたしが恐れていたことだ。裏から出入りした回数が多すぎたから、無事にすむわけがなかったのだ。脳みそよ、働け！　ライアン高速に入り、マスタングのアクセルを踏みこんだが、衝突事故を起こして窓ガラスが粉々になった二台の車が路肩に止まっているそばを通りすぎた。スピードを落とした。

「聞いとるかね、嬢ちゃん？　わしゃ、部屋に戻るぞ。誰かが悪党を建物に入れたりしたら大変だ」

「地下室にひびの入った窓があって、建物の北側を向いてるの。子供たちを地下へ連れてって、窓を叩き割り、そこから逃がしてやって。男がSUVを路地に置いて正面ドアから入るつもりでいるなら、子供たちが建物の横をまわってラシーヌ・アヴェニューに出ても安全なはずよ。わたしはエディ通りに車を止める。角を曲がってすぐのところ。わたしが着いたときに子供たちがいなかったら、建物に入って悪党の相手をするわ」

ミッチとペピーが太い声でしきりに吠えはじめていた。ミスタ・コントレーラスが建物のなかに戻ると、二匹のせいで老人の声が掻き消されてしまった。わたしは電話を置いて道路に注意を集中した。デイメン・アヴェニューで高速を下りた。半マイル近づいた。パトカー、歩行者、右車線から左折してくる馬鹿どもに目を光らせる。クラクションを鳴らし、ハンドルを切り、悪態をつきながら、エディ通りに無事たどり着き、車道の縁に車を寄せた。

子供たちの姿はなかったが、わたしが車を降りると、角のこんもりした茂みの陰から二人が頭を出した。ジュリアが走ってきてわたしに抱きついた。

「窓から出て通りを走りだしたら、ミスタ・コントレーラスのわめき声とミッチの吠える声が聞こえてきたの。戻りたかったけど、ブラッドが放してくれなかった」

わたしはブラッドを見た。

「車のうしろに隠れて見てみた——母さんと一緒にいた男じゃなかった。誰かほかのやつ。そいつもすごくでかくて、建物に入るなり、サルおじさんと揉みあってたみたいだよ。ミッチが男に向かって吠え立ててた」

深呼吸する。十まで数える。「じっとしてて正解だったわ。男はきみたち二人を狙ってるのよ。二ブロック西に貸自転車屋があるわ」バッグのなかを探ってクレジットカードを出した。「自転車を借りてロティ・ハーシェルの診療所へ行きなさい。そこで落ちあいましょう」

紙切れに住所を書いてブラッドに渡した。「わたしはミスタ・コントレーラスの無事をたしかめてくる。二人とも——早く行って！」

二人は途方に暮れてこちらを見つめるだけだった。わたしは二人の腕をつかみ、通りの向かいへひきずっていった。「この方向へ歩いていくのよ。短いブロックを二つ過ぎたら、貸自転車屋のラックが見えるから」

二人が歩きだしたとたん、わたしは通りを走ってアパートメントへ向かった。そこにいたのはスコット・コーニーだった。ミスタ・コントレーラスにのしかかるように立っていて、コーニーの口がわが隣人の鼻にいまにも触れそうだ。

「クソ戦争にあんたが一人で勝ったところで、おれにはどうでもいい。二人の子供を渡してもらおう。こっちには令状がある」

「フン。あんたがラシーヌ・アヴェニューの全員に対して令状を持っておろうと、わしにはどうでもいいことだ。二人の子を連れてくことはぜったい許さん」

ミッチがコーニーの前に割りこんで彼を押し戻した。コーニーがミッチの脇腹を蹴った。ミッチがキャインと鳴いた。犬は一歩もひこうとしなかったが、ミスタ・コントレーラスが激怒した。コーニーに殴りかかった。威力や勢いを発揮するのは無理だった——こぶしがコーニーの肩にあたった。コーニーの顔がレンガ色に染まった。

「いい加減にしろ、クソジジイ。犬がおれに咬みついた、あんたがおれを殴った。そろそろ留置場で頭を冷やしてもらうとするか」

「お断りよ」わたしは鞭をピシッと鳴らすような声で言った。

コーニーがふりむいた。「おまえか！　おまえがうしろにいるのを察するべきだった！」わたしに向かってきた。

「ひとつ。犬は咬みついていない――あなたを押しのけようとしただけ。ふたつ。名誉戦傷勲章を授与された九十二歳の老人を逮捕するつもり？　強すぎてあなたの手に負えないから？　いいこと、アメリカ全土のあらゆるプラットフォームにこの話がストリーミングされるでしょうね。警察友愛会なら暴力濫用に対する苦情からあなたを救いだしてくれるだろうけど、世間の笑い者になったら、もう誰も助けてくれないわよ」

どう反応すべきかコーニーが決める前に、黒っぽいカーリーヘアの大男が建物の角を曲がってやってきた。「おい、コーニー。二人ともウォーショースキーの部屋にはいなかったぞ。男の子はさっきまでじいさんのとこにいた。女の子のほうはウォーショースキーと一緒だったかもしれん。いま、ラナガンの個人秘書から電話があった。おれは大急ぎでパラタインまで行かなきゃならん」

「タッド・デューダ！」わたしは言った。「わたしの部屋に不法侵入したっていうの？」

デューダはブーツのかかとを回転させ、荒っぽい足どりでやってきた。「ウォーショースキー！　なんでおれの商売に首突っこむんだよ？」

「あなたの商売ってセメントじゃなかった、タッド？　わたし、セメント業界にはなんの縁もないわ。でも、あなたがわたしの部屋に侵入したとなると、間違いなくわたしの生活に首を突っこんだことになるわね。どういうこと？」

デューダは背丈も肩幅もわたしを優に六インチはうわまわる。その彼がわたしにのしかかるように立った。わたしはわざとらしくマスクをかけ直し、彼がまきちらすウイルスを吸いこむつもりのないことを示した。

「ドニーのガキがここに出入りしようと、おれはかまわん。だが、女の子を渡してもらわねえとな」

ミッチが喉の奥で低い唸り声を上げていた。わたしは犬の首筋に片手をかけた。「ええ、こいつはクソ馬鹿男よ、ミッチ。でも、咬みつくのはまずいわ。コロナウイルスより厄介なものに感染するかもしれない。例えば、凶暴になるウイルスとか」

「てめえ、昔っから、自分はほかの連中よりキュートで頭がいいと思ってたよな。けど、いいか、ウォーショースキー、そんなことはねえ。あの女の子を渡してもらおう」

「どうして？　あの子を船に乗せてフロリダへ送るよう〈クサリヘビ〉に言われたの？」

「〈クサリヘビ〉？　なんの話だ？」

「あの男、あなたのゴッドファーザーじゃないの？　ギャンブルの借金を肩代わりしてくれたんじゃない？」

「てめえみたいなお粗末な探偵は見たこともねえ」デューダが嘲笑した。「ひでえ負け犬を何人も見てきたけどな。女の子はどこにいる、負け犬さんよ？」

「〝おお〜い、どこに隠れた？〟どこにいるのか、見当もつかないわ。わたしの部屋にいないのなら、また逃げたのね。ガスとレイシーから聞いてると思うけど、あの子、陸上の花形選手も顔負けのスピードでしょっちゅう逃げだすのよ」

コーニーが言った。「やめとけ、デューダ。こいつはあとでおれが面倒みてやる。だが、コーキーの女からたったいまメールが来た。おれたちがどこにいるのか知りたがってる」

デューダの顔がキャベツの内部みたいにくしゃっと歪んだ。わたしに殴りかかろうとして、狙いをはずし、ふたたび悪態をついたが、コーニーと一緒にどかどかと歩き去った。

ミスタ・コントレーラスの顔に悔しさが浮かんでいた。コーニーのことで苦情を申し立てたかったのだ。わたしからフリーマン・カーターに電話をさせ、警察を相手どって訴訟を起こす気でいたのだ。

「コーニーめ、ミッチを蹴りおった。次に、咬まれたなどと嘘をついた。あいつこそ留置場に放りこむべきだ。通りをうろついて一般人をぶちのめすようなことをさせちゃいかん」

わたしは隣人に片腕をまわした。「そのとおりよ。そして、ぜったいフリーマンに電話すべきだわ。さて、どうすればいいかしら。貸自転車でロティの診療所へ行くよう子供たちに言ってあるから、二人の無事をたしかめたいの。二人がせっかくここから逃げだしても、通りを走ってるところをコーニーとデューダに見つかったりしたら最悪でしょ。ねえ、あなたも一緒に来て、車のなかからフリーマンに電話してくれない？ フリーマンだったら、どんな苦情でも訴訟に持ちこめるわよ」

ミスタ・コントレーラスは首を横にふった。「あんたが子供らを追ってくれ。それがいちばんいい。わしがフリーマン弁護士に電話しとく。正直に白状すると、ちっと疲れちまったんだ、嬢ちゃん。だが、あのでかい男、あんた〝デューダ〟って呼んでたっけ？ ジュリアはあの男を怖がっとる。それから、あのコーニー――路地に止めてあったのはやつのSUVだ――つまり、デューダは警察のうんと偉い人間ってことかね？」

「タッド・デューダというのは、ブラッドの父親やわたしのいとこのブーム＝ブーム＝ブームがサウス・シカゴでつきあってた仲間よ。ただ、ブーム＝ブームはデューダが腐った人間だと気づいて離れていったの。あの男は警官じゃなくてセメント業者。そして、たぶん、ブラッドの母親と深い仲だと思う」

41　ソニーおばさん登場

ミスタ・コントレーラスを彼の部屋に落ち着かせた。わたしの住まいと老人の住まいを調べたとタッド・デューダが言っていた。どちらの玄関ドアもぶち破られていなくて幸いだったが、デューダに侵入されたのかと思うとぞっとした。わが家の玄関ドアには錠が三個つけてあり、鍵の複製を作るときはこちらの身元を示さなくてはならない。

いまは錠と鍵の件に対処している時間がなかった。わが隣人がアームチェアに腰を落ち着け、コーニーに蹴飛ばされたミッチを元気づけるためにハンバーガーを食べさせてやるのを見届けてから、すぐ出かけることにした。ペピーを連れていくよう隣人に強く言われたが、その気になれなかった。

「ジュリアは目下、ひどく怯えとるんだぞ。コーニーともう一人の男のせいで。それに、おばあさんのことも心配だろうし。ペピーがいれば、あの子にとって癒しになる」

たぶん、老人の言うとおりだろう。不本意ではあったが、ペピーを連れて車に駆け戻り、出発した。ベルモント・アヴェニューを西へ向かうあいだに、診療所のミセス・コルトレーンに電話をした。子供たちはまだ到着していなかった。

「でも、ミズ・ウォーショースキー、ここでずっと預かるわけにはいきませんよ。診療所に入れていいものかどうかも迷うところです。ソーシャルディスタンスをとらなくてはなりませんから」

「そちらで顔を合わせたら、すぐによそへ連れていくわ」わたしは約束した。「わたしが迎えに行くまでのあいだ、安全な待ち合わせ場所が必要だったの」

二人が到着したらすぐメールをくれるようミセス・コルトレーンに頼んでおいたが、連絡がないまま時間が過ぎていくあいだに、不吉な場面が次々と頭に浮かんだ。自転車をラックからはずすことができなかったのかも。警官につかまったのかも。デューダとコーニーに撃たれたのかも。パニックを起こすまいとしながら、裏道に車を走らせた。

ようやく、ロティの診療所から半マイルほど北西のところで、自転車に乗った二人を見つけた。オヘア空港の方角へ向かってペダルを漕いでいる。二人の前にまわって車を道路脇に寄せ、ペピーを外に出した。そうすれば、悪漢どもではなく、わたしだとわかってもらえる。

「あたしたち、電話がないから、GPSが使えなかったの」涙を浮かべたジュリアがペピーに抱きつくと、ペピーは彼女の顔を夢中になってなめた。「住所が見つからなかった。警察に通報されたりしたら困るから、誰かに助けを求めることもできなかった」

そんな厄介なことになろうとは夢にも思わなかった。子供のころのブーム＝ブームやわたしと違って、この子たちは自力で街の通りを歩いたことが一度もないのだ。デバイスがこの子たちに語りかけ、どちらへ行けばいいかを教えてくれる。レジーの〈スカイロケット〉を最高に活用するつもりなら、これがいいかもしれない――すべてを見通すドローンに道案内をさせるのだ。誰がどこへ行こうとしているかをソフトウェアが如才なく判断し、こちらのイヤホンを通じて、こちらが選んだ音質とアクセントで語りかけてくれる。

「ごめん、ヴィク」ブラッドがぼそっと言った。「父さんの一族のことを、母さんがいつも役立たずって言ってるけど、ぼくも役立たずのリトヴァク家の一人だね」

「あら、そんなことないわ。わたしたちはチームよ。つまり、おたがいを頼りにしてるの。恐ろしい状況のなかで冷静さを失わずにいてくれて、きみはほんとに偉い」

「サルおじさんは大丈夫？」ジュリアが訊いた。

「元気にしてるわ。ただ、ちょっと疲れたみたい――もう九十二歳だからね、早く元気を回復したくても、思いどおりにはいかないの。さてと、道路を離れて、きみたち二人のために安全な場所を見つけなくては。今回の件をわたしがある程度片づけるまでのあいだ」

「それから、あたしのおばあちゃんのことも」ジュリアが言った。「おばあちゃんを助けだすって、約束してくれたでしょ」

「約束したわ。ちゃんと守るつもりよ」別に計画があるわけではないが、そのうちきっと、何か思いつくだろう。

ジュリアがペピーを連れて、マスタングの狭いリアシートに窮屈そうに乗りこんだ。ブラッドは助手席にすわり、シートがジュリアを押しつぶすのを避けるために、長い脚を折って顎につけた。

使い捨て携帯の通話料を使い切ってしまったのではと危惧しつつ、ブラッドに電話を渡した。「ソニアおばさんの番号、知ってる？　おばさんにかけて、いまから〈オールド・コミスキー〉へ行くって言ってくれない？」

ブラッドは番号を覚えていなかった。いつもならデバイスが彼のかわりに電話をかけてくれるのだ。道案内をしてくれるのと同じように。わたしは危険を覚悟で自分のスマートフォンをほんのしばらくアルミ箔からとりだし、番号を調べてブラッドのために読み上げた。

知らない番号だとソニアが出ないのではないかと心配だったが、ソニアはまだ職場にいた――客がバッテリーの充電を頼んでくることだってある。ブラッドはソニアに、わたしの運転する車で店へ向かっているところだと言った。

わたしはブラッドに、警官たちがうろついていないか尋ねるように言った。

「誰もいないって」ブラッドは報告したが、わたしたちがニュースに出ているとソニアに言われたそうだ。わたしは子供二人を拉致した逃亡犯で、二人の親や後見人が子供を無事に連れ戻そうと必死になっているとのこと。

たとえGPS信号を出していなくても、このマスタングなら、道路ぎわへ誘導してくださいと警察に頼んでいるようなものだ。信号をすべて守り、ライアン高速では、中程度のスピードで走る車との車間距離を保ち、オートパーツの店にようやく無事に到着すると、店舗の裏に車を止めた。

店の表側にはSUVが二台止まっていたが、ブラッドがもう一度おばさんに電話したので、ソニアがわたしたちのために裏口をあけてくれた。接客を終えると、ピストンヘッドの売場にいるわたしたちを見つけて、オフィスとは名ばかりの小部屋に連れていった。

「へーえ、あんたは誘拐犯で逃亡者なんだね、ウォーショースキー。聖ヴィクトリアにも邪悪な一面があったんだ」

「何もわかってないのね、ソニア」わたしは言った。「問題は、ジュリアとブラッドをタッドが必死に追いかけてることなの。しかも、シカゴ市警の警官の一人に使い走りをやらせてる。わたし、自分の身は自分で守れるわ。少なくとも、デューダとコーニーを敵にまわしたときの危険には対処するつもりよ。でも、子供たちにはそれができない」

ここ数日間の出来事を詳しく語るわたしに、ソニアはいつもの辛辣な言葉をぶつけることもせず、黙って耳を傾けた。

「アシュリーかドニーのところに戻りたいかどうかは、ブラッドが自分で決めればいいけど、ジュリアがおじ夫婦のところに戻るのはぜったい無理。あの夫婦はジュリアを監禁して飢餓状態に追いやり、何かの書類にサインさせようとしたの。あなたに助けを求めるのが大きな賭けだってことはわかってるけど、この子たちを何日か匿ってもらえないかしら。ブラッドの居所をドニーに秘密にしておくのは不本意でしょうけど、あなたがどんなにわたしを軽蔑してるかは誰だって知ってるから、まさかわたしがあなたに泣きつくなんて、みんな、夢にも思わないはずだわ」

ソニアはけたたましい笑い声を上げた。「あんた、結局、そういやな女じゃなさそうだね、ウォーショースキー。もちろん、ブラッドの面倒はみてやりたいし、ジュリアがおまわりから逃げてんのなら、この子の力にもなってやりたい。だけど、あたしはドニーのことを考えなきゃならない。ドニーが何か困ったことになれば、あんたが言ったように——真っ先にあたしを頼ってくるだろう。つまり、誰かがドニーを見張ってるなら、あたしのことも見張ってるわけだ。そこで提案がある——グレゴリーに頼んだらどうだろう？」

「グレゴリー？」わたしは啞然とした。

「グレゴリーだよ」ソニアは強い口調でくりかえした。「グレゴリーのことなんて誰も考えやしない。考えるとしても、馬鹿にするだけだ。先週のアシュリーみたいに〝この世でいちばんの役立たず〟なんて言ってさ。それは違う。グレゴリーは頭がよくて優しい子だ。ただ、地味な暮らしが好きなだけなんだ。ウクレイニアン・ヴィレッジに住んでる。レコード・コレクションをしまっとくための余分の寝室がひとつあるから、女の子はそこで寝ればいい。ブラッドはソファで寝る。それから、犬も連れてくのなら、グレゴリーが急に犬を連れて歩くようになっても変だと思う者はいやしない。まわりから変人扱いされてると、そういう点が楽だね。何やっても変だと思われずにすむ。変なことしかしないと思われてるから」

きびきびと指揮を始めたソニアに、わたしは目をしばたたいた。

「まずグレゴリーの都合を訊くべきだと思わない？」わたしは言った。

「わかった」ソニアは廊下に出て、弟と二人だけで電話のやりとりを始めた。

「あなたのおじさんなの？」ジュリアがブラッドに訊いた。「その人、大丈夫？」

「うん。気軽にしゃべれる相手じゃないけど、ソニーおばさんが言ったように、いい人だよ。ヴィク、これからどうするの？　ぼくたちをおじさんとこに預けてそれっきりってことはないよね？　だって、母さんとか、父さんとか、〈スカイロケット〉のことがあるし」

「それに、あたしのおばあちゃんのことも」ジュリアが顎を突きだした。頑固な子だ。

「そうね。さてと、お母さんの話をしておくわ、ブラッド。ジュリアのおばあさんの屋敷でお母さんが誰と一緒だったか、わかったような気がする」

わたしはソニアのデスクに置かれたパソコンのところへ行き、タッド・デューダを検索した。〈トンマーゾ・セメント〉の工事現場にいる彼の画像が何点か見つかった。大部分がヘルメット姿なので、光輪のようなカーリーヘアは隠れているが、血色のいいたくましい顎を見れば、デューダであることはすぐわかる。

ブラッドは惨めな顔でうなずいた。「たぶん、こいつだと思う」

彼の画像を見たジュリアが小さな悲鳴を上げた。「病院に来た男だわ。今日アパートメントに来たのと同じ男。この人、誰なの？」

「名前はタッド・デューダ。あなたの屋敷と川をはさんだ向かい側でセメント工場をやってる男よ。お宅の敷地で見かけたことはない？」

ジュリアは首を横にふった。「でも、なんなの？　あたしたちの家を見張って、ナギーが高齢だから、脅せば家を売らせることができるって思ってるわけ？　ガスおじさんの知りあい？」

「ええ。前にあなたの屋敷へ出かけたとき、ガスがセメント会社の敷地にいてタッドと話をしてるのを見たわ。タッドとガスは知りあいで、一緒に何か悪いことをする気かもしれない」

わたしはブラッドを見た。「ジュリアを追っているのと同じ連中がきみを襲ったのよ。きみが、もしくはお父さんが何か持ってると思いこんで、それを捜しているの。きみのおじさんのロケットシップじゃないかしら。だって、それ以外に思いつけない」

ブラッドはたじろぎ、苦悩に顔全体を歪めた。「ぼくは持ってない。どこにあるのかも知らない。父さんを脅したやつもそれを狙ってるの？　父さんは泥棒なの？　母さんがいつもそう言ってる。うちの家族なんて大嫌いだ！　学校で誰もぼくのそばにいたがらないのは当然だよね。十マイル離れてても、リトヴァク家のばい菌が臭うんだ」

「ソニーおばさんもリトヴァク家の一員よ。わたし、ソニーおばさんに称賛と敬意を抱いてなかったら、助けてもらおうと思ってきみをここに連れてきたりしなかったと思う。前にも言ったけど、きみのおじいさん夫婦はすごく厄介な人たちで、子供なんてほったらかしだったから、ソニアがきみのお父さんとおじさんたちに食事をさせ、学校へ着ていく服を用意したのよ。グレゴリーおじさんの世話をするため、ソニア自身は学校へ行くのをあきらめた。世の中にはもっとひどい家庭だってあるのよ」

ブラッドはわかるかわからない程度にうなずくと、向きを変えてブレーキライニングの広告ポスターを見つめた。

ソニアが部屋に戻ってきた。「子供たちを預かるのはかまわないってグレゴリーが言ってる。犬も来ていいそうだ。レコードをかじりさえしなけりゃね。あのコレクションに保険をかけときゃいいのに。ビートルズの初回プレスが全部そろってるし、ヴィンテージのデューク・エリントンとか、ほかにもいろいろあるんだよ。とにかく、ひきうけるってさ。車であたしやグレゴリーのそばをうろつく時間が少なければ少ないほど、ヴィク、あんたたちの身は安全だ。だから、高架鉄道で行くのがいちばんいい」

「ペピーを連れてたら電車は無理だわ」ジュリアが言った。

「ペピーが一緒じゃないといやなのかい？」ソニアの声は思いきりきびしくて、喧嘩を売っているといってもいいほどだった。

ジュリアは膝を突いてペピーに両腕をまわした。彼女がソニアと勝ち目のない口喧嘩を始める前に、マスタングのことで頭を悩ませていたわたしが割って入った。「目立たない車があったら貸してもらえない？」

ソニアのひどい渋面がジュリアを離れてわたしに向いた。「いつもながら、なんていやな女だろうと、あらためて思い知らされたよ、ウォーショースキー。つねに、押せ、押せ、押せだからね。願いをひとつ聞いてやると、すぐさま次の願いを出してくる」

ソニアは〝こっちは我慢のしどおしだ〟と言いたげなため息をついた。「だけど、うちの社長が自分の古いニッサンを置いてった。新車のレクサスでニュー・メキシコ州へ一カ月のお出かけだってさ。ニッサンをこわすんじゃないよ。こわしたら修理代はそっち持ちだ。ほかの誰かが押し入ってくる前に子供たちを連れて出発しな」

わたしはマスタングのキーをソニアに預けた。ソニアはわたしのマッスルカーに羨ましそうな目を向けたが、これを使うのは賢明ではないという意見には賛成してくれた。

「あんたがブラッドと女の子を守りきったら、あたしはこのポニーを一週間乗りまわす。取引するかい、ウォーショースキー？」

「いいわよ、ソニア。こわしたりしなければ」

みんなでニッサンに乗りこみ、裏道ばかりを選んで北西のグレゴリーの家へ向かうあいだに、ブラッドが言った。「ぼくの母さん、あんなクソ男と何してんだろ？　あれが病院に来てジュリアを脅した男。そうなんだね？　男はジュリアに〝おれが要求するものをよこさなければ、おまえのおばあさんを殺してやる〟って言ったんだって。母さんのことも利用してるのかな？　母さんのことが好きなふりして、川べりにあるあの家を手に入れようとしてるとか？　母さんが勝手に家を渡すことはできないのに。わけがわからない」

「わたしもわからない。たとえあの男が借金で首がまわらなくなってるとしても、ジュリアから無理やり権利書を奪ったところで、大金をくれる者はいないわよね。タッドがきみのお母さんに何をさせる気でいるのかはわからない。わかっているのは、わたしがあなたたち二人の無事を願っているということだけ。できれば二人をそばに置いてこの手で守ってあげたいけど、危険が五倍になってしまう。だから、グレゴリーのところに着いたら、そこでじっとしてるのよ。近づいちゃいけない場所は――」

「窓（ウィンドウズ）」二人は声をそろえて言った。

「ついでに、OSにも」ブラッドが照れくさそうに冗談を言ったので、わたしは笑いだした。

「SNSのアカウントにはぜったいアクセスしないでね。クラウドで画像を探すのも禁止よ。呼吸するなってきみに頼むのと同じことだとわかってはいるけど、デューダが借金してる相手は、きみのデジタル・フットプリントを追跡するだけの豊富な資力と強い意志を持っている。五分あれば、グレゴリーのIPアドレスを突き止め、彼のアパートメントにいるきみたちを見つけだすと思う。だから――約束してくれる？」

「約束する、ヴィク」ブラッドが言った。

「あたしも」ペピーの被毛に顔を埋めたまま、ジュリアも言った。

42 アヒルに餌を

グレゴリーのところへ行く途中で〈バイ＝スマート〉に寄って、子供たちに必要な品を買わなくてはならなかった——着替え、歯ブラシ、ジュリア用の追加のナプキン。ペピー用のドッグフードと餌入れ。新しい使い捨て携帯。子供たちに一台ずつ渡し、自分用に三台残した。ブラッドに頼んで、五台すべてにそれぞれの電話の番号を入れてもらった。こうしておけば三人で連絡をとりあえる。

グレゴリーはとても不器用なタイプという印象だったので、自宅が魅力的だとは想像してもいなかった。ところが、簡素ではあるものの、魅力にあふれていた。家具の数は多くないが、どれも質のいい現代の製品だった。クロム製のフレームがついたオート麦色のソファが置いてあり、ブラッドが寝るには充分なサイズだった。五十インチのTVスクリーンがソファと向かいあっているので、ジュリアに予備の寝室を譲ることにブラッドはなんの異議もなさそうだった。

予備の寝室にはソファベッドが置いてあったが、寝室というより防音スタジオというイメージなので、ジュリアをそこで寝かせることがグレゴリーは少々心配そうだった。四方の壁すべてに作りつけの棚があり、そのほとんどがレコードに占領されていたが、レコーディングの歴史やミュージシャンの伝記などの本が並んだ棚もいくつかあった。また、ターンテーブルとスピーカーもコレクションされていた。グレゴリーは足から足へ交互に体重を移しながら、気詰まりな様子でしばらくもぞもぞしていたが、最後にようやく、ジュリアもブラッドもレコードとターンテーブルには手を触れないようにと言った。

「それから、犬が――おれのコレクションをかじるようなことはないか？」

自分の名前が出たことに気づいたペピーがグレゴリーのところへ行き、彼の脚に前肢をかけた。

「おお、よしよし。ここにいてもいいぞ。だが、この部屋で水を飲むのは禁止だ。それから、犬が部屋に入っていいのはジュリアが一緒のときだけだ。犬がレコードをかじったり、部屋のなかで小便をしたりしたら、みんな、出てってもらう」

ジュリアは厳粛な顔でうなずき、念には念を入れて気をつけると約束した。「この子、すごいの。おすわり、伏せ、来いがちゃんとできるし、朝はサルおじさんに新聞を持ってくるのよ。ミッチも一緒に連れてきたかったな。人を守るのが得意な子なの。でも、サルおじさんのほうがミッチを必要としてるから」

このすぐあとで、わたしはグレゴリーの住まいを出た。子供たちを無事に保護したことをミセス・コルトレーンにまだ連絡していなかった。悪党連中に居場所を突き止められるのが怖かったからだ。使い捨て携帯は新品だったが、診療所に電話を入れるのはグレゴリーの住まいから三マイル以上離れるまで待った。

「ああ、ミズ・ウォーショースキー、電話をもらえてよかった。子供たちが無事と聞いて安心しました。でも、ドクター・ハーシェルが話をしたがっておいでです！」

ロティが電話口に出たので、この午後の出来事を詳しく話した。「デューダが大急ぎでよそへ行こうとしてくれて助かった──下手したら、顎を砕かれるところだったわ。それに、コーニーがわたしに手錠をかけたくてうずうずしてたもの。とにかく、子供たちは無事よ。たぶんね」

話を続けようとすると、ロティが苛立たしげにさえぎった。「よかったわ。子供たちをタイミングよく逃がすことができて。ところで、今日の午後、ミセス・パリエンテからメッセージが三回入ったの。どうしてもあなたに会いたいんですって」

「シナゴーグの件で？」

「シナゴーグに関係する何かのようだけど、電話では話そうとしないの。あちらの家まで行ってくれない？　電話をかけても、たぶん話さないと思うから」

わたしは肩がヒリヒリし、お尻の筋肉が疼き、この八時間何も食べていなかった。尾行がついていないことを確認するには、ニッサンを置いて半マイル歩くしかない。

「了解、ロティ」という言葉はどなり声になってしまったが、困っているミセス・パリエンテを放っておくことはできない。

　裏路地がもはや安全ではなくなったわたしのアパートメントと違って、パリエンテ夫妻の住む建物には裏から近づくことができた。時刻は五時半。帰宅途中の通勤者や子供たちで道路が混みあっているので、そこにうまく紛れこんだ。

　ミセス・パリエンテがホッとした顔で迎えてくれた。キャベツを使ったイタリア料理、縮緬キャベツの煮込み（インヴォルティーニ・ディ・ヴェルツァ）を作っているところだった。母の得意料理でもあったので、匂いを嗅いだだけでよだれが出てきた。幸い、マスクが食い意地を隠してくれた。

「来てくれてありがとう」ミセス・パリエンテは両手でわたしの手をとった。「わたしたちを助けようとしてあなたが街を飛びまわってるせいで疲労困憊だって、ロティ先生から聞いてるけど、これは大事なことなの。あなたがニュースに出たとき、リポーターがジュリア・ジグラーのことを言ってたでしょ。シナゴーグの信者仲間のイシュトヴァン・レイトもそのニュースを見たんですって。エミリオに聞いたけど、あなた、イシュトヴァンに会ったそうね。彼の奥さんがわたしと一緒にエステッラの面倒をみてたことは、前に話したわよね。でも、ジュリアのおばあさんのことで、イシュトヴァンがどうしてもあなたと話をしたいっていうの。すごく緊急の用件なんですって」

「ジュリアのおばあさんのことで？」わたしはオウム返しに言った。「ミスタ・レイトはおばあさんについて何を知ってるの？」

ミセス・パリエンテは両手を上げた。「わたしにはわからない。法律がらみの極秘事項みたい。イシュトヴァンは目下、人前に出ることや、あなたと一緒にいる姿を見られることをものすごく警戒してるの。俳優の息子さんがいて、イシュトヴァンをおばあちゃんに変装させてくれたんですって。ギデオンというその息子さんがイシュトヴァンを――」ミセス・パリエンテは紙切れをかざし、そこに書かれた文字を読んだ。「ええと、ダイバージー港の北端へ連れていくそうよ。二人は公園のベンチに腰かける。イシュトヴァンがパンを持っていってアヒルに投げてやるから、あなたは水辺で彼に声をかける」

無謀な危険行為のような気がしたが、ミセス・パリエンテは言った。「ギデオンが近くにいるし、俳優仲間の一人がホームレスに変装して公園のベンチにすわり、イシュトヴァンを守るのに手を貸してくれるんですって。きっと大丈夫よ。少なくともあなたがイシュトヴァンと話をするあいだは」

極秘の会話をするには恐ろしく危険なやり方だと思われたが、わたしはさっそくそちらへ向かうと約束した。

「でも――ドンナ・イローナ、出かける前に、インヴォルティーニをひと口でいいから食べさせてくれない？　そしたら元気が出るから。お昼を食べる時間がなかったの」

ドンナ・イローナは狼狽して叫んだ――わたしったら、ほんとに気が利かないわね。ソースの煮込み具合がまだ充分じゃないけど、ソースなしで食べてくれる？

キャベツには米とマッシュルームとわずかなチーズが詰めてあった。お肉は入ってないのよ――ドンナ・イローナは謝った――でも、そうやって年金を節約すれば、特別な食事のときにお肉を出せるでしょ。

そう言われて、ご馳走になることに疚しさを感じたが、疚しさといっても、インヴォルティーニに背を向けるほど強いものではなかった。コーヒーを飲みながらキャベツ煮込みを食べたおかげで、気分も上向きになり、ふたたび行動する元気が出てきた。〈三羽の小鳥〉を口笛で吹きながら、ニッサンを止めたところまで歩いて戻った。

シカゴという街は数多くの小さな世界から成り立っていて、世界と世界をつなぐものは、そのあいだを通る道路以外に何もないように見える。わたしは東へ車を走らせて、ギリシャ正教の寺院と学校を通りすぎ、南アジアの市場を抜け、アパラチア地方から移住してきた人々がいまも暮らしているエリアまで行き、さらに先へ進んで、さまざまな背景を持つ富裕層のための光り輝くコンドミニアムがレイク・ショア・ドライブのへりに林立するあたりまでやってきた。

湖を目にしたとたん、静かな午後を過ごしたくなった。ランニング、読書、テーザー銃で背中を撃たれる心配なしにリラックスできるひととき。レイク・ショア・ドライブを下りたところで二、三分だけ時間をとって、いまのところ全員が無事であることをミスタ・コントレーラスに知らせておいた。向こうもホッとしたようだが、ブラッドとジュリアがアパートメントからいなくなったので寂しがっていた。わたしはできるだけ穏やかに彼の話をさえぎり、港へ向かった。

港の北端を歩きまわって、年配女性とその近くにいるホームレスという組み合わせを探した。該当する人が驚くほどたくさんいたが、遊歩道の東の端まで行ったところ、六十歳ぐらいの男性が近づいてきた。劇作家たちの名前に飾られたマスクの上の目が喜びに輝いていた。

「ナンシー！　来てくれてうれしいよ。おふくろがすごく会いたがってる」

ナンシー？　たぶん、わたしの役名だろう。男性についてベンチまで行くと、ハンドバッグと紙袋をしっかり抱えた人がすわっていた。メークも着付けもレベルが高く、沈みゆく夕日に照らされても自然な感じだった。ギデオンが父親にかぶせたかつらはかすかに青みを帯びたグレイヘアで、顔のまわりでカールしていた。着ているのは長袖でふくらはぎ丈のベージュのワンピース、サポートタイプの厚めのストッキングの先には、男女どちらでもはけそうなスエードの靴があった。

となりのベンチで男が大の字になっていて、そばの地面に酒の空き壜がころがっていた。頭に酒をぶっかけたに違いない。男の周囲に安物ブランデーの臭いが靄のように立ちこめていた。

二人でしゃべる合間に、レイトはときどき歩道にパン屑を投げ、それを目当てにアヒルとハトがよたよた歩きまわるものだから、ジョギングやサイクリングの人々から悪態をぶつけられた。ギデオンは完璧な舞台装置を用意し、小さなドラマを創りだしたのだ。

「ミセス・ジグラーの孫娘のことをニュースで聞くまで、きみがあの夫人と親しいとは知らなかった」レイトは話を始めた。

「親しくはないです。会ったこともないので」わたしはジュリアと出会った経緯を詳しく述べた。

「夫人の息子が屋敷の権利書を狙っていますが、それはきっと、お宅の法律事務所で預かってらっしゃる貴重品箱に入っているのだと思います」わたしは話を締めくくった。「不動産や遺言書に関して、わたしは知識がありません。未成年者がサインした書類に効力があるとは思えませんが、夫人の息子がジュリアの後見人を名乗っているため、裁判所がその書類を認めるかもしれません」

「ジグラー家の物語は胸の痛むものだ」レイトが言った。「それは一族の物語でな、一族の者すべてが深い傷と亀裂に包まれている。きみがシルヴィアのことをどこまで知っているか、わたしにはわからないが、彼女は一九五六年のハンガリー動乱のあと、難民としてこの国にやってきた」

「わたしもそこまでなら知っています。そして、ソーシャルワーカーになり、結婚して、子供が二人できた」

レイトは両手の指先を尖塔の形に合わせ、そのあとで、アヒルに餌をやるのが好きな女性に扮していたことを思いだした。さらに多くのパン屑を歩道にまき散らした。

「シルヴィア・エレク。それが彼女の名前だった。勇敢で向こう見ずな娘で、ハンガリーと共産主義政権の弾圧から間一髪で逃げだした。難民のつねとして、シカゴ到着後に同国人を探しだした。われわれはソプラノ歌手のヴェラ・ロージャが難民のための資金集めを目的として開いたコンサートで出会い、それから何年ものあいだ、頻繁に顔を合わせることとなった。自分の言語を誰も知らないとき、あるいは、理解してくれないとき、人はそれを使う機会を探し求めるものだ」

レイトはしばらくだまりこんだ。ギデオンが時間のことを何やらつぶやいたが、わたしは首を横にふった。レイトには彼なりのペースで語ってもらいたい。

「シルヴィアは何をやっても、堂々となしとげる人だった」レイトはようやく口を開いた。「川べりのあの屋敷はいまではもう廃墟のようだが、シルヴィアがオーガスタス・ジグラーと結婚したころは、二人で力を合わせてサロンと国際的難民ホテルを足したような存在にしていった。あの庭でコンサートを開き、邸内で舞踏会を開いた。オーガスタスは庭のゲートのそばにいつも小舟をつないでおき、客の一行を乗せて川を下りミシガン湖に出たものだった。

それと同時に、一夜の、もしくは一年間のベッドを必要とする者は誰でも、空いている部屋に泊まることができた。晩餐会に招かれて出かけると、台所にポーランドの数学者や中国のバレリーナがいたりしたものだ」

レイトの顎は動きつづけた。「やがて子供が生まれた。オーガスタス三世とエマ。そして、子供たちはシルヴィアが支援する人々の渦に、そして、大義に呑みこまれていった」

「シルヴィアの夫は違ったのですか？」

「オーガスタスがシルヴィアを支えたのは妻を熱愛していたからだが、崇高な大義を信じるタイプではなかった。ある意味では、彼がシルヴィアの錨だったと言えよう。シルヴィアも、自分に必要なのは地に足をつけて重石の役目を果たし、自分が漂い去っていかないように支えてくれる人間であることを承知していた。彼女自身は夢想することの多いタイプだったからね。しかし、屋敷に多数の人間が出入りしていたことが、息子にマイナスの影響を及ぼした。母親が赤の他人に優しくすることに腹を立てるようになった。なんといっても、子供は母親の優しさを求めるものだ」

レイトは苦い笑みを浮かべた。「わたしは不動産と信託関係の法律が専門で、およそ想像がつくかぎりの不幸な家族のパターンを目にしてきた。愛人や移民に愛情を向ける母親に子供が腹を立てるというのは、よくあるパターンだ。

ガスの場合は——本人がその呼び名を好んでいるのだが——余分な問題が生じた。母親の金を盗むようになったのだ。最初は母親の財布からわずかな小銭をくすねるだけだったので、母親も気づかなかったが、そのうち、とうてい見過ごすことのできない大きな額になっていった。十代に入ると、グース島で働くトラック運転手やセメント工場の連中とつきあいはじめた。それ自体をとやかく言うつもりはないが、やがて、橋の下でやっている——いや、かつてやっていたサイコロ賭博に手を出しはじめた。次はスポーツやその他いろいろなものに賭けるようになった。シルヴィアの字をまねて小切手にサインし、シルヴィアのクレジットカードを勝手に使った。悪夢だった。

父親のオーガスタスはすでに亡くなっていた。一家にはほとんど金がなく、シルヴィアの収入だけが頼りだった。眠れぬ夜がずいぶんあった。シルヴィアはガスを家から叩きだした。錠をとりかえた。ガスが母親の銀行口座の金を盗む方法を見つけるものだから、つねに先まわりして用心する必要があった。やがて、ガスはさらにひどいことをした。

妹のエマは五歳離れていて、母親にそっくりで、もつれて手に負えない髪に至るまで同じだった。ブラジルからこの国へ勉強に来ていた若者と恋に落ちた。ガスは自分の借金を返済するために妹の恋人を丸めこんで金を巻き上げ、そのあと、金を返すかわりに、彼のことを麻薬カルテルの一員だと言って国土安全保障省に密告した。そのとき、妹は妊娠五カ月だった。ついでに言うと、恋人は黒人だったため、カルテルとは無関係だと主張しても耳を貸してもらえなかった。強制送還されてしまった。

シルヴィアは自分の息子を決して許そうとしなかった。弁護士に大金を払って、夫が立てた相続計画を破棄し、ガスが美術品一点たりとも相続できないようにして、すべてをジュリアのための信託財産にした。現在、屋敷の敷地に価値が出そうなため、ガスは喉から手が出るほど屋敷をほしがっている。ノミ屋や何かにいまも借金がある。以前の借金は誰かに——誰なのかわたしは知らない——帳消しにしてもらったようだが、屋敷の権利書を手に入れて大手の開発業者と交渉すれば、莫大な金が入ってくる。ふたたび一文無しになる前に十年ぐらいはギャンブル三昧で暮らせるだろう」

一部始終を語ろうとする努力で、レイトは汗びっしょりになっていた。近くで見ていた息子が水のカップを持ってやってきた。父親の頬を軽く叩いて化粧崩れを直した。

「美術品で思いだしましたけど」わたしは言った。「ガスとレイシーに会いに行ったとき、リビングに値打ちものと思われる美術品が二点ありました。モネらしき油絵と、ネヴェルソンの彫刻です。彫刻は小品でしたから、大きな彫刻作品にとりかかる前の試作品かもしれません」

レイトは眉を寄せて考えこんだ。太い眉が鼻の上でくっついた。息子はひとつだけ手抜きをしたようだ。毛抜きで眉の形を整えるべきだった。

「シルヴィアのものではないと思う。少なくとも、モネは違う。印象派の作品を購入する場合は膨大な量の書類仕事が必要だから、絵の価値を査定して保険をかけることになっていれば、わたしも記憶しているに違いない。ガスがどうやってそんなものを手に入れたのかわからないが、盗んだのではないだろうか」

「なるほど」いま聞いた話を頭のなかで整理しながら、わたしは言った。「ジュリアがシルヴィアより先に亡くなった場合はどうなるのでしょう?」

レイトは小さな笑みを浮かべた。「ガスは知らないと思うが、ジュリアが自分の家族を持たずに亡くなった場合に備えて、シルヴィアはかわりの相続人を指定している。彼女がかつてソーシャルワーカーをしていた〈難民の権利・再定住協会〉という組織だ」

「ガスが経済的に困っていることは知っていましたが、そこまでひどいとは想像もしませんでした」

一羽のアヒルが期待をこめてわたしの靴をかじっていた。人間がおたがいにかじりあっていることについて、社会学分野のくだらない記事を書いてもいいかもしれない。

「じつは、コーキー・ラナガンがシナゴーグのあたりを嗅ぎまわってるんです。ジグラー家の屋敷の敷地を開発する権利とひきかえに、ラナガンがガスの借金を肩代わりする気でいるのは理解できるんですが、どうしてシナゴーグを狙ったりするんでしょう？」

「あの男はわたしに圧力をかけて、シルヴィアの書類を奪おうとしている。ジュリアに対するガスのやり方は粗雑で、いまだに成功していない。今日、わたしが帰宅したあとで、ラナガンから電話があった。シルヴィアの貴重品箱をよこせば、建築検査の報告書を揉み消してやれると言われた。わたしはハンガリーで父の事業がファシスト政府に盗まれてつぶされるのを見てきたから、貴重品箱を渡すつもりはぜったいにない」

「シルヴィアは一月に救急車で病院へ運ばれたとき、その前に貴重品箱の鍵をジュリアに渡しました。ガスとレイシーはジュリアを脅して相続関係の書類にサインさせれば、鍵も一緒に奪えると考えたようです」

レイトはむずかしい顔になった。「書類と鍵の両方があれば、二人がわたしの事務所に談判に来てシルヴィアの貴重品箱を受けとることはたぶん可能だ。そうならないよう願いたいが、コーキー・ラナガンはきわめて強引な男だからな」

レイトはゆっくり立ち上がった。すわっていた時間が長すぎたため、足がこわばっている。すぐさま息子がやってきて腕を貸した。

「鍵はわたしが持っています。ジュリアが安全に保管していたのですが、わたしに預けてくれました。あなたにお渡ししてもいいですか？　わたしはいまや動く標的にされているので、コーキーかガスに鍵を奪われないようにしたいんです」

わたしは内ポケットから鍵をとりだしてレイトに差しだした。彼の息子が反対した。

「おやじをこれ以上危険にさらすことはできない」

レイトは微笑した。「わたしはこの身を危険にさらしたりしないよ、ギデオン——さらすのはおまえだ。明日の朝、これを事務所へ持っていき、シルヴィアの貴重品箱と一緒に金庫にしまうよう、クレオに伝えてくれ」

ギデオンは渋い顔をしたが、わたしから鍵を受けとった。

「コーキーはどうやってシナゴーグの建物に入れたのでしょう？」歩き去ろうとする二人にわたしは尋ねた。「権利書を検索したところ、最初に出てきた名前はラーマ・カラブロでした。コーキーは、市がシナゴーグに立ち入る許可をラーマ・カラブロから得ていると断言しました。でも、ドンナ・イローナの話では、その人はシナゴーグの創設者の一人で、何年も前に亡くなっているそうです」

「ラーマ・カラブロが検査官のために権利書を提示したというのか？」レイトがその場で足を止めた。「その孫はなんと名乗っている？　ロジャーとか？」

「ロバートです」

「きみがロバート・カラブロの出生証明書を調べようとしても、見つからんだろう。だが、ラーマという名の同い年の男性を捜せば、かならず見つかる。わが子にユダヤ系の名前をつけ、しかし、呼ぶときはユダヤ系でない名前にするというのは、あの世代のユダヤ人にとってそう珍しいことではなかった。社会に溶けこみ、受け入れてもらおうとしたのだ。いまでは時代が変わり、誰もが自分の民族的な起源をひけらかすようになった。うちの孫娘もハンガリー人であることを周囲に知ってもらいたがっている――ハンガリー語を勉強しなくてすむかぎりはな」

レイトはパン屑が入った紙袋をわたしによこし、息子と一緒に遊歩道を歩き去った。わたしは水辺へ行ってパン屑を放り投げた。水中から呪文で呼びだされたかのように、アヒルとカモが現れ、カモメの群れが急降下を始めた。どうやら、パン屑を分けあうのが好きな者はいないようだ。

43
ラン・ラビット・ラン

港の一マイル北に大きな病院がある。そこまで行ってスマートフォンをアルミ箔から出し、メッセージをチェックした。湖に近いので、休憩中の病院スタッフに交じって、ピクニックやジョギングの人々もたくさん来ていた。人混みがGPS信号を遮断してくれるわけではないが、わたしを見つけるのはむずかしくなるはずだ。

電話がいくつも入っていた。ピッツェッロ部長刑事に始まって、マリ、ソニア、ピーターから。それらの番号をメモし、電話をふたたびアルミ箔で包んでから、病院の横をまわって脇道に出た。とても狭い道なので、車が一台止まれば、あとの車はもう通れない。消火栓のそばにすわりこんだ。空いているスペースがここしかなかった。

まずピッツェッロに電話をした。「わたし、いまも〝社会の敵ナンバーワン〟なの？」と尋ねた。

「みんながあなたの車を必死に捜してるところよ。あなたを見つけたら、そのままホーマン・スクエアへ連行することになっている。わたしがこの通話を逆探知すれば、大きな得点になり、真の警察官であることを上司に証明できる」

「警察の一員としての自分と自らの正義感のあいだで折りあいをつけるのが大変なことはよくわかるわ」わたしは静かに言った。「父がそういう綱渡りをするのを何度も見てきたから。だから、わたし自身は警察に入ろうと思ったことが一度もないの」

「へーえ、あなたって、自分は立派な正義感の持ち主だから、警察の上司が相手でもジャンヌ・ダルクみたいに立ち向かえるし、折りあいをつけようとする者には罪悪感を持たせてやれると思ってるわけ？」ピッツェッロの口調は辛辣だった。

「いいえ。わたしだってほかのみんなと同じく、人に好かれたい、チームの一員になりたいという思いから逃れることはできない。警察に入っていれば、毎晩、自分はどこまで耐えられるだろうという思いのなかで苦悩を続けてたと思う。公選弁護士会にいたころも、同じ苦悩を経験したわ。依頼人は無実だ、もしくは、無罪になる見込みがあると思いつつ、司法取引を受け入れるようにとの圧力に屈するしかなかった」

「だから、独自に声を上げることにして、刑事裁判という荒野で叫んでるわけね」

「あなたの電話に折りかえしかけてるだけよ、ピッツェッロ。そういう話をしたかったの？　わたしの仕事のやり方を嘲笑するために？」

ピッツェッロは謝罪こそしなかったものの、すぐさま本題に入った。「コーニーはあなたに狙いを定めてるけど、もっと偉い誰かから圧力を受けてやってることだわ。少なくとも、フィンチレーはそう見てる。あなたのほうでその誰かを追い払うことができれば、コーニーはホーマン・スクエアに戻り、あなたへの嫌がらせをやめると思う」

「今日の午後、コーニーはタッド・デューダに車を提供してた。コーキー・ラナガンから急ぎのメッセージが入ってよそへ行くよう命じられなかったら、あの場でわたしに手錠をかけてたでしょうね。デューダはジュリア・ジグラーをつかまえようとしている。わたしのアパートメントに押し入ってジュリアを捜すあいだ、コーニーは建物の裏の路地で見張りをしていた」

「二人はジュリアを見つけたの？」

「嘘はつかないことにするわ、部長刑事さん。ジュリアはわたしと一緒だった。でも、デューダを見て逃げてしまったから、いまはどこにいるのかわからない」おっと、嘘です。警官が味方してくれるのは心強い——フィンチレーも数に入れれば、味方は二人——でも、信頼にも限度がある。

「逃げだす直前に、ジュリアが電話してきたわ。怯えきってた。ヤン・カーダールを連れて病室に来た男はデューダだったの。たぶん、カーダールを殺したのもあいつね」

ピッツェッロはしばらく考えこみ、やがて、デューダもしくは〈クロンダイク〉がグース島にこだわるのはなぜかと訊いた。

「〈クロンダイク〉はきっと、ジグラー家の屋敷が建っている場所で大規模開発を進めるつもりね。ジュリアを追っている理由はただひとつ、あの子を脅して祖母の屋敷の権利を放棄させるためよ」

わたしはイシュトヴァン・レイトから聞いた話をかいつまんでピッツェッロに伝えた。

「ここはシカゴよ」ピッツェッロは言った。「不動産の権利書を法に則って入手するなどという些細なことに、連中が頭を悩ませるなんて想像できない。ソルジャー・フィールドのリニューアル工事をどう進めるかをめぐって、街のみんなが議論してたころのことを覚えてる？　真夜中に市長が業者を連れて入りこみ、屋根の部分を解体させてしまったじゃない。連中が少女を追っているのは、ほかに何か理由があるはずだわ。すでに祖母を拘束してるでしょ。少女もつかまえれば、屋敷の所有権に関して連中のほうで好き勝手に歴史を書き換えることができる。屋敷を解体もしくは売却したあと、高級コンドミニアムでもなんでも、望みどおりのものを建てることができる」

わたしはシルヴィアのことを思った。ハンガリーの反体制派だった人が、いまは〈アークエンジェル〉で何もできずに横たわっている。殺そうと思えば簡単に殺せたはず。殺さなかったのはなぜだろう？

「そうね」わたしは言った。「連中がジュリアをつかまえたら、〝シルヴィアが信託財産の条件を変更しなければおまえの命はない〟って脅せばいいものね。でも、連中は目下、シルヴィアが認知症なので息子が委任状をもらうつもりでいる、と言っている。本当に認知症だったら、孫娘の命が危険であることをはっきり理解できないかもしれない。わたしがかならずあの介護ホームからシルヴィアを助けだしてみせる。彼女が生きてるうちに。もしくは、自分が誰なのかもわからないほど衰弱してしまう前に」

「幸運を祈ってる」ピッツェッロがそっけなく言った。「でも、介護ホームに忍びこむときにわたしの援護をあてにできると思ってるなら、大間違いよ。警察は不法侵入を大目に見たりしない」

「コーニー警部補が指揮をとるときは別として」

「言いがかりだわ。とにかく、あなたの部屋に押し入ったのはデューダという男だと、あなたが言ってたように思うけど――コーニーは非番で、たぶん、一般市民の力になってたんでしょう。じゃ、またね、ジャンヌ・ダルク。馬に乗りなさい。でも、火あぶりにされないよう気をつけるのよ」

スペインのマラガはもうじき午前一時だ。スマートフォンのアルミ箔をふたたびはがした――使い捨て携帯にはアプリが入っていないので、ピーターに電話をかけることができない。彼はまだ起きていた。陽気な発掘仲間と今日もまた深夜の食事をして、アパートメントに戻ったところだという。

「ヴィク！　きみに電話しようとしたんだ。ひどく心配になってきて。ネットできみを追跡したら、警官に追われている姿が出ていた。何があったんだ？」

「いまも追われてるから、急いで切らないと――電話で簡単に居所を突き止められてしまう。会えなくて寂しい。あなたの顔がなかなか浮かんでこない」日に焼けた彼の身体、わたしを抱く腕、わたしが触れたくてたまらない腕。

「わたしだって寂しい。いまは四千マイルも離れてるから、どうか無謀なまねはしないでほしい。無謀なせいできみの身に何かあったら――」ピーターは途中で黙りこんだ。

「わたしがしなきゃいけないのは、悪徳警官とセメント工場の経営者が十代の少女を拉致するのを防ぐことだけよ。そして、その途中で連中に撃たれないようにすることだけ。そんなにむずかしくないでしょ」

わたしは軽い口調でごまかそうとしたが、ピーターに言われた。「きみの姿が想像できる。そこが問題なんだ。窓からぶら下がるきみ、ホームレスに変装して公園で野宿するきみ、氷が割れはじめたピジョン川に飛びこむきみの姿を、わたしは知っている。頼むから、そういうことはぜったいしないでほしい。いいね、ヴィクトリア。少なくとも、わたしとの距離が四千マイルではなく四インチになるまでは」

「ピーター、わたしだって無事でいたいわ。あなたのためだけじゃなくて、自分のためにも。でも、わたしが危険を冒さないと、多くの人の安全が脅かされてしまうの。わたしが危ないまねをしても、どうか見捨てないで——そんなことになったら耐えられない」

「大丈夫だよ、ヴィク。だが、きみの無謀さを目にすると、きみがわたしを見捨てたがっているような気がしてくる」ピーターが言い、そのあとで電話が切れた。わたしはまばたきをして涙をこらえた。無謀さのなかには、わたしの電話がこちらの居所を知らせる信号を出しつづけるあいだ、涙に暮れたままでいることも含まれる。アルミ箔で電話を包みなおし、そのあとでまたはがした。

いまいる場所からレイク・ショア・ドライブまではすぐだった。ドライブの下に延びる歩行者用の通路を進むと、その先にベルモント・ハーバーがあった。通路沿いにホームレスの人々のねぐらが続いている。ここにもまた、つながりを持たない複数の世界がある。テントを張ったり、毛布をねぐらにしたりしているホームレス、そして、ジョギングやサイクリングの人々がそのそばを猛スピードで通り過ぎて湖畔へ向かう。

日が沈み、湖上の一日を終えて船が戻ってくるいっぽうで、仕事帰りの人々が船を出す準備をしていた。木製の桟橋を歩いていくと、エンジンをかけたままのキャビンクルーザーが目に入った。デッキに半ダースほどの人がいて、ビールを飲みながらしゃべっている。

ほんのしばらく時間をとって、電話のデータをすべて消去した。本気でそこまでやる気？　ええ、本気よ。クルーザーに乗りこむと、誰かが声をかけてきて、「あなた、誰？」と言った。

「アリソンよ。六時までにここに来るよう、ティムに言われたの。遅刻しちゃった？」

「船を間違えてるわ――いいえ、大丈夫。よくあるミスだし」わたしはシューズの紐を結ぶために膝を突き、船尾の幅いっぱいにとりつけられたベンチのクッションの下にわたしの電話をすべりこませた。愛想よく手をふり、邪魔をしたことをあらためて詫びてから、船を降りて木製の桟橋に戻った。となりの桟橋へ飛び移り、遠まわりの道をたどってレイク・ショア・ドライブへひきかえすことにした。

ふたたび歩行者用の通路に出て、コンクリートの上にねぐらを作ろうとしている人々の横を通りすぎた。ベルモント・アヴェニューとシェリダン・ロードが交差するところに小さな公園がある。枝を低く垂らした木の下であぐらをかき、未使用の使い捨て携帯でマリにかけた。

ブラッドとジュリアを無事に助けだしたことを報告した。ただし、二人をどこに預けたかは言わなかった。レジーから聞いた〈スカイロケット〉の詳細とその機能については話しておいた。

「その前にひとこと。ラナガンから妙な電話があったわ。ラナガンはドニーかブラッドが持っているなんらかの品を狙ってるみたい。レジーのドローンに関係した品ということ以外、いったい何なのか、わたしには見当もつかない。誰かがドニーに脅しをかけたのを知ってる？　〝こっちの要求する品をよこさなかったら、昔おまえが犯罪に加担したことをばらしてやる〟って言ったそうよ。なんの犯罪のことを言ってるのか、あなた、わかる？　昔のマフィアの暗殺かしら」

「ありうる話だ」マリは言った。「アウトフィット事件の裁判のとき、ＦＢＩは何十件もの暗殺の詳細を明らかにしたが、未解決のものがまだ何件か残っている。ドニーが十六ぐらいだったころ、〈クサリヘビ〉のライバルの一人がメルローズ・パークで射殺されたが、ＦＢＩは密告屋から情報を得ることができず、事件はいまも解決していない」

「ドニーが加担したことをばらせば、デューダの身だってすごく危険だと思うけど」

「リトヴァク家のバンの助手席に乗ってただけだと言えば、見逃してもらえるさ」マリは言った。「コーニーがついてりゃ、たぶん無罪放免だ。だが、レジー・リトヴァクが作ったという装置に関しては、おれもきみの意見に賛成だ。〈クロンダイク〉が手がけるような開発をするのに、そんな装置は必要ない」

マリはさらに続けた。「明らかなことがひとつある。グース島で、もしくは川の対岸でいかなるプロジェクトを進めるにしても、かなり綿密な調査がなされるだろう。コーキーだか〈サンタッシュ〉だか誰かが権利書を手に入れようと必死になってるのは、それが理由さ。ジグラー家の屋敷をこわしてコンドミニアムを建てることだけが目的なら、解体用の鉄球を持って今夜にでも押しかければすむことだ。だが、大規模プロジェクトの一環となれば、自分が権利書の正当な持ち主で、権利書にはなんの疑念もないことを示さなくてはならない。だから、必死に少女を捜してるんだろう。少女がどこにいるのか、きみ、本当に知らないのか？」

「知らないわよ」ペピーとベッドに入っているかもしれないし、散歩に出ているかもしれないし、リビングでブラッドと一緒にテレビを見ているかもしれない。わたしには本当にわからない。

別の悩みに切り替えた。「あなたとミスタ・コントレーラスが和気藹々の仲じゃないのは知ってるけど、あの老人に関する話をぜひ世間に広めてもらいたいの。老人は目下、フリーマン・カーターに電話をかけ、警察の横暴に対する苦情を申し立てるのに手を貸してもらおうとしてるんだけど、今日の強引な捜索を世間にさらして全市民が読めるようにすれば、コーニーの上司があいつの行動にブレーキをかけてくれるかもしれない」

「そこでおれのメガホンが必要ってわけか？　料金が余分にかかるぜ」

「マリ、今週、特ダネをいっぱいあげたでしょ。あなたがこれから書く五回分の記事には、わたしの署名をつけてもらいたいほどよ」

電話でマリと話すあいだも、ハーバーへ向かう車の流れに目を光らせていた。ここから見えるのは、歩行者もしくは北からやってくる車だけだが、通路の向こう端に青く明滅する光が見えた。警官隊がハーバーに到着したのだ。そろそろ行かなくてはとマリに告げた。

44 ワイルド・トゥース・チェイス

パトカー二台と覆面車一台が到着し、ハーバーへの出入りをブロックできる場所に止まった。わたしは男性ホームレスのテントの陰にしゃがみ、人の縄張りを荒らしやがってと男性にわめかれながら、通路の端から見守った。

覆面車からコーニーが降りてきた。先週、わたしをパトカーでホーマン・スクエア署へ連行した部下のティルマン巡査も一緒だった。二人は中央の桟橋を〈トゥース・フェリー号〉のほうへ向かった。あの船がすでに出航してればいいけど。パトカーの片方から降りた警官たちが二手に分かれ、桟橋から両脇へ延びる通路を進みはじめた。もう一台のパトカーから降りた警官はハーバーを出ようとして列を作っている者全員の運転免許証を調べはじめた。どの警官もしばらくは忙しいことだろう。

「おもてなしありがとう」わたしはテントの男性に言った。ポケットに手を入れて五ドルとりだした。「これで夕食にしてね」

男性はお金を受けとったが、わたしが現場を離れるあいだも罵り言葉を吐きつづけた。わたしは疲れてもうくたくたで、頭のなかは早くベッドに入りたいという思いでいっぱいだった。ニッサンを見つけだし、事務所の近くまで車を走らせた。テッサが一日の仕事を終えて帰り支度をしているところだった。彼女の話によると、午後の半ばに警官がやってきて、わたしはどこかと尋ねたが、出かけていると答えたところ、それ以上しつこく質問することはなかったそうだ。ホッとした。周囲の人々がわたしのせいで被害をこうむることにはうんざりだったし、自分が逃走を続けることにはそれ以上にうんざりしていた。

ミスタ・コントレーラスに電話をして、老人とミッチの無事をたしかめた。ロティにも電話をして、わたしが無事でいることと、ミセス・パリエンテと話をしたことを伝えた。ブラッドとジュリアの様子を訊くためにグレゴリーにも電話をした。

「ああ、うん、みんな元気だ。あの犬、ずいぶん行儀がいいんだな。夕食にピッツァを買ってこようと思ってる」

電話を切ってから、ソファベッドが置いてある奥の部屋に入り、横になった。タイマーを四十五分後にセットして眠りこんだ。ついにチャイムに起こされたときは、頭のなかに布が詰まっているような感覚だった。変な時間に熟睡するとこうなる。冷水のシャワーを浴びてから、長い廊下を往復して半マイルほど走り、強制的に頭をはっきりさせた。

ガスとレイシーのやり方は許せない。それは議論の余地なきことだ。シルヴィアの屋敷を手に入れようと必死だが、ガスは借金で首がまわらないから、大規模開発プロジェクトに参加できる見込みはまずない。ラナガンか彼の代理人の一人に権利書を渡し、大物連中が恵んでくれるわずかな分け前を受けとるだけだろう。

陰で糸をひいているのがラナガンだとすれば、不動産会社を経営するチャンスをアシュリーに与えようとしている人物も彼だ。もっとも、いまのところ、彼女の頭のなかにしか存在しない会社だが。ガスとレイシーに対しては、ラナガンは屋敷の売却益の一部を与えると言っている。わたしがいまだに解明できていないのは、ラナガンがブラッドもしくはドニーから何を奪おうとしているかだ。考えられるのは〈スカイロケット〉だけだが、ラナガンにそんなものは必要ない。もしかしたら、グーグルのような相手に数十億ドルで売りつけられると思い、わがものにしようとしているだけかもしれない。

全員のパソコンメールと携帯メールにアクセスしたかった。でも、それは無理なので、昔ながらの足を使った調査に頼るしかない。ふたたび車で北へ向かった。〈アークエンジェル〉ではなく、その近くのグレンヴューにあるガスとレイシーの家へ。家の前の車道にガスのトラックはなかったが、キア・ソウルが止まっていた。今夜はついてる――レイシーが家に一人きりだ。

レイシーが玄関に出てきて顔をしかめた。そんなことをしていたら、五十歳にもならないうちにひどいしわになってしまうのに。「何しに来たのよ？　ジュリアが見つかったの？」

「見つけたけど、レイシー、また逃げられてしまったわ。ここに戻ったんじゃないかと期待してたんだけど？　あなたも、ガスも、今度こそあの子を大事にしたいって強く願ってるものね」

レイシーは唇を嚙み、どう反応すべきか決めようとしていた。彼女が心を決めようとするあいだに、わたしは横を通り抜けて家に入り、テレビの音をたどってリビングまで行った。彼女が見ていたのは、スコットランドのアクセントと大量虐殺が出てくる時代もののドラマだった。

わたしはレイシーの文化的波長に合わせようとした。「〈ゲーム・オブ・スローンズ〉？」

「〈アウトランダー〉よ」レイシーは不愛想に答えた。「ジュリアがいないんだったら、さっさと帰って」

「ねえ、侮辱だと思わない？　ジグラー家の屋敷を売っても代金の一部しかもらえないなんて。あなたたち自身が売れば全額手に入るのに」

この前来たときに比べると、部屋の感じが違っていた。美術品が姿を消し、特大のフラットスクリーンに変わっている。違いはそこだ。美術品を処分したあとでスクリーンをここに置いたのだろう。

レイシーがテレビの音を消した。「あんたになんの関係があるのよ?」

「ジュリア・ジグラーのことが心配なの。あなたたちはジュリアから権利書をとりあげようとしている――でも、それは無理。あの子のものじゃないから――でも、たとえ権利書がなくても、あの屋敷をグース島の向かいの新たな開発プロジェクトの目玉にしようと誰かが言ってるようね」

「それは個人情報よ。あなた、いったいどこから――あの小娘が――」

「レイシー、個人情報なんてものはもはや存在しないのよ。誰かがお宅の呼鈴を押せば、訪問者の名前と顔がただちにアマゾンかアップルかどこかへ送られる時代ですもの。あなたとガスが借金漬けってことはわかってるのよ。そして、母親に不当な扱いをされたから、自分には屋敷をもらう権利があるとガスが思ってることも――」

「当然でしょ!」レイシーがわたしの言葉をさえぎった。「しかも、シルヴィアはガスのことなんてゴミ扱いだったんだから。悪臭をふりまく難民や移民のことはちやほやしてたくせに。ガスが夕方学校から帰ってきたとき、家のなかに誰がいるかわからないのよ。ジグラー一族には自慢の過去があり、エマのおなかが大きくなったときには、ブラジルから来たあのマルクス主義者を自分とエマの屋敷に住まわせてやった。しかも黒人だったのに、シルヴィアったら、自分の息子よりも大事にしたのよ！　ガスが男のことを当局に通報したら、シルヴィアはガスが銀行強盗でもやったみたいに怒り狂った。玄関の錠をとりかえて、家にはもう入れないことをガスにはっきり伝えた！　そして、いまではこの有様！　シルヴィアの医療費を払うだけでこっちは大変なのに、あのボロ屋敷を担保にお金を借りることすら、シルヴィアは考えてくれないんだから」

「ギャンブルの借金を返さなきゃいけないガスにお金を盗まれてばかりで、シルヴィアはうんざりしてたっていうのが、わたしの聞いた噂だけど」

「その噂は間違いよ。何につけてもエマ、エマ、エマで、エマが死んだら、今度はジュリア、ジュリア！　妹を妊娠させた共産主義者のことをガスが当局に知らせれば、シルヴィアは当然、息子であるガスの肩を持つはずだと思うでしょ。ところが、違ってた。マルクス主義者の味方をしたの。わたしに言わせれば、シルヴィアが難民だったなんて嘘っぱちよ。ロシアの戦車に立ち向かったって話をこしらえたスパイで、じつはアメリカでスパイ活動をして、この国の秘密をロシアに売ってたんだわ」

「小さな組織でソーシャルワーカーをしながら仕入れた秘密だったら、もちろん、プーチンと取巻きにとって計り知れない価値があったでしょうね。もうやめなさい、レイシー」

「説教するだけなら簡単だわ。わたしたちみたいなお金の問題に直面したこともないくせに。いちばん大変なのはシルヴィアの介護費用よ！　だから、どうしても——」レイシーは急に黙りこんだ。

「どうしてもなんなの？　シルヴィアの美術品を盗んで、この馬鹿みたいなテレビを買うしかなかったの？」

「シルヴィアの美術品？」

「レイシー、わたしがこの前ここに来たとき、モネを見たわ。それから、隅には彫刻作品があった。ガスが借金まみれなら、あなたたちが〈サザビーズ〉でそんなの落札するわけないでしょ」

「シルヴィアのじゃないわよ！　もっとも、シルヴィアのだったら、わたしたちがもらう権利があるけど。ガスが誰かの仕事を手伝ってて、その人が手間賃のかわりにくれたの」

「きっと、すごい仕事だったのね」

わたしはいきなり部屋を出て、家のなかを調べはじめた。レイシーがわたしの腕をつかみ、「よけいなことしないで。なんの権利もないくせに」と言った。

「もちろんないわ。でも、ガスが盗んだ品を売り払って借金の返済に充ててるのなら、ほかにどんなものが置いてあるのか見てみようと思って」

奥の部屋で――たぶん、ジュリアがここで暮らしていたときの部屋だろう――さらに五点の美術品が見つかった。リビングの二点を目にしたときと違って、誰の作品かはわからなかったが、ガレージセールで見かけるようなものでないことはたしかだった。わたしが電話で写真を撮るあいだ、レイシーがそばをうろつき、殴りかかってきて電話を奪おうとした。

「知りたいのなら教えてあげる。〈アークエンジェル〉に頼まれて預かってるだけよ」最後にレイシーは言った。「金持ちの入居者のもので、その人、盗まれやしないかと心配してるそうなの。うちで預かれば、シルヴィアの介護費用を少し安くするって〈アークエンジェル〉で言われたの。そもそも、値打ちものの美術品を狙う人間が、うちみたいな薄汚い家に押し入るはずはないもの」

「おまえ、何考えてんだ?」ガスが部屋に飛びこんできた。わたしたちのどちらも、彼が玄関から入ってくる音に気づいていなかった。

「こいつはウォーショースキーだ。くそったれの敵だぞ。くだらんことをぺらぺらしゃべるんじゃない。ジュリアを隠してるのはこいつだ。こいつ自身も警察から身を隠してて、写真がどこにあるかを知っている。こいつはくそったれの毒物だ」

ガスはこちらを向いた。「おれに毒を盛ろうったって、そうはいかんぞ、ウォーショースキー。あっというまにコーニーが駆けつけてくる」

ガスがわたしにヘッドロックをかけた。わたしはできるかぎり顎を低くすると、ガスの脇の下で向きを変え、彼の右足を思いきり踏みつけてやり、足の指が折れたと彼がわめくあいだに玄関をめざして走った。

45　ヒースクリフの恋物語

ガスとレイシーのもとを去ったわたしは、前以上に混乱していた。ガスが高価な美術品を盗みだし、それを売りさばくのに誰かが手を貸している。でも、それが彼の母親の屋敷やレジーの〈スカイロケット〉とどう関係するのか、わたしにはさっぱりわからない。もしかしたら、どの家に盗みに入ればいいかをあのデバイスが教えてくれる、とガスが思ったのかもしれない。たしかに可能だ。レジーが言っていたデータセットには、莫大な価値を持つ個人コレクションにかけられた保険のデータも含まれているかもしれない。そのデータセットにアクセスできれば、どの家をターゲットにすればいいかがわかる。しかし、それでもやっぱりわけがわからない。〈スカイロケット〉が登場する前からガスは美術品の窃盗を続けていたに違いない。レジーの発明のことを耳にして、盗みがやりやすくなると思ったのかもしれない。

ガスが〈スカイロケット〉のことを知っていたとすると、誰が話したのだろう？　例えば、弟が自慢でならないドニーが発明のことを吹聴したとか？　ひょっとすると、コーキー・ラナガンに〈スカイロケット〉を差しだせば〈クロンダイク〉から金がもらえるとドニーが思ったのかもしれない。噂が広まったことだろう。デューダのところまで。そして、ガスのところまで。

こう考えると、リトヴァク一家の忠誠心というのも疑わしくなってくる。しかし、ゲームのプレイヤーはほかにもいる。贅沢なものを好むアシュリー。ドニーは妻に逃げられたくなくて、借金地獄に落ちたのだろうか？　リンカーンのSUV、数々の服、彼女の耳に光っていたダイヤのイヤリング。てっきり愛人のプレゼントだと思っていたが、すべてドニーが買い与えたものだとしたら？

誰が金ぴかの品をふんだんに買い与えたにしろ、彼女がタッド・デューダと不倫関係にあるのは事実だ。あのデモのとき、アシュリーはメラニーと二人で隅にひっこんで夫たちを嘲笑していたが、〈スカイロケット〉の要点だけはつかんでいたようだから、あとでタッドに伝えられたはずだ。寝物語に〈スカイロケット〉のことをふと口にする。たぶん、タッドの注意を惹きたい一心で。ラナガンはタッドから借用証をとっている。タッドはラナガンに、借金を帳消しにしてくれるならドローンを持ってくると言う。たぶん、そんなふうに事が運んだのだろう。

車で市内を横断してブレスラウ／リトヴァクの家まで行ったが、スピードを落とさずに通りすぎた。借りた車を匿名の存在のままにしておくために、かなり離れたところに駐車し、歩いてひきかえした。コーニーがわたしのスマートフォンを追跡しようとして、どれぐらいのあいだベルモント・ハーバーにいたのか、わたしには知るすべもないが、すでに陸に戻って通りをうろついていると思っておかなくてはならない。

時刻は十時に近く、街灯がともっていても、それぞれが放つ光の輪の外にあるものはあまり見えなかった。歩道のがたがたの継ぎ目に何度かつまずいたので、歩調をゆるめた。犬を散歩させている人とたまにすれ違ったが、このあたりは住宅地なので、こんな時刻に通りに出ている者はほとんどいない。

アシュリーの家の四軒手前まで来たとき、超大型トラックがわたしの横を通りすぎて家の車道に入っていき、アシュリーのナビゲーターをちっぽけに見せた。わたしは街灯の光の輪から抜けだして隣家の芝生へ移った。そこからだと、トラックの運転席側は見えなかったが、車を降りたドライバーは通りをチェックすることもなく、そのまま玄関まで歩いていった。それもわたしには見えなかったので、隣家の庭を横切って、玄関から充分離れたところに身を潜めた。アシュリーの家の廊下から射す光のなかに、黒ずくめのタッド・デューダの姿があった。

「タッド。来てくれたのね。ブランウェルは見つかった?」アシュリーがいつものようにクールに尋ねた。無頓着を装ったこの口調は、何年もかけて練習してきたものに違いないが、真っ先に尋ねたのは息子のことだった。

「コーニーと一緒にウォーショースキーの家へ行ってみたが、あんたの息子もガスの姪も姿を消したあとだった。ウォーショースキーの事務所にも、医者のとこにもいない。あんたの義理の姉に連れられて身を隠したんだろうと思ったが、ソニアの家にも、ソニアが働いてるオートショップにも、二人がいる様子はない。家を出た十代の子二人なんて、そう長く隠れてられるもんじゃない。少なくとも、路上で生きてく知恵がないと無理だし、あんたの息子はおれが見てきたガキのなかでいちばん不器用だ。ドニー・リトヴァクの息子だなんて、とうてい信じられん」

アシュリーは自分の息子を擁護しようとしなかった。幸い、息子がリトヴァク家でいちばん役立たずのグレゴリーのところにいるかもしれないとは言わなかった。タッドのほうも、ソニアのお尻にくっついていた赤ん坊のことなどすっかり忘れているようだ。いや、むしろ、グレゴリーがタッドの意識に刻まれたことは一度もなかったのだろう。

「父親に似てないって話で思いだしたが、ドニーのやつ、どこへ行っちまったんだ? ここ何日か、おれを避けてるみたいだ。ロケットで撮った写真が必要なんだが」

「知らないわよ、タッド。二日前にウォーショースキーのとこで馬鹿げた対決をして以来、ドニーとは会ってないもの。それに、USBメモリがどこにあるのかも知らない。あなた、どうしてそんなに気にするの？」アシュリーが玄関ドアからあとずさると、タッドが続いて家に入った。

わたしは明かりがつく様子をもとに、二人が家のなかを進んでいくのを見守った。二人がたどり着いたのは奥の部屋だった。たぶん、アシュリーの仕事部屋だろう。

ジェームズ・ボンドになりたいと思った。Qが提供してくれる数々の秘密兵器があれば、二人の会話を盗聴できるのに。わたしが強運の持ち主で、二人に窓をあけさせることができればいいのに。もしくは、無謀にもキッチンに忍びこむことができればいいのに。無謀な三番目を選択した。いつものように。

裏のドアをあければ、その向こうがキッチンだ。ピッキングツールはニッサンに置いてきてしまったが、ここの錠は単純なタイプだった。クレジットカードをドアとフレームの隙間に差しこんで動かすだけで解錠できた。

キッチンの照明はついていなかったが、向こうの廊下から射しこむ光のおかげで足元がよく見え、ドアのそばのスツールにつまずかずにすんだ。タッドとアシュリーの声が聞こえてきたが、さほど明瞭ではないため、個々の言葉は聞きとれなかった。食事用のコーナーの横をそっと通りすぎ、二人にさらに近づいた。二人がいるのは狭い廊下をはさんでキッチンと向かいあった部屋だった。

廊下に出ると床板がきしんだが、タッドがしゃべっている最中だったし、しかも、床板の音が消えてしまうほど大きな声だった。重量のある装置の近くで働く人だから、耳が遠くなっているのかもしれない。もしくは、権力を示そうとして大声になるのかもしれない。

「ウォーショースキーをどうすべきか、どうすべきでないかなんて説教はやめてくれ。〈スカイロケット〉が手に入らないと、おれは金をかき集めなきゃならん。パラタインまで出かけて、ラナガンのために取引をまとめるしかなかったんだ。あのあと、クソ女のせいでコーニーは湖におびきよせられ、無駄な追跡をさせられた――女が自分の電話を船に置いてったんで、それを追っかけたわけだ。戻ってくるころには、女はとっくに姿を消していた。おれたちはじいさんを訪ね、女が親しくしてる医者を訪ね、年老いたユダ公夫婦まで訪ねた。女がその家に出入りしてるからな」

わたしの皮膚が冷たくなり、じっとり湿った。ロティ――ミスタ・コントレーラス――パリエンテ夫妻――この人たちが脅されたり、危害を加えられたりしていたら――アシュリーの部屋に飛びこんでタッドを絞め殺してやりたいと思った。いますぐここを出て、大切な人々の無事をたしかめたかった。でも、じっと立ったまま盗み聞きを続けた。

「タッド、ダーリン、ご存じのように、わたしもユダヤ人よ」アシュリーが言った。あいかわらずクールで感情のない声だった。

タッドが吠えるような声を上げた。笑ったつもりだろう。「あんたはユダヤのプリンセスだよ、アシュリー。あんたのそういうとこが好きだ。いったい何を血迷って、ドニー・リトヴァクと一緒になれば大事にしてもらえるなんて思ったんだ？」

「たぶん、あなたなら力になってくれると思ったのと同じで、愚かな衝動のせいね。サウス・シカゴのスラムで暮らすあなたたちはみんな、どんなに品よく見せようとしても、しょせん野暮な田舎者なんだわ。ソニアはV・I・ウォーショースキーより粗野に見えるかもしれないけど、ウォーショースキーだって、ひと皮むけばソニアに劣らずがさつな女よ。そして、いま、あの女がわたしの息子をつかまえている」

デューダがふたたび笑った。「コーニーが女を殺す準備をしてるから、おれの予想だと、近々女が逮捕に抵抗して一巻の終わりってことになるだろう。それでウォーショースキーはあんたの人生から消えるが、あんたはずっとおれのもんだ、プリンセス」

「ウォーショースキーが死のうが生きようがどうでもいいわ」アシュリーが言った。「でも、息子はとりもどさなきゃ。あなたのほうは、ウォーショースキーに保護されてる女の子を手に入れなきゃいけないんでしょ。ブランウェルの無事をたしかめるまで、コーニーの暴走を抑えてほしいんだけど」

まあ、母親らしい愛情。氷の下で心臓が温かく鼓動してるのね。

「写真をどこへやったか、あんたの息子が白状しさえすれば、誰もあの子を傷つけたりしない。その問題が片づけば、あんたは自分の不動産会社を持つことができる。そうすれば、椅子にふんぞりかえって、レイシー・ジグラーが仕事をこなすのを見守ればいい」

「レイシー？　レイシーに仕事をまかせて、会社がつぶれるのを見てろっていうの？　あの人、いいアイディアをひとつだけ出したけど、売買交渉のやり方なんて知らないわよ」

「キュートなおっぱいの女はいくらでもいるから、売買交渉のやり方を教えればいい。あんたは生まれつき口がうまかったが、そういうことは教えられるもんだ、アシュ。教えられるんだよ」

わたしが間一髪でキッチンに戻ると、タッドが短い廊下をドタドタ歩いて玄関へ向かった。タッドの背後で玄関ドアが閉まったとき、アシュリーが大きな長い叫びを上げた。ボイラーの圧力が高まりすぎた蒸気機関車のように。

その叫びに紛れて、わたしはキッチンを抜けだし、裏庭に出た。家の角の暗がりにうずくまって、フォードのヘッドライトがつくのを見守った。デューダはバックで道路に出てから、エンジンをふかし、近所の犬たちを起こしてしまうほどの轟音と共に走り去った。

何軒もの家で明かりがつき、カーテンが揺れた。市街地の凶悪犯罪が北西部郊外の牧歌的な平和を乱しに来たのか？　様子をたしかめに出てくるほど大胆な者は一人もいなかった。

デューダが戻ってくるといけないので五分待ち、そのあとでアシュリーの玄関の呼鈴を押した。アシュリーはなかなか出てこなかったが、わたしがふたたび呼鈴を押す前に玄関ドアをあけ、あわてて閉めようとした。

「あなた！」彼女の声は憎悪に満ちていた。

「ええ、わたしよ！」わたしは熱をこめて同意し、ドアと脇柱のあいだに肩を割りこませた。「コーニーはまだわたしを射殺してないわ」

アシュリーはスウェットパンツのポケットから電話をとりだしたが、わたしがそれを奪い、彼女を押しのけるようにして狭い玄関ホールに入った。

「おっしゃるとおり、洗練を装った薄っぺらな外見をはがせば、わたしもソニアに負けないがさつな女なの。でも、タッド・デューダかスコット・コーニーを呼ぶ前に思いだしてちょうだい。息子さんをまだとりもどしていないことを」

わたしの言葉を理解するにつれて、アシュリーは青ざめていった。「盗み聞きしてたのね。でも、どうやって――？」

「壁は薄いし、ヒースクリフは巧妙さに欠けるんですもの。少なくとも、タッドはそうだわ。あなたをユダヤのプリンセスと呼び、ユダヤの人々ををユダ公と呼ぶ人物のどこに、あなたは惹かれたの？」

「ソニアがあなたを〝製鋼所の聖ヴィクトリア〟と呼ぶ理由がわかったわ」アシュリーは言った。「自分はほかのみんなより高くそびえる山の頂上にすわってるって、本気で信じてるのね。わたしが何をしようと、その理由なんて、あなたには関係ないわ」

アシュリーの言葉は悪意に満ちていたが、物憂げな歌姫のような口調のかわりに、珍しくも怒りがこもっていた。

「関係あるわよ。あなたがタッド・デューダと共謀してわたしを殺させるつもりなら。もしくは、わたしが大切に思っている人々をタッドがぶちのめすあいだ、あなたが観客として見物する気でいるのなら。

あなたと息子さんとドニーと〈スカイロケット〉の話をしましょう。盗んだのはあなただわ。そうでしょ？　時間の流れに沿って説明するわね。デモのとき、あなたはメラニーと脇にひっこんで、リトヴァク家の人々をこきおろしていた。やがて、何かが起きてドニーが激怒し、あなたとブラッドを置いて帰ってしまった。原因はなんだったの？」

アシュリーは肩をすくめた。「ドニーは退屈すぎて見る気になれないものには、いつだって腹を立てる男なの。レジーが自慢のおもちゃを見せびらかしてたとき、何かを目にして、ロケットみたいに飛び上がり、わたしとメラニーとレジーとブランウェルを置いて帰ってしまった」

「あなたの仲良しのタッドは何かの写真をとりもどそうと必死になっている。そして、ガス・ジグラーもそれを狙っている。なんの写真なの？」

「理解できない。わたしから何か聞きだせるなんて、どうして思ってるの？　ふだんからわたしを見下してばかりの人なのに。〈スカイロケット〉が急に多くの人の心をとらえたとだけ言っておくわ。すごい権力とお金を持つ人々も含めて」

「例えば、コーキー・ラナガンとか」

アシュリーは芝居じみた高い笑い声を上げた。「贅肉ばかりの男に見えるかもしれないけど、脳が活動を停止することはけっしてない男よ。タッドはラナガンに〈スカイロケット〉のポテンシャルを理解させた。それが手に入れれば、不動産の有力候補をピンポイントで選びだすのに使える。わたしを新たなプロジェクトの責任者に据えようって提案がラナガンからあったわ。高齢者が自宅を売却して介護ホームに入居するのに手を貸すためのプロジェクト。でも、もちろん〈スカイロケット〉は必要だけど、何者かがくだらない写真をネタにタッドを脅迫する気でいるなら、〈スカイロケット〉を使うことはできない。ある意味で皮肉よね。タッドはドニーにプレッシャーをかけて〈スカイロケット〉を盗ませようとした」

「ええ、昔のマフィアの殺しをネタにしてね。当時ハイスクールの生徒だったドニーとタッドも現場にいたのよ」

「あら、そう?」アシュリーは夫の怒りに無関心なのと同じく、マフィアの殺しにも興味はなさそうだった。「ドニーが何か言ってたわね。脅されたとかなんとかって。でも、レジーを裏切ることはありえないって、ドニーは断言したわ。あそこの兄弟とソニアは――この世の誰よりもおたがいのことが大切なの。ソニアを見てごらんなさい。結婚生活を続けることができなかった。理由は夫がドニーや双子を大事にしてくれなかったから!」

「ドニーがレジーを裏切ることはありえない」わたしはアシュリーの言葉をくりかえし、脱線した会話をもとに戻そうとした。「そのあと何があったの?」

「ドニーは〝タッドに昔のことをばらされたとしても、それがなんだというんだ?〟と言ったわ。失業中で借金まで抱えてるんだから、それより悪くなりようがないって。ドニーがタッドの頼みを蹴ったものだから、タッドはわたしのところにやってきた」

アシュリーは急に黙りこんだ。頬が赤く染まっていた。

「あなたがタッドと出会ったのは、タッドがセメント工事を請け負ってた住宅のいくつかで、あなたがインテリアを担当したからなのね」

「そんなに知りたいのなら教えてあげる。わたしが彼に会ったのは〈クロンダイク〉のイベントのときで、パンデミックの前だった。ラナガンが多数の下請け業者をイベントに招待してて、タッドもその一人だったの。てっきり金持ち男の一人だと思ったわ。権力者が発するジャングルのエッセンスみたいなものを感じさせるタイプなの。最初は他愛ないつきあいだった。タッドがドニーと同じぐらいの、もしくはそれ以上の借金を抱えてるなんて、もちろん知らなかった」

不倫はいつだって他愛ないつきあいから始まるものよ——わたしはそう言おうかと思ったが、アシュリーの話の続きを聞きたかった。聖ヴィクトリアの意見はいらない。

「ところが、コーキー・ラナガンが〈スカイロケット〉のことを知ってしまった」アシュリーは言った。「ラナガンに秘密にしておくのは無理だし、あの人たちもそれぐらいは心得ておくべきだったわ。この街の出来事なら、ラナガンはつねにすべて知ってるのよ。世間に秘密を漏らしたガスとタッドに、ラナガンは最初のうち腹を立ててたけど、〈スカイロケット〉にどんな性能があるかを知ると、写真をとりもどしたら、そして、レジーが設計した特別なデバイスとドローンを持ってきたら許してやるって、二人に言ったの」

「なんの写真？」わたしは尋ねた。

「知らないわよ。写真のおかげで、ラナガンは高齢者の住宅で金儲けするコツをつかんだそうだけど、その一枚がタッドとガスを破滅させることになりかねないんですって」

「セックスの現場とか？」どうにも信じられなかった。いまの世の中、セックスがらみのスキャンダル程度で人が破滅するとは思えない。

「タッドは何も言おうとしないけど、もしセックスだったら、そう言うと思うのよ。タッドとガスがしてるところを見たら、わたしがぞくぞくするのを、彼も知ってるもの。ほんとにしてるのならね。とにかく、わたし、写真のことは知らないし、誰が持ってるのか、〈スカイロケット〉がどうなったのかも知らない。わかってるのは、誰かがくだらない写真を紛失したというだけで、大きな不動産会社を動かすチャンスをあきらめる気は、わたしにはないってことだけ」

「じゃ、あなたが〈スカイロケット〉を盗んだのね？」わたしは訊いた。「どうやって？レジーの息子たちにおいしい取引を持ちかけたとか？」

「あの二人はまだ子供よ。しかも傲慢すぎる。あんな子たちとは取引できないわ。そうじゃなくて、わたしがレジーの家へ行ったの。レジーが〈メターゴン〉の広い作業場で何かするために出社する予定だったときを狙って。

簡単だったわ――メラニーはズームで学校の生徒たちのカウンセリングをやってたし、双子は授業に出るかわりに何をするのか知らないけど、とにかく出かけてた。レジーはキッチンの流し台の上の戸棚に鍵を置くことにしている。金庫の鍵まで置いてあるのよ。わたしがレジーの作業場に入ってから出てくるまで、たったの五分だったわ。いくらあなたでも、そうすらすらとは運ばなかったでしょうね」

「ええ、たぶん」わたしは同意した。リトヴァクのような一家の強みは――誰もがつねにおたがいのことに干渉しあうため、相手がいつ多忙なのかを知っている点にある。

「そのあとですべてが消えてしまった。息子さんがくすねたのでなければ、ドニーが持ってるに違いない。そうでしょ?」

アシュリーは膝のほうへ身をかがめ、両手に顔を埋めた。「だと思う。でも、あの子に訊けるわけないわ。だって――だって――」

「そうね」わたしは助け舟を出した。「最初に盗みだしたのはあなたですもの。しかも、タッドと寝ていた。タッドがあなたの息子を路地でつかまえ、裸にして身体検査をしたとき、あなた、どう思ったの? タッドのためにどんな弁明を考えたの?」

「タッドに訊いたわ――不審に思って――でも、あなたが湖で助けたあの少女と関係のあることだって言われた。ガス・ジグラーの姪にあたる少女」

「そして、あなたにとっては、タッドの言葉を信じるほうが楽だった。ま、いいでしょ。タッドはさっき、〝あんたはずっとおれのもんだ〟と言った。ナビゲーターも彼が買ってくれたの？」

「とんでもない。愛人へのプレゼントを考えるような男じゃないわ。あれを買ってくれたのはドニーよ。高価なプレゼントをすればわたしの心をつかんでおけると思ったのね。わたし、ドニーのことで頭に来てないときは、気の毒に思ってるのよ。考えてみたら、ドニーも弟のグレゴリーと同じような負け組だわ」

「負け組？　あなた、盗みを働いたんでしょ。それで勝ち組になれるというの？」

「もうっ、やめてよ、ヴィク。ソニアがあなたのこと、わたしたちの前で偉そうな顔するのが好きな女だって言ってるけど、たしかにそうね。誰だって自分の利益を第一に考えるものでしょ。わたしはパイの分け前がもう少しほしいだけ」

「レイシーが出したいいアイディアってなんだったの？」

「レイシーは〈スカイロケット〉を使ってお金儲けをする計画を立てていた。ところが、レイシーの予想よりずっと大々的に使えることにラナガンが気づいたの。レイシーのほうは目下ご機嫌斜め。わたしには不動産会社を経営する能力があるけど、レイシーはただのファイル係に過ぎないというのが、ラナガンの評価だから」

「でも、タッドは――」

「タッドは自分こそ宇宙の王だと思ってる。ファックの名人ではあるけど、王さまはラナガンだってことを理解していない。タッドは肉体、ラナガンは頭脳、いい組み合わせでしょ。じゃあね、ヴィク。うちに押しかけてくるのはこれっきりにしてちょうだい。息子を連れてきてくれるのなら別だけど。息子を返して」

「ブラッドに会うことがあったら、あの子のせいで哀れなお母さんの心が張り裂けそうだと伝えておくわ」

「あの子の名前はブランウェルよ」アシュリーが嚙みついた。

「そして、タッドの名前はヒースクリフね。知ってる。本に出てくるから。『モンテ・クリスト伯』じゃないわよ。それとは別の本」

46 水よりも濃し

暗がりばかりを選んで、ニッサンを止めたところまで戻った。アシュリーは暴走するミサイルだから、わたしが帰ったとたん、デューダかコーニーに電話しないとは言いきれない。わたしが〝逮捕に抵抗して一巻の終わりってことになるだろう〟と、デューダが無頓着に言ったが、この街では簡単にそうなりかねない。

コーニーはこれまでに、警察の権力濫用に対する苦情を四十件以上払いのけてきた。警官の行為が極悪非道であろうと、市民から苦情が来れば、シカゴ市警の友愛会は鉄壁のディフェンスで仲間を守り抜く。警察内の拷問グループを解体させるのに、市民が苦情を寄せつづけて十九年もかかった。わたしがかつて暮らした界隈で起きていたその種の出来事に対して充分に信頼できる証拠があったというのに、州検事たちと市長たちは十九年のあいだ、見て見ぬふりを続けたのだ。

拷問グループが終わりを迎えても、メンバーだった警官たちが制裁を受けることはなかった――誰もが満額の年金と共に退職した。また、拘束された容疑者たちへの虐待がなくなったわけではない。場所が変わっただけだ。わたしの遺体がホーマン・スクエアから運びだされてシカゴ川に投げこまれ、川面に浮かぶ魚となって、どこかの気の毒な釣り人の針にひっかかる光景が頭に浮かんだ。

自由に動けるうちに、ロティ、パリエンテ夫妻、ミスタ・コントレーラスの様子をたしかめておいたほうがいい。ピッツェッロ部長刑事に電話して助けを求めたかったが、わたしの住む建物やパリエンテ夫妻の建物をコーニーが見張っていたなら、ピッツェッロが訪れたことをすでに知っているはずだ。警察でのピッツェッロの立場が危うくなりかねないし、この先、わたしに力を貸すのを彼女が渋るようになるだろう。

ロティに電話したところ、警察が来てわたしのことを尋ねたが、ロティに荒っぽいまねをした者はいなかったとのことだった。

「安心したわ」わたしは言った。「でも、警察はパリエンテ夫妻とミスタ・コントレーラスのところへも行ったみたい。両方に電話したけど、どちらも留守電メッセージになっていた。様子を見に行けば、コーニーかデューダが建物を見張ってるかもしれないし」

ロティは考えこんだ。「もう夜の十一時だから、みんな、きっと寝てしまったのよ。パリエンテ夫妻みたいに高齢で弱ってる人たちにとって、真夜中に起こされるのは大きな恐怖だと思うわ。明日の朝、ジュウェルに様子を見に行ってもらうわね。あそこによく顔を出してるから。薬を届けたり、血圧を測ったりするために。あなたの隣人については、どんな提案をすればいいのかわからない」

わたしが住む建物は小規模なので、当然、居住者の名前はすべて知っているが、様子をたしかめるためにミスタ・コントレーラスのところへこころよく行ってくれる者は、おそらく一人もいないだろう——ミッチが番犬をしているとなればとくに。結局、マリに電話をかけた。

「ウォーショースキー！　どこほっつき歩いてんだよ？　きみに電話したら、ガラガラ声のどっかの男が出てきたぞ。きみの居所を捜してた」

「たぶん、スコット・コーニー警部補ね。あるいは、仲間のティルマン巡査かも。二、三日前、わたしの所持品を床にぶちまけてるところを、あなたが写真に撮った男」

わたしがコーニーを湖へ送りだした顛末を話すと、マリは噴きだした。

「笑えるでしょ。ただし、あいつに電話を押収されてしまったけど。ねえ、聞いて。わたし、アシュリー・ブレスラウのところから戻ったばかりなの。彼女、タッド・デューダとベッドのなかで深い仲よ」これまでにわかったことのなかから、主要な点を彼に伝えた。

「悪事の証拠となる写真？　好奇心でうずうずしてきたぞ。セックスではない。ロックンロールでもない。だとしたら、きっとドラッグだ」

「空き家でドラッグが密造されてて、その写真をドニーが見たとか？――ううん、違う！　わたしったらなんて馬鹿なんだろう。美術品を盗みだしてるのよ。美術品の一部をガスの家で見たわ。あちこちの豪邸が無人になってるのを知って、忍びこんで盗みをやってるのよ。どうやって売りさばくかはまた別の問題だけど、〈スカイロケット〉のデモをやった日に、ドニーがレジーのタブレットでその光景を見たに違いない。レジーは彼の発明した品が個人のデータを吸い上げることに不安を抱いていたけど、解像度も高レベルだった。デューダもしくはガスが盗みを働いてるくせに、自分を脅迫しているのを知って、ドニーは激怒した」

マリはわたしの説に大賛成だった。「ぜひともその写真を手に入れる必要がある。USBメモリに入ってるのなら、デューダか何者かがブラッドを裸にして身体検査した理由はそこにありそうだな」

ドニーを見つけて、レジーのデバイスと周辺装置をどうしたのかを聞きだすのが最優先ということで、わたしたちの意見は一致した。

「ジグソーのもうひとつのピースは、ラナガンがアシュリーに経営をまかせようとしている不動産の子会社なの。レイシー・ジグラーが何かの形で関わってるはずよ。レイシーがいいアイディアをひとつ出したって、アシュリーが言っていた。そのアイディアは美術品の窃盗と関係があるに違いない。だって、一人一人が関係してるから——ラナガンは〈スカイロケット〉に、アシュリーは住宅売買に。タッド・デューダは借金地獄から抜けだすことに」

「不動産購入者のふりをして調査を進めたらどうだい、ウォーショースキー？　ジグラー家の屋敷みたいな豪邸を買って、頑固な隣人と犬を連れて引っ越す。そうすれば、アパートメントの理事会のことで頭を悩ます必要もなくなるぞ」

「コーニーの手でわたしの頭に描かれた的を消す方法が見つかったら、もっと仕事熱心な探偵になることにするわ。それまでは、ミスタ・コントレーラスの様子をたしかめたくても家に帰れないの。デューダはどんな錠でもはずせる特製のデバイスを持っている。ミスタ・コントレーラスは玄関ドアを内側からボルトで固定してるだろうから、あなたは誰かがドアをこわしてないかどうか外から確認してね。ミスタ・コントレーラスに電話しても出てくれないけど、熟睡するタイプだから」

マリはぶつぶつ言ったが、隣人の様子をたしかめることは約束してくれた。「で、こっちから電話するときはどの番号にかければいい？」

「ミスタ・コントレーラスが無事だったら、この番号にお願い」わたしは別の使い捨て携帯の番号を読み上げた。「二回鳴らしたら切って。もう一回かけてくれたら出るから。コーニーを追い払う方法を思いついたら、飛行機を雇って空に文字を書いてちょうだい」

わたしは疲労と興奮を同時に感じていた。ひと晩ぐっすり眠りたいが、家に帰ることも、事務所のソファベッドに戻ることもできない。ピーターの家の鍵がある。ピーターは一年近く留守にしている。こうなったらもう、賭けるしかない――コーニーとデューダがわたしの人生を深く掘りかえしてピーターの存在に気づいたりしていないことに。

車についてはいまも用心を怠っていなかった。ピーターの建物から六ブロック離れたところで停止して、ニッサンの車内でうとうとしながら待っていると、マリから電話が入った。わが隣人の玄関ドアは無傷だという。誰も押し入ってはいないわけだ。

ピーターのアパートメントに入った。何よりも眠りが必要だったが、コーニーがわたしのスマートフォンを押収し、かかってきた電話に出ているのなら、あるいはもっと困ったことに、留守電メッセージに耳を傾けているのなら、使用停止にしなくてはならない。使い捨て携帯の一台を手にとり、延々と続くメニュー・オプションを三十分かけてたどっていった（行き届かないカスタマー・サービスにご不満の場合は1を押してください。希望をお捨てになった場合は2を押してください）。ようやく、電話の盗難を伝えて使用停止にしてもらうことができた。

シャワーを浴びてから、あっというまに深い至福の眠りに落ちた。ようやく目をさましたときは眠気でまだぼうっとしていたため、片腕をピーターのほうへ伸ばした。空っぽのベッドに気づいて眠気が吹き飛んだ。

十時を過ぎていた。ロティかマリかグレゴリーがわたしに連絡をとろうとしても、できなかっただろう。パニックに陥り、アドレナリンがどっと噴きだした。わたしの手で助けられなかったばかりにみんなが大怪我をしてしまった場面を想像し、大あわてで電話をかけることにした。グレゴリーのところから安否確認を始めた。

グレゴリーはいつものように口ごもりながら話をした——ゆうべ押し入ってきた者はいなかった。自分はいま仕事に出ている。酒の卸業はエッセンシャル・ワークではないかもしれないが、倉庫の仕事をリモートでする方法はないからな。子供二人が無事にいてくれればいいが。夜のあいだにペピーがおれのレコード・コレクションをかじることはなかった。

「ブラッドはいい子のようだな。女の子は神経を尖らせてる」

「ええ、あの子には神経を尖らせなきゃいけないことがたくさんあるの」わたしはグレゴリーの意見に同意した。

次はブラッドとジュリアにかけた。二人は寂しさと孤独のなかにいて、コーニー警部補につかまる危険があっても、ミスタ・コントレーラスのところに戻りたがっていた。

「グレゴリーおじさんはいい人だよ」ブラッドは言った。「自分ちに人を呼ぶのに慣れてないから、ちょっと気詰まりなのかもしれないけど、いまは仕事に出てて、家のなかがシーンと静かだから、まるで――アイソレーション・タンクのなかにいるみたい。誰とも連絡がとれないし、誰かがぼくたちを追ってきてるかどうかもわからない。少なくともサルおじさんのとこにいたときは、家族と一緒にいるような気がしてた」

「ブラッドの言うとおりよ」ジュリアが叫んだ。電話から少し離れているため、声がキンキン響いた。「それに、ペピーもつまらなそう。ミッチと庭で遊びたいんだわ。公園へ散歩に行くのに五ブロックほど歩かなきゃいけなくて、そうすると、あたしだってことに誰かが気づくんじゃないかと怖くなるの。サルおじさんのとこに戻るのが無理なら、あたしの家に帰らせて。ブラッドもそっちに泊まればいいでしょ。部屋がどっさりあるし」

「あのね――」わたしは反対意見を並べようとした――おばあさんの家には暖房も電気もないのよ。ガスが見張っているだろうし。そこで黙りこんだ。反対意見に説得される者はほとんどいないし、十代の子はほとんどの者よりさらに説得しにくい。

「ジュリア、いい子だから、二十四時間だけ待って。明日の正午まで我慢してくれたら、あなたを屋敷に連れ帰っても危険がないようにするから。もしくは、屋敷が安全になるまでサルおじさんのところで暮らせるように、何か方法を見つけてあげる」

しばらく沈黙があったが、やがてジュリアはしぶしぶ同意した。

「ぼくはどうすればいいの？」ブラッドが訊いた。

「わたしと二人で腰を落ち着けて、きみが何をしたいのか、何ができるのかをじっくり話しあいましょう。お母さんのところに帰りたいなら、いますぐ帰れるわ。ジュリアがきみの家へ行くのは安全じゃないから、一人で帰るのよ。きみもやっぱり二十四時間待ってくれたら——簡単なことじゃないのはわかってる。デバイスが使えないと、友達にも連絡できないものね」この孤独な二人の子だって、携帯からメールしたり、しゃべったりしたい友達がいるはずだ。

「わかった」ブラッドはぶっきらぼうに言った。「ジュリアと一緒にここにいる。父さん、何か困ったことになってるのかな」

わたしは答えるのにしばらく時間を置き、この子は正直な答えをほしがっていると判断した。「ゆうべ知ったんだけど、お父さんはあの男に立ち向かおうと決心したみたい。ほら、電話でお父さんを脅した男。きみはそもそも、あのやりとりを耳にして、わたしの事務所に来たわけでしょ。お父さんは身を隠してるか、困ったことになってるかのどちらかだわ」

「死んだと思ってるって意味だね！」

「今日一日が終わる前に、お父さんがソニーおばさんかわたしのところに来てくれるよう願ってるって意味よ」

次に電話をかけた相手は、ロティのところの上級専門看護師、ジュウェル・キムだった。けさ、診療所へ行く途中でパリエンテ夫妻のところに寄ってくれた。二人とも怪我はなかったが、夜遅く警察に押しかけられたせいでひどく動揺していた。

「警察はあなたを捜してたのよ、ヴィク」ジュウェルは言った。「もちろん、ミセス・パリエンテにはあなたの居所なんて見当もつかなかったけど、ロバート・カラブロのことをあなたに尋ねられたって話を警察にしたため、それを恥じてるみたい」

「気にしなくていいってミセス・パリエンテに言ってあげたいけど、わたしがもうしばらく離れてたほうがパリエンテ夫妻の身は安全だわ。ロティは無事よね？　ミスタ・コントレーラスは無事よ。というか、少なくとも午前零時の時点ではそうだった」たぶん、無事でいるだろう。

「あなたを頼っていった二人の子はどうしてるの？」

「わたしが二人の居所を知ってるとしても、教えないほうがあなたの身のためよ」

わたしはピーターの洗面所に歯ブラシを置いている。前に残していったジーンズと長袖のTシャツも見つかった。衣類が清潔で、歯も清潔なら、どんなことにでも立ち向かえる。そう願いたい。

スコット・コーニーを追い払いたければ、彼に関してなるべく多くの情報を集めるのが効果的だ。シカゴ市警の内部と外部にどんな庇護者がいるのか。こちらが武器に使えそうな弱点があれば、どんなものでも歓迎だ。ピーターのパソコンに憧れの目を向けた。彼のデスクにすわり、彼のマシンを使ったら快適だろう。でも、わたしが登録しているデータベースにログインすれば、あっというまにこちらの居所を知られてしまう。わたしにどれだけ監視がついているのかわからず、苛立たしいことこの上ないが、ピーターのことまで知られてしまう危険を冒すことはできない。あの子たちに説教してきたとおり、隠れ家（セーフハウス）を手に入れたら、そこを安全（セーフ）なままにしておくのがこちらの義務だ。

ピーターはすぐ日焼けするタイプで、考古学者にとってはハンディだが、発掘現場でかぶる麦わら帽子をどっさり持っていた。それをひとつもらい、目のところまでずり落ちるのを防ぐためにティッシュを詰めこんでから、近くに図書館の大きな分館があるのでそこへ出かけた。

何をするよりも先に、一週間ほど前にブラッドがわたしの事務所に来たときに作成中だった依頼人への報告書を仕上げた。その依頼人が採用を考えている候補者はQアノンのチャットルームのメンバーで、去年の秋に武装した煽動者たちが暴走したとき、ミシガン州議事堂に入りこんだ連中の一人だったとの噂があった。採用するにふさわしい人材か、もしくは危険人物かは、もちろん依頼人のほうで判断することだ。報告書を送信するときに、請求書と、〝御社がその人物の採用を決定された場合、それ以上の調査はお請け致しかねます〟というメッセージをつけておいた。

依頼人の仕事が終わったので、スコット・コーニーの人生を調べることにした。コーニーはサウス・サイドで暮らすアイリッシュ系住民の典型で、ブリッジポート出身の一族の三世代目だった。コーニー自身は現在、マウント・グリーンウッドという地区に住んでいる。市の南西の端にある白人中心の地区で、住民には警官と消防士が多い。結婚していて、子供が二人――ＴｉｋＴｏＫにコーニーの動画を投稿した娘と、まだ小学生の息子。コーニーの父親も祖父もシカゴの警官だった。母親はマーガリート・ラナガンといって、マッキンリー・パークで大きくなった――マーガリート・ラナガン。わたしはその名前に目を丸くし、次に、系図のサイトと昔のシカゴの電話帳を熱に浮かされたように調べていった。マーガリートの長兄には娘が五人いて、そののちにようやく待望の長男が生まれた。それがブレンダン・〝ゴーキー〟・ラナガン・ジュニアだった。

コーキー・ラナガンとスコット・コーニーはいとこどうしだったのだ。コーニーが車でシカゴ市内を走りまわって私立探偵に脅しをかけ、十代の男の子の体腔検査をしたのも無理はない。サウス・サイドでは家族が強い絆で結ばれている。義理堅いリトヴァク一家、不動のラナガン一家。ブーム＝ブームとウォーショースキー。

コーニーはジグラー家をめぐる騒動の利害関係者ではなかった。ラナガンの用心棒だったのだ。シカゴ市警の全警官とクック郡の州検事からいっせいに糾弾されたところで、コーニーは痛くも痒くもない。わたしを攻撃してきたのは身内のためだった。

「いまにお返しさせてもらうわ、ラナガン家のみなさん」わたしは言った。「わたしの身内にはブラッドとジュリア、パリエンテ夫妻、シルヴィア・ジグラーも含まれてるのよ。そちらに好き勝手なまねはさせない」

司書がわたしのそばにやってきた。声をもう少し低くしてもらえません？　それから、パソコンの使用時間には制限があり、あなたは一時間二十分近くネット検索をされています。そろそろログアウトしてお帰りください。

歩いてニッサンのところに戻る途中、使い捨て携帯の一台が鳴りだした。ミスタ・コントレーラスからだった。

おろおろして質問するわたしを、老人はさえぎった。「さっき、あの警官のレディが来たぞ。あんたがけっこう仲良くしとる人」

「ピッツェッロ部長刑事？」わたしは仰天した。「なんの用だった？」

「どうしても会いたいと言っておる、嬢ちゃん。あんたに電話したそうだが、電話はつながらんし、事務所にもあんたの姿がないんで、ここに来たと言っておった」

ピッツェッロは電話番号を残していった。ミスタ・コントレーラスが読み上げてくれた。わたしに正しく伝わるように、ゆっくりと、二回くりかえした。

「子供たちは無事か？　いなくなっちまって寂しいぞ。ミッチだけだと、どうも様子が違ってな」

「あの子たちも寂しがってるわ。そっちにいたときより、いまのほうが二人ともずっと孤独みたい。早く問題が解決するよう願ってるところなの。うまくいけば、明日のうちに」

子供たちがあと二十四時間だけ苛立ちを抑えてくれるといいけれど。でも、それに銀行預金を賭ける気にはなれない。つまり、急いで行動しなくてはならないわけだ。

使っていた電話をバッグに放りこみ、クリーンな電話でピッツェッロにかけた。

「ウォーショースキー！　まだ生きてたのね」

「無事な姿でお昼を食べられそうよ。あなたのほうは家庭訪問を始めたそうね」

「警部補の命令なの。あなたが大半の国民と同じように携帯電話と留守電機能を使ってくれてれば、わたしは市からもらう給料でやるべき本来の仕事ができるんだけど」

「数時間だけでもコーニーの監視の目から逃れたかったの」〈トゥース・フェリー号〉に電話を置いてきた話をすると、ピッツェッロは笑いだした。「コーニーがふだん以上にご機嫌うるわしかった理由が、それでわかったわ。けさ、第二管区の署に押しかけてきて、フィンチレー警部補の階級章をむしりとろうとしたんだけど、その理由が誰にもわからなかったの」

「あとで考えてみたら、電話を置き去りにしたのは最高の判断じゃなかったかもしれない。買いなおしたり、いろいろしなきゃいけないし」

「そうね、あとで考えてみたら、みんなからあなたにすぐ連絡できるようにしてくれたほうがよかったわね。あるいは、フィンチレー警部補から。ゆうべ、ドニー・リトヴァクが見つかったわ」

心臓が止まったような気がした。両手が冷たくなった。「どこで？」ひとことと絞りだすのがやっとだった。

「死んでないわよ」ピッツェッロは言った。「なぜだかわからないけど、とにかく死んでない」

ドニーはジグラー家の屋敷の正門を入ったところに倒れているところを発見された。ぶちのめされていた。「あなたと少女が屋敷にいたことがニュースで流れて以来、あそこ、人気観光スポットになってるでしょ。ジョギング中の人間がドニーを見つけて九一一に通報したの」

ドニーはいちばん近い病院の救急救命室へ運ばれたが、身元を示すものをいっさい身につけていなかった。ようやく意識をとりもどして質問に答えられるようになったのは、けさのことだった。頑として名前を言おうとしなかったが、近親者としてわたしの名前を出した。病院はわたしと連絡がつかないため、シカゴ市警に助けを求めた。

「肋骨と脚を折ってて、それは病院で処置したわ。病院に詰めてる警官ユニットがシカゴ市警に無線で連絡をとり、身元不詳の白人男性がV・I・ウォーショースキーに連絡をとりたがってるって告げたの。あなたの名前を聞いて多くの警官が行動を開始した。フィンチレーとコーニーはドニー・リトヴァクの病室に同時に到着した。もう少しで殴りあいになるところだったわ。わたしはフィンチレーの車を運転してたから教えてあげられるけど、まさに修羅場だった。

コーニーが自分はリトヴァクを知っているし、ウォーショースキーがやつの身内でないことも知っていると言った。フィンチは、それこそコーニーがリトヴァクを知らないという証拠になると言った。ウォーショースキーがリトヴァクの近親者であることは自分が保証する、なんて言いだしたのよ」

「ドニーだってことが、フィンチレーにはどうしてわかったの？　顔を合わせたことがあるなんて知らなかった」

「誰なのかはわからなかったそうよ」ピッツェッロは言った。「ただ、コーニーがあなたを目の敵にしてることはわかってた。二人が口論してるあいだに、わたしが車椅子の係を一人ひっぱってきて、ドニーをわたしのパトカーまで運んでもらった。ドニーはいま、第二管区の署であなたを待ってるわ」

「どうやって名前を聞きだしたの？」

「わたしたちが彼をコーニーから守ろうとしてるのを見て、彼のほうから名乗ったの。でも、妻や身内にはぜったい知らせないでほしいって。急げばどれぐらいで飛んでこられる？」

「すぐ行く。二十分以内に到着しなかったら、コーニーに撃たれたと思ってちょうだい」

「あの男ならやりかねないわ、ウォーショースキー。街を走りまわるときは防弾チョッキをつけたほうがいいかも。裏口から入ってね」

47 留置場

ドニーは留置場に入れられていた。ほかに誰もいなかったし、スチール製のベンチで横になれるからだった。右脚にギプス、両手に分厚い包帯。顔が腫れあがって紫色に変わり、右目はほとんど開かない状態だった。

「あら、ドニー。誰を怒らせたの？」

ドニーは苦労して身を起こした。「よう、ウォーショースキー」唇が腫れているため、呂律のまわらないしゃべり方だった。「ソニーや息子には黙っててくれ」

わたしは彼のそばに腰を下ろした。「看病だったら、わたしなんよりソニアのほうが上手よ」

「ソニーを危ない目にあわせたくない。誰だって知ってるからな……おれが頼りにしてるのはソニーだって。ソニーの家を捜索しても……おれがいなくて……電話におれの番号が入ってなかったら、やつら、ソニーのことはほっといてくれるさ」

そうであるよう願った。

「やったのはデューダ？　コーニー？」

「なんでわかる？」

「デューダとガス。この二人は犯罪の証拠となる自分たちの写真を必死に捜している。わたしの推測だけど、レジーが作った装置に、誰かの家に押し入る二人の姿が映しだされたんじゃないかしら」

「あんたはいつだって……高校でいちばん頭のいい女の子だったたな。おれは信じられなくてさ……やつらがあんなこと……してるのを見ちまって。最初のうちは、ほら、映像が……すごくクリアで……うっとり見てたんだ。やがて気がついた……自分がいま見てるのはデューダだと。それから、もう一人はおれの知らない男だった。デューダを捜しだして叱り飛ばしてやった」

「よく理解できないんだけど。デューダはあなたを脅して、まだデモも見てないあなたにレジーが発明した品を盗ませようとした。発明品のことをデューダはどこで知ったの？」

「おれがぺらぺらしゃべったせいだ」ドニーは苦い口調で言った。「レジーは……デモをやる前から……その品の話をしてた。おれは考えた……ラナガンの役に立つかもしれん……どの土地を建設にあてればいいか、どの土地を買えばいいかがわかれば、ラナガンはきっと……レジーのゴッドファーザーになって、製品化に向けて投資してくれるだろうって」

ラナガンはドニーの提案を蹴った。理由はマリとわたしが前々から口にしていたとおりのものだった。〈クロンダイク〉はすでに、シカゴ大都市圏だけでなく、隣接する三つの州についても、開発可能エリアに関する独自の情報を持っている。ビッグデータを集める装置に大金を出したところで、ラナガンがすでに知っていることがわかるだけだ。

腫れた唇から言葉を出そうとする努力で、ドニーは息を切らしていた。ふと見ると、前歯が一本折れていた。

「その品には価値があると誰かが考えたわけね」わたしは言った。「だって、消えてしまったんですもの。陰にラナガンがいるとわたしはにらんでるわ。でなきゃ、どうしてコニーが出てくるの?」

「そうだよな」ドニーも同意した。「誰が誰に何を言ったのか、おれにはもうわからん。デューダ、ラナガン、ガス、ほかにもいろんなやつが指を突きつけてきやがる。おれがレジーのロケットを持ってるはずだと言う。正確に言うとドローンだな。レジーがロケットと呼んでんだ」

ギプスのはまった脚が彼の前にまっすぐ伸びていた。彼は包帯に包まれた手でスチール製のベンチの端をつかみ、楽な姿勢をとろうとした。わたしは彼の両脚を持ち上げて横になるのを手伝った。

「泊まれる場所が必要なんだ、ウォーショースキー。ソニーのとこへは行けん。家に戻ってアシュと暮らすのはごめんだ。寝てるあいだに、あのクソ女に切り刻まれるかもしれん。いま借りてるねぐらに戻ることもできん――デューダがやってきて、おれを始末しかねんからな。あんたんとこに余分のベッドはないか？　体力つけてクソ野郎をやっつけてやりてえが、脚がなあ――六週間ギプスだって医者に言われた」

「わたしのアパートメントはコーニーに見張られてるわ。デューダがもう二回も押し入ってるし。わたし自身、あいつとコーニーから逃げるためにベッドを探してるところなの」

リトヴァク家の連中をどこに預ければいいのやら、候補が尽きかけていた。

ピッツェッロが留置場に入ってきた。そのうしろにフィンチレー。

「こいつがなんであんたの肩にすがって泣こうとしたのか、おれにはわからん、ウォーショースキー」フィンチレーが言った。「だが、病院のベッドに寝かせたほうがいい。もしくは、せめて自宅のベッドに――ここから二マイルほどのとこに妻と子供がいるわけだろ。とはいうものの、家族にこんな姿を見せるのはやめたほうがいいかもしれん。家族はウサギみたいに走って逃げちまうぞ」

った。

「おまけに、奥さんは、ええと、この人をぶちのめした男とつきあってるし」わたしは言った。

「これがふつうの物盗りの犯行だったら、おれもふつうの考え方をするだろう」フィンチレーが言った。「ところが、あんたが登場した、ウォーショースキー。ということは、ドニー・リトヴァクのかみさんをめぐる喧嘩ではなかったわけだ」

「間接的な関係はあるけどね。サウス・シカゴはかつて、ヴァル・トンマーゾという男の縄張りだった。デューダとドニーは子供のころ、トンマーゾの下で何やら怪しげな使い走りをしていた。そのころの泡がいまになって浮き上がり、わたしたち全員につきまとってるの」

「〈クサリヘビ〉か」フィンチレーが言った。「リタイアしてフロリダにひっこんだものと思ってたが」

「そうよ」わたしはうなずいた。「タッド・デューダがセメント工場をひきついだけど、ギャンブル癖があって、借金で首がまわらなくなっている」

レジーと〈スカイロケット〉のことを、そして、ドニーのために安全な場所を見つけるのがむずかしいことを、フィンチレーに話した。ドニーが苦労して身体を起こし、わたしに〈スカイロケット〉の話をさせまいとした。うまく起き上がれなかったので、うめき声を上げてふたたび横になった。

「第二管区に泊めておくことはできん」フィンチレーは言った。「留置場はふつうの物盗りや痴漢のために必要だからな。リトヴァクは手術室で死んだとコーニーとデューダに思わせとくほうがいいかもしれん」

「そうすれば、二、三日のあいだ、コーニーをドニーの首からひきはがせるけど、息子が錯乱状態に陥るかも」

「ブラッドはどこにいる?」ドニーが訊いた。

「無事よ、たぶん」

「ふざけんな、ウォーショースキー、おれの子だぞ。てめえが隠してたのか!」ドニーは思わず苦痛の叫びを上げ、横隔膜のあたりを手で押さえた。わたしはどうしようという顔でフィンチレーとピッツェッロを見た。

「その子がいるところに父親も預けることはできんのか?」フィンチレーが訊いた。

「もしわたしがあなたに教えて、それが漏れたりしたら——」

「なるほど。コーニーとおれはふたつの莢に入ったふた粒の豆みたいによく似てるからな。だが、莢は千マイルも離れてるぞ」フィンチレーは言った。

「あの子はグレゴリーの家にいるわ。ジュリア・ジグラーと一緒に」

「グレゴリー？」

「おれのいちばん下の弟」ドニーが目を閉じたままで言った。「誰の思いつきだ？」

「ソニアよ。そして、あの子たちの安全は、誰もがグレゴリーを忘れてしまうことにかかってるの」

「おれのことなら心配いらん」フィンチレーが言った。「初めて聞く名前だ」

「だろうな」ドニーが言った。「みんな、グレゴリーには洟もひっかけない。しかし、いくらタッドだって、グレゴリーを永遠に忘れたままではいないだろうよ。おれがそっちへ行ってやれば――」

わたしは彼の言葉を冷淡にさえぎった。「あなたがそっちへ行けば、その一、床の上で寝なくてはならない。その二、子供たちが急いで逃げなきゃならない場合、あなたは大きな足手まといになる。ギプスをはめてまだ十二時間にもならないんだから」

「家族に世話してもらえないのなら、介護ホームに入るしかないわね」ピッツェッロが言った。「骨折した脚のリハビリができるわよ」

「ほう、なるほど」ドニーの唇が嘲笑を形づくることはできなかったが、嘲笑したがっているのは見え見えだった。「つぶした豆をばあさんたちと一緒に食えってのか」

わたしはドニーを見下ろした。「いい思いつきだわ。それどころか、すごい思いつき。

ドニーが死んだと思わせる案には反対だったけど、撤回する。マリ・ライアスンに頼んでニュースを流してもらいましょう。ただし、病院に運びこまれた身元不明男性の氏名を警察が突き止めようとしてるって言ってもらうの」

「コーニーも病院に来てたのよ」ピッツェッロ部長刑事が反対した。「わたしがドニーを車椅子に乗せて病棟から連れだしたことを知ってるわ」

「それがよくなかったのね、部長刑事さん」わたしは重々しく言った。「ドニーの怪我はあなたが思ったよりずっとひどかった。署に到着する前に死んでしまった」

48 ウェルネスへの道

〝ウェルネス・パビリオンへの道〟の前にわたしたちが車を止めたのは、午後十時二十分のことだった。トム・ストリーターがバンの後部ドアをあけて、車椅子をわたしによこした。弟のジムと二人でドニーを慎重に抱え上げ、車椅子にすわらせてストラップで固定した。ブラッドとジュリアがバンのリアシートから飛びだしてドニーのところに駆け寄った。

ここに連れてこられて、ドニーはいまもむくれていた。抵抗できねえしな——と強調したが、呂律がまわらないため、ほとんど理解不能だった。しかも、こんな施設のベッドに寝てたら、デューダかコーニーがやってきて一発で殴り殺されちまう。

「父さん!」ブラッドが反論した。「もう死んだってあの連中が思ってるかぎり、父さんの身は安全だよ。ひとつだけ覚えといて。いまの名前はコンウェイ・ケリーだからね」

「おれがアイルランド人?　どうすりゃ覚えられるんだ?」ドニーは文句を言った。「おれがサウス・シカゴでただ一人のユダヤ人だってことを、誰も忘れさせてくれなかったのに。どんな相手とでも戦わなきゃいけなかった。アイルランド人、ポーランド人、イタリア人、その他いろいろ。みんな、おれをやっつけようとしやがった。自分がユダヤ人だってことを、どうすれば忘れられる？」

介護ホームに到着する時刻は十時半になる直前にした。もうじきシフトの交代時間だからだ。書類仕事を一刻も早く片づけたいと誰もが思っているから、ドニーの保険契約書類の氏名と、わたしたちが入院手続きをする氏名が違っていても、時間をかけて調べようとする者はいないはずだ。

ロティを説得するのが大変だった。ドニーの負傷から判断して、介護ホームでのリハビリが回復を助けることには同意したものの、リハビリのメニューを指示するのは骨折の処置にあたった整形外科医でなくてはならないと主張した。「わたしは彼を治療してないのよ。レントゲン写真も見ていない。彼が処置を受けた病院でわたしが勝手に患者を診ることはできない。だから、彼のカルテに近づくのは無理なの」

「ロティ、わたしはあなたに恩があるから、パリエンテ夫妻の力になろうと決めたのよ。パリエンテ夫妻の問題とドニーがぶちのめされた件には、つながりがありそうなの。ドニーを介護ホームに入れておけば、彼の身を危険から守れるし、それと同時に、パリエンテ夫妻を魔の手から救いだせると思うの」

「パリエンテ夫妻の力になったから、今度はわたしに協力しろというの？」ロティは言った。

「手短に言えばね」

ロティの目が細められ、怒りに満ちた細い線となった。わたしから離れ、窓辺に置かれたフィロデンドロンに話しかけた。こちらを向いたが、部屋の向こう側に立ったままだった。「ええ、いいでしょう。でも不愉快だわ」

「ドニーもいやがってる。それが多少の慰めになるのなら」紹介状をミセス・コルトレーンのところへ持っていくと、ノースフィールドにある〈アークエンジェル〉の施設に部屋をとってくれた。

ロティが不機嫌なのに対して、マリは大乗り気だった。彼がオンライン配信した記事は、ヒット数がすでに六万に達していた。

〝ひどい殴打を受けてグース島で発見された男性の身元を、警察が必死に突き止めようとしている。男性は頭部と手と脚に怪我をして、手当を受けたものの、病院から自宅に戻る途中で死亡した〟

マリは《ヘラルド＝スター》時代のかつての同僚で、いまも記者を続けているルアーナ・ジョルジーニを説得して、新聞のウェブサイトに記事をひとつアップしてもらい、無惨に殴られたドニーの顔の写真（わたしがマリに提供）も添えてもらうことになった。また、〈シカゴ・ラウンドアップ〉という彼のポッドキャストにも記事を配信した。わたしたちがノースフィールドへ向かうころには、さまざまなネットワークと〈グローバル〉が記事をとりあげてニュース配信していた。

ほかに熱心に協力したのはジュリアとブラッドだった。わたし自身は二人を巻きこみたくなかったが、父親が生きていることをブラッドに知らせておく必要があった。ネットの記事で写真を見れば、たとえ怪我をしていようと父親であることはわかるはずだ。父親が死んだと思わせておくなんて、ブラッドにとって残酷すぎる。どうしたものかと悩んでいたとき、ブラッドも連れていってはどうかとジュウェル・キムに提案された。

「介護ホームには十代のヘルパーがけっこういるのよ」ジュウェルは言った。「高齢者を元気づけてくれるから」

「夜の十時半なのに？」わたしは疑いの口調だった。

「入院手続きの担当者たちは別に妙だとも思わないわ。いずれにしろ、あなたたちは受付デスクの奥へは行けないいんだし――思いたいように思わせておけばいいのよ」

ブラッドとジュリアにジュウェルの提案を伝えると、二人とも大乗り気だった。主として、孤立した日々から解放されるのがうれしかったのだろう。しかしながら、わたしが何をする気でいるか、どんな危険が伴うかを説明すると、二人とも真剣な顔になった。

「ヴィク、責任重大なんだね」ブラッドが言った。「ヘマをしないよう精一杯がんばる」

「あたしも」ジュリアが言った。「すごいわ、ヴィクって」

「きみたちならきっと大丈夫」わたしは二人に断言した。「二人を百パーセント信頼してなかったら、今回のことに加わってくれるよう頼んだりしないわ」

ペピーも一緒に連れていくしかなかった。ミスタ・コントレーラスから連絡があって、わたしたちの建物がつねに警察の監視下にあることを知らせてくれたので、家に寄ってペピーを置いてくることができなかったのだ。

まだ仕事中のグレゴリーに電話をして、子供たちをさらに安全な別の場所へ移すことを報告した。グレゴリーは心からホッとした様子だった。子供たちを自分の手で守りきれるかどうか心配だったし、連中が襲ってきたときにレコード・コレクションが無事でいられるかどうかをさらに心配していたのだ。

ソニアにも電話をした。ドニーに関する真実を知る者が増えすぎるのはいやだったが、ソニアが新聞の最新記事を見れば、ブラッドと同じく悲嘆と怒りで逆上するだろう。ソニアはもちろん、ドニーを連れてくるようわたしに言った。

わたしはドニーと電話をかわった。「ソニー、いまのおれは危険人物だ。コーニーやデューダが新聞の記事を疑った場合、真っ先にチェックするのがあんたの家だ。ウォーショースキーが計画を立ててる。いい計画とは言えんが、いまんとこ、それが精一杯なんだ」

診療所にいるあいだに、千ドル貸してほしいとジュウェル・キムに頼んだ。「わたしに何かあって返済できなくなったときは、ロティに請求してね。ロティは頭に来ると思うけど、あなたには迷惑をかけたくないでしょうから」

ちょうどそのとき、ジュウェルとわたしが話をしていた奥の部屋にロティが入ってきた。

「どちらの点もご推察どおりよ、ヴィクトリア。あなたのことで頭に来てるわ。無謀なあなたが怪我をすれば、さらに頭に来ると思う。いずれにしても、ジュウェルに迷惑をかけるわけにはいかないわね」

ロティはミセス・コルトレーンを呼んでカードを渡し、近所のATMへ行ってわたしのために現金をひきだしてくるよう頼んだ。わたしたちはそのお金を持ってローズヴェルト・ロードまで行き、必要な品々を調達した。ドニー用の車椅子を借りるのもそのひとつだった。ドニーを病院から連れだすときに使われた車椅子は、ピッツェッロ部長刑事が若き新米警官のルディ・ハワードに命じて病院に返却させていた。

ドニーをよそへ移さなくてはならなかった。それも大急ぎで。署の留置場は逮捕者を放りこむために必要だという事実に加えて、具合はよくないにしてもドニーは生きているという噂が、一瞬で市内に広まってしまうだろう。

「警官というのは、いかなる職場の仲間にも劣らずゴシップ好きだ」フィンチレーは言った。「違ってるのは、おれたちが警察の掲示板にその噂を出すって点かな。すべて仕事のためというような顔で。ドニーが留置場にいることを一人目のお利口なやつがツイートしたら、五秒後にはコーニーがここに来るだろう。それどころか、すでに誰かが嗅ぎつけてるかもしれん」

ドニーを車で〈アークエンジェル〉へ運ぶ用意ができるまで、彼を預けておく場所が必要だったが、安全な場所はもうどこも思いつけなかった。ついにストリーター兄弟に電話をした。寡黙な三人兄弟で、いまいち内容のはっきりしない商売をやっている。重いものを運んだり、ボディガードをしたりしていて、そのうち一人は地元のバンドでドラムを叩いている。わたしは公選弁護士会に所属していたころからずっと三人に仕事を頼んできた。前に一度、ドラムを叩いているジムが麻薬所持で逮捕されたため、わたしが救いだしたことがあった。その程度のことで恩を着せるつもりはないが、わたしが助けを必要とすれば、順番待ちの列の先頭に呼んでくれる。

ジムとトムは大型バンでやってくると、署の裏手に車を止めた。車の床に簡易ベッドがボルトで固定してあり、二人はエンドテーブル程度の軽いものを持つような感じでドニーを署から運びだした。ロティが怒りと非難でプリプリしつつも、わたしに処方箋を持たせてくれていた。コンウェイ・ケリーという名前が書かれ、ドニーに必要だとロティが判断した処方薬が記されていた――ドニーが大急ぎで病院を離れたため、退院時の処方箋が出ていなかったのだ。調剤薬局に寄って処方薬を出してもらった。ドニーの乗った車をジムとトムが第二管区から一マイル離れた公園まで走らせてくれたので、ドニーはバンの後部で夕方まで眠れることになった。

ストリーター兄弟はペピーを作業場に連れて入ってもいいと言ってくれた。ペピーもプリプリしていた――このところ、知らない場所へ連れていかれることが多すぎる――でも、ティムの顔を覚えていたので、わたしたちが作業場を出たときも少し鳴いただけだった。ジュリアは寂しがったが、これから十時間のあいだに多くが正されるはずで、そこには犬のことも含まれていた。

今夜、ドニーを〈アークエンジェル〉に運んだとき、ジムとトムは雑用係のような白いユニホームを着ていた。ローズヴェルト・ロードのユニホーム専門店でわたしが買ってきたものだ。敷地のゲートは閉まっていた。車を運転してきたジムがなかに入るためにブザーを押したときは、上着の袖についているありふれたロゴがゲートの係員によく見えるようにした。ドニーの入院書類がはさんであるクリップボードを差しだすと、ブザーが鳴ってわたしたちを入れてくれた。第一ハードル通過。

〝ウェルネス・パビリオンへの道〟まで行くと、ジムとトムがドニーの車椅子を押して受付デスクへ向かった。わたしは子供たちと一緒にうしろに続き、受付係から「近親者の方は？」と尋ねられたときに初めて進みでた。

シフトを終えたヘルパーと看護師たちがタイムレコーダーを押して出ていくいっぽうで、深夜シフトのスタッフが到着し、わたしたちを押しのけてロッカールームへ向かった。こちらの期待どおり、全体にざわざわしているおかげで、受付係はドニーの偽名にわずかに注意を向けただけだった。彼女が氏名の食い違いについて尋ねると、トムがカウンターに身を乗りだし、筋肉にぐっと力を入れて大きめの声でささやいた。「こいつは関係者なんだ。脚の怪我が治るまでごちゃごちゃ言わないでもらいたい」

〝関係者〟という言葉が受付係にとって何かを意味したのかどうか、わたしにはわからないが、彼女は了解したかのようにうなずくと、ドニーを個室へ連れていくためのスタッフを呼んだ。トムとジムには帰るように言った。

驚いたことに、トムが自分はドニーのボディガードだと言いだした。「付き添いがだめというなら、ミスタ・ケリーはほかの施設へ行くしかない。部屋を申しこんだとき、あいつら、そういうことを説明しなかったのか？」

受付係はあわてふためき、上司に電話を入れたが、応答がなかった。「今夜は付き添ってくださってもかまいません」

ブラッドとジュリアが飛びだしてドニーを抱きしめ、「コンウェイおじさん、大好き。早くよくなって」と、大きな声で言った。トムがドニーを車椅子から抱き上げた。ジムが車椅子を折りたたんで、子供たちとわたしを外のバンまで連れていった。介護ホームのスタッフが別の車椅子を持ってくるのか、それとも、トムがドニーを抱いて部屋へ運ぶのを黙認するのかを、わたしが足を止めてたしかめる暇はなかった。

バンに戻ると、ブラッドがジムと一緒に前に乗りこみ、ジュリアとわたしは簡易ベッドに腰かけて、ローズヴェルト・ロードでわたしが買っておいたピンクのユニホームに着替えた。ジュリアはくすくす笑っていた——舞台を前にした緊張だ。

「機敏に動かなきゃだめよ、ジュリア。そして、なかに入ったら口を閉じ、うなだれたままでいる。わたしたちは雀の涙ほどの賃金で過酷な仕事をしているの。仕事がいやでたまらないの」

「わかってる」ジュリアは小さな声で言った。「ヴィク、ほんとのこと言うと、すごく怖い。どうなるの？　もし——もしつかまったら」

「わたしが相手の注意をそらすから、あなたは裏口をめざして疾風のように走りなさい。

ジムが待ってるバンに乗りこめば、彼が安全なところまで送ってくれる」

「でも、あなたは大丈夫？」

「心配しなくていいのよ」本当は感じてもいない自信をこめて、わたしは答えた。

49 汚れ仕事

ジュリアとわたしが深夜シフトのスタッフが作る列の最後尾について、記憶ケアユニットの裏口から建物に入ったとき、時刻は十一時十分前になっていた。前回ここに来たときに気づいたのだが、スタッフは身分証を首から提げていて、ずいぶん多くの者が人にそれを見られないよう、写真つきのケースを裏返しにしていた。わたしは身分証を吊るす紐をあらかじめ買っておき、プラスチックケースに白い紙を押しこんでおいた。いちいちチェックしようとする者はいなかった。ドアをあけて支えている警備員はわたしたちに苛立っていた。〝さっさと行け、女ども、ビヨンセでもないのに——気どって入っていっても、へいこらしてくれる者なんかいやしないぞ〟

「あんたたち、新顔？」あとについて階段をのぼるわたしたちに、女性の一人が尋ねた。

わたしはうなずいた。

「その子、ここで働くにはちょっと若すぎるね。あんたの娘？」

「この子、食べる」わたしはぼそっと答えた。

「みんなそうさ」女性はそう言うと、左のほうの廊下をドタドタと歩き去った。

誰もがそちらへ向かい、奥の部屋に入っていった。わたしはジュリアの腕に手をかけて彼女をひきとめ、〝チャペル〟と記された部屋に忍びこんだ。人の話し声も足音も聞こえなくなったところで、奥の部屋の様子を見るため、廊下の少し先まで行った。侵入者ありという警報を発している者は誰もいなかった——シフトを担当する主任が作業の割当て表を配っていた。

「マスクを持っていない人は、ドアの横に積んであるので一枚ずつとってください」主任はスタッフに注意した。

ジュリアとわたしはすでにマスクをかけていた——パンデミックがもたらした唯一の利点で、綿密な点検を楽に避けることができる。掃除用品の入った袋を持って、奥の部屋から人々が出てきた。わたしはジュリアをチャペルに残して奥の部屋に入りこみ、掃除用品をもらう列にならんだ。前の女性が袋を落とした。拾おうとして身をかがめたときに、ちらっとこちらを見た。マスクの上の目が恐怖で大きくなった。「なんであたしにつきまとうの？　言いつけてやる！」

わたしはカートから掃除用品の袋を二個つかむと、彼女を追って部屋を飛びだした。彼女がシフト責任者と話をする前に、わたしがその腕をつかみ、チャペルのほうを頭で示した。彼女は疑惑に全身を震わせながら、わたしについてきた。チャペルのドアのノブに片手をかけたまま、入口で足を止めた。

「ミズ・ケリガ、つきまとってるわけじゃないわ。お願いだから、言いつけないで。ここに来たのは、あなたの電話を使った老婦人を助けたい一心からなの。この子がそのミズ・ジグラーの孫娘なのよ。ミズ・ジグラーを見つけて、誰もわたしたちをつかまえようと飛んでこないうちに、ここから出ていければそれでいいの。今夜あなたがここにいるなんて知らなかった——昼間のシフトだと思ってた」

わたしはゆっくり話したが、理解してもらえたかどうか、はっきりしなかった。いまにも主任がやってきて、なぜわたしたちがチャペルにいるのかを問いただすのではないかという不安で、わたしは汗びっしょりだった。ケリガも同じ思いだったに違いない。チャペルに入りこみ、背後のドアを閉めた。

「スペイン語」彼女は言った。

わたしのスペイン語はお粗末なものだが、舌をもつれさせながら文章を作り、スペイン語が思いだせないときはイタリア語の語彙に頼ったが、そのとき、驚いたことにジュリアが話に割りこんだ。祖母を捜していること、セニョーラ・ケリガが今夜のシフトに入っているとは知らなかったこと、彼女の無事を願っていることを、とてもシンプルな言葉で伝えた。

ケリガはジュリアからわたしに視線を移し、次に早口のスペイン語で文章をいくつか並べ立てた。

「赤ちゃんが病気」ジュリアが通訳した。「請求書の支払いをするために一日十六時間働かなきゃいけない。それから、この人、あたしたちがナギーを助けることを願ってくれてる」

ジュリアがセニョーラ・ジグラーの部屋（アビタシオン）の番号（ヌメロ）を教えてほしいと頼んだことは、わたしでさえ理解できた。ケリガは首を横にふり、入居者たちの名前はまったく知らない、作業が遅れているから急がないと、と言った。

わたしはジュリアのスペイン語をほめた。

「父さんがブラジルの人なの。シカゴの公立校ではポルトガル語を教えてないから、あたしはスペイン語を選択したのよ。どうしていまの人を知ってるの？」

「おばあさんからわたしに電話があったという話をしたの、覚えてる？　おばあさんはミズ・ケリガの電話を盗んでかけてきたのよ」

「だったら、あの人、どうしておばあちゃんの名前を知らないなんて言ったの？　電話を盗んだ相手の名前ぐらい覚えてるはずよ！」

わたしは首を横にふった。「ミズ・ケリガは仕事を終えて家に帰るまで、電話をなくしたことに気づかなかったの。おばあさんが電話を盗むところは見ていなかった。さあ、始めたほうがいいわ。時間がどんどん過ぎていく」

わたしたちは入居者たちの部屋を急いでチェックしていった。みんな、すでにベッドに入っていて、一部の部屋ではつけっぱなしのテレビ画面がちらちらしていた。うめたいり、寝返りを打ったりする人もいたが、大半はぐっすり眠っていた。すべてのベッドに転落防止用の柵がついている。それでもなお、入居者の多くがストラップで拘束されている。多くが悪臭漂うシーツに横たわっている。入居者が汚物にまみれて横たわるままにされているのなら、なぜ清掃スタッフが雇われているのか？　わたしの手でみんなの身体を清潔にし、シーツ交換もしてあげたかったが、そのための備品がなかった――わたしたちがすべきは最低限の仕事だけで、洗面台をボロ布で拭き、トイレの水がちゃんと流れることを確認すれば、それでおしまい。

入居者の氏名がドアにかかっていたが、ガスが母親を偽名で入居させているといけないので、一人一人の顔を見ていくようジュリアに言った。そんな気の滅入ることをジュリアにさせるのは、正直言っていやだった。薬や病気のせいで顔が弛緩しているため、表情の読みとれない人が多かった。わたしはジュリアのウェストに片腕をまわし、ジュリアはわたしにしがみついて、二人でベッドからベッドへまわった。

記憶ケアユニットはふたつのフロアを占めていて、五本脚のタコのような形をしていた。一本目のタコ脚には施設の管理運営をおこなう複数のオフィスとチャペルがあった。ジュリアとわたしが二本目のタコ脚を調べおえたときには、深夜シフトのミーティングがすでに終わっていて、ほかのスタッフと顔を合わせることが多くなった。

「なんか捜してるの?」一人がわたしに訊いた。

「ベッドをきれいにするように言われたの――たしかI-二一三号室だと思ったけど(それはわたしたちがいま出てきたばかりの部屋)、間違えたのかもしれない」

女性はふりむいてこちらを見た。「今夜のセリーナはご機嫌斜めだよ。自分がどこ行けばいいかわからなかったなんて、セリーナに知られないようにしないと」

ジュリアもわたしも熱心にうなずいた。四本目のタコ脚に入ると、業務用のバケツとモップが見つかった。手ぶらで廊下を歩くより、変装道具があったほうがいい。一階の部屋を残らず調べおえるまでに、掃除に来たという口実をさらに三回使った。

階段の吹き抜けのドアはすべてロックされていた。エレベーターのドアも同じだった。わたしのピッキングツールとクレジットカードは、ペピーと一緒にストリーター兄弟の倉庫に置いてきた。必死にあたりを見まわすうちに、人の話し声が近づいてきた。わたしは首にかけた紐をはずし、プラスチックケースをドアと錠の隙間に差しこもうとした。

「ヴィク！」ジュリアのひきつった顔のなかで、目が異様に大きくなっていた。「誰かに姿を見られてしまう」

話し声の主が、わたしたちが立っているタコ脚の角を曲がって現れた。男性一人と女性一人。女性はたぶん、施設の管理担当者だろう。男性はガスだった。わたしはさっきはずした紐をバケツに放りこみ、猛烈な勢いでモップをかけはじめた。

「チカ！」ジュリアに言った。「こっちの部屋の担当だろ！」わたしの背後の部屋を指さした。

「いまから様子を見てくる」ガスが言った。「委任状にサインする前に死んじまったら、セリーナ、そっちが請求してきた代金は払わんからな。そして、今後の人事構想からあんたの名前を省くことにする。もうしばらく生かしといてもらいたい」

「説教はやめてよ。この前聞いた噂だと、あなた、この施設ではなんの権限もないそうね」セリーナだ。彼女がこちらを見た。「何してるの？　立ち聞き？」

わたしはモップを見せた。

「で、あなた、誰なの？　身分証はどこ？」

「すみません」わたしは哀れな声を出した。「バケツに落ちた」

悪臭を放つ水に手を突っこんで紐をひっぱり上げようとした。セリーナが嫌悪の表情であとずさった。ガスはわたしにまったく注意を向けていなかった。低賃金で働く女、目に入ってもいない。

セリーナがカードキーを壁のプレートにあてると、吹き抜けの油圧式ドアがシュッと開いた。彼女とガスが階段をのぼっていった。ドアが閉まりきってしまう前に、わたしは錠とドアの隙間に紐を押しこんだ。

ジュリアが廊下の向こうのドアからこっそりわたしを見守っていた。二人で吹き抜けに忍びこんだ。わたしはユニホームの上着の裾をひきさいて錠のところに詰めこんだ。こうしておけば、吹き抜けに閉じこめられずにすむ。

二階へ続く頭上の階段からガスとセリーナの声が聞こえてきた。わたしたちは壁に貼りつき、声のするほうへ進んでいった。ジュリアがくしゃみをしそうになった。わたしはジュリアの顔を胸に押しつけたが、それでもクシュンと小さな声が漏れてしまった。

上のほうで二人がピタッと足を止め、次に、蛍光灯の配線のせいでいつもパチパチ音がするのだとセリーナが言った。ジュリアの爪がわたしの背中に食いこんでいた。

二階の油圧式ドアの開く音が聞こえた。わたしはジュリアの耳元でささやいた。「ここで待ってて。わたしが姿を見られてつかまったら、大声で叫ぶから、一階に戻って外に出るのよ。わかった？」

ジュリアはわたしの胸に顔を押しつけたまま、震えながらうなずいた。わたしはコンクリートの段に足音が響かないよう、爪先立ちで階段を駆け上がった。ガスとセリーナがちょうど階段をのぼりきって、右に曲がり、廊下を歩きはじめたところだった。ひきさいた布をふたたび錠に押しこんで廊下をのぞくと、二人が突き当たりの部屋に姿を消すのが見えた。

吹き抜けに戻り、ジュリアを手招きして、吹き抜けに近い入居者の部屋に入りこんだ。シングルベッドが置かれ、男性が横になっていた。天井をじっと見つめて大声でメアリーを呼んでいた。

わたしは男性のそばへ行き、彼の手首をわたしの指で包んだ。「わたしはここよ」と言った。「心配しないで。ここにいるから」ベッドのそばにしゃがんで、わたしの顔を男性の耳と同じ高さにして、子供のころによく聞いたイタリアの子守歌を口ずさみはじめた。

「ヴィク！」ジュリアが緊迫した声でささやいた。「あいつらが戻ってくる」

カーテンがトイレと洗面台を隠している。「カーテンの奥に入って」

ジュリアはぎりぎりのタイミングで身を隠した。セリーナがドアのところに立ち、ガスがその背後にいた。

わたしは掃除用品の袋からウェットティッシュのケースをとりだし、男性の首と額を拭きはじめた。

「歌を聞かせてやってたの?」セリーナが詰問した。

「彼、不幸」わたしは訛りがひどかった母の英語をまねて答えた。

「あなたがここにいるのは入居者を幸福にするためじゃなくて、バスルームを掃除するためよ。水がほしいと言われたら水を渡す。それだけでいいの」

「シ、セニョーラ」わたしはつぶやいた。

セリーナは照明をつけると、ドアのそばのホルダーに差しこまれたカルテに目を通した。

「午前一時に次の注射の予定ね。いますぐ注射するよう、リーヴァに伝えて」

「シ、セニョーラ」わたしはつぶやいた。リーヴァが誰なのかも、どうやって彼女に連絡すればいいのかもわからなかったが、藁にもすがる思いでナースコールのボタンを押した。

男性の額を拭きつづけたが、セリーナがドアのところから動こうとしないため、わたし自身の皮膚がチクチクしていた。ようやくセリーナが照明を消し、廊下を遠ざかっていった。

わたしはジュリアにじっとしているよう小声で言ってから、この男性のとなりの部屋に入った。ガスとセリーナが廊下に立ったまま、わたしを見つめていた。わたしは三分後にその部屋を出て廊下を渡り、うなじの毛が逆立つのを感じつつ、次の入居者のところへ向かった。三つ目の部屋に入ったあと、歌とか、踊りとか、怯えた者を安心させるようなことは何もせずにいたら、エレベーターがチンと鳴って、白衣の女性があの高齢男性の部屋へ向かった。

「あの人、今夜はひどく興奮してるの」セリーナが言った。「そこにいる馬鹿女が――」廊下を歩き去ろうとするわたしを指さした。「コンサートを開けば喜んでもらえると思ったせいよ。鎮静剤の量を増やしてちょうだい」

白衣の女性が高齢男性の部屋に入った。わたしもあとに続いた。セリーナの鋭い叱責の声は無視してやった。

「手伝い必要かもしれません」

「わたし一人で大丈夫よ」白衣の女性が言った。

「あと片づけします」わたしは言った。

女性は高齢男性の袖をめくりあげ、血管を見つけて注射をした。わたしは使用済みの注射針とアルコール綿を彼女から受けとると、シャワーカーテンをひき、それでジュリアを包みこむ形にした。わたしが注射針用のボックスに針を捨てるあいだ、看護師がじっと見ていた。不法入国した薬物常習者ではなさそうね。病院の備品をくすねる心配はなし。看護師はうなずき、部屋を出て、廊下の先まで行った。「ああいうのをどこで見つけてくるの、セリーナ？　〝馬鹿な人材求む〟って広告でも出すわけ？」ガスと一緒にいる女性に言った。

「入居者に歌を聞かせるなんて！　〈アークエンジェル〉は才能ある人材を雇ってるのね」看護師は言った。

低賃金で働く者たちの馬鹿さ加減に頭をふりながら、三人はエレベーターに一緒に乗りこんだ。陽気な笑い声が響くなかで、エレベーターのドアが閉まった。

ドアが閉まるが早いか、わたしはジュリアのところに戻った。二人で廊下を走って、ガスとセリーナがさっき入った部屋まで行った。なかにいたのは一人の女性だった。ストラップでベッドに縛りつけられ、腕は左右別々に手錠で拘束されている。目を閉じ、浅く辛そうな呼吸をしている。ジュリアが駆け寄った。

「この人よ、あたしのナギー！」喜びのあまり、ジュリアは声をひそめるのを忘れていた。「ナギー！　ナギー！　起きて。あたしよ。ユルチャよ」祖母を抱きしめたが、なんの反応もなかった。

「ああ、ヴィク、どうして？　あいつらに殺されたの？」

「クスリ漬けにされてるのよ。声をかけつづけてあげて。でも、誰にも聞かれないよう小さな声でね。昏睡状態の人でも周囲の言葉は聞きとれるそうよ。愛してるって、くりかえし言ってあげて」

看護師や管理スタッフを起こしてしまうとまずいので、照明はつけたくなかった。鉄格子のはまった窓にカーテンがないため、外の駐車場の光が入ってくる。自分の手元がどうにか見えるので、彼女をベッドに縛りつけているストラップのバックルをはずし、手首にはまっている手錠のマグネットボタンを見つけた。神経がピリピリしているため、時間がかかったが、ようやく彼女を自由の身にすることができた。抱き上げると、肌に密着したシーツも一緒についてきて、ひどい臭いが立ちのぼった。お尻から腿にかけて床ずれができていた。

シーツを切り離している暇はなかった。シーツで彼女を包み、肩にかついだ。枯葉の袋をかつぐのに似ていた。「安全なところへお連れしますね」と、ささやきかけた。「そのあとで、こんなことをした極悪人どもが牢獄で朽ち果てるのを見てやりましょう」

「このあとどうするんだった?」わたしはジュリアに尋ねた。

「裏口から出てバンまで行く」ジュリアは今日の午後わたしが彼女の頭に叩きこんでおいた指示をくりかえした。「荷物の搬入口のところでジムが待っていて、ナギーをグレーテ

・バーマン・インスティテュートへ運んでくれる。拷問で痛めつけられた人々のための施設よ。あたしもそこに滞在してかまわない」

「正解。別々になったときには、わたしのことは心配しないで。おばあさんのそばについてるのよ。グレーテ・バーマンの人たちがあなたたちを待ってる。今日の午後、わたしから何もかも説明しておいたからね。医療スタッフがいて、おばあさんの健康をとりもどしてくれるわ」

肉体だけでなく精神の健康も――わたしはそう願ったが、その不安でジュリアを苦しめるのはやめにした。

ドアから顔を突きだした。「さあ、大急ぎで逃げるわよ。階段を下り、裏口から出る」

「ナギーを落とさないで」ジュリアはわたしと並んで心配そうに走った。

「全力でがんばる」ジュリアのナギーは羽根のように軽かったが、それでも重さはある。吹き抜けにたどり着いたとき、わたしはすでに息切れしていた。ジュリアがドアをあけた瞬間、看護師が階段のてっぺんに姿を見せた。

「あなたたち、どこ行くの？」

「洗濯」わたしはあえぎながら言った。「臭いでしょ？　とても汚れてる」

シーツを差しだすと、看護師はあとずさりした。「ベッドのシーツ交換に二人も必要なの？」

「実習。新しい子」わたしは叫び、階段を駆けおりた。

裏口に着くまではすべてが順調だった。だが、ジュリアがドアを押しひらいたとたん、非常ベルが鳴り響いた。耳を聾する警告音の急襲。刑務所の監視塔から響いてくるかのようだ。

ストリーター兄弟のバンは、外の道路に通じる開いたゲートを入ってすぐのところに止めてあった。非常ベルが鳴り響くと同時にゲートが閉まりはじめた。ジムが急いでエンジンをかけ、ゲートと門柱のあいだのスペースにバンを割りこませた。兄のトムがバンの後部ドアを開こうとして飛び降りたが、車体に接触しているゲートを押し戻すことができなかった。建物のほうからわたしたちに向かってわめく声がした。

「テールゲートに飛び乗って」わたしはあえぎながらジュリアに言った。「その取っ手を下げるのよ」

ジュリアはどうにか言われたとおりにし、後部ドアの片方を開いた。

何人かの手が背後からわたしをつかんでいた。

「早く乗って！」わたしはジュリアをどなりつけた。

「ナギー！」

「早く！」叫んだ。

シルヴィアをバンに押しこみ、あとに続こうとしたが、うしろへひきずられた。ふた組の腕。蹴飛ばし、身をひねり、さらに蹴飛ばし、トムが助手席に飛び乗るのを目にし、バンが走りだすのを目にした。開いたままのドアが蝶番を軸にして狂ったように跳ねていた。

「ちくしょう！　ウォーショースキーのクソ女だ！」

50 アクセル全開

　バンの車内では、ジュリアが床に横たわり、祖母を両腕でしっかり抱えこんでいた。泣きじゃくりながら、シルヴィアの頭がバンの床にぶつからないように守っていた。後部ドアがあいたままなので、いつなんどき二人一緒に通りに投げ落とされるかわからない。ガスおじさんがヴィクを殺してしまうの？　あたし、おしっこしたい。いまここでお漏らししたらどうしよう。ブラッドの目の前で赤ちゃんみたいにパンツを濡らしてしまったら？

　バンのスピードが落ちはじめ、ゆっくり停止した。トムとブラッドがフロントシートの脇をまわってバンの後部へ移動した。トムがドアの内側にボルトを差してから、シルヴィアを抱き上げ、ドニーを運ぶのに使った簡易ベッドに寝かせた。シルヴィアをストラップで固定すると同時に、バンはふたたび走りだした。

「死んじゃったの？」ジュリアは涙声だった。

　トムがシルヴィアの顔からシーツをどけて、首筋に指を二本あてた。「大丈夫、生きてるよ」トムはヴィクがジュリアに与えたのと同じアドバイスを口にした。そばにすわる。優しく話しかける。愛していると言う。

「あの――拷問の犠牲者を助けてくれる人たちのとこへナギーを連れてかなきゃいけないけど、そのあとであっちに戻ってヴィクを助けてくれる？　あそこにはガスおじさんがいる。ヴィクを痛めつけるよう、きっとあそこの人たちに言うわ」ジュリアは歯をガチガチ鳴らしていた。「ヴィクが殺されちゃうかもしれない。ヴィクに聞いたけど、コーニーがヴィクを殺したがってて、逮捕に抵抗したってことにするつもりなんだって」

「おそらく殺さないと思う」トムが言った。「連中はきみのおばあさんの居所を突き止めなきゃならならない。だが、おれたちから聞きだすことはぜったいできん」

「けど、ぼくらが待ってるあいだに、あいつら、バンのナンバープレートを写真に撮ったはずだよ」ブラッドが言った。「バンを追跡できるってことだよね」

「二人ともじつに鋭い。細かいことによく気がつくね」トムが言った。「今日の午後、きみたちとヴィクが用事で駆けずりまわってるあいだに、おれたちはスコット・コーニーのSUVのプレートを拝借してきた。ジグラーおばあちゃんを天使たちに預けたらすぐ、シカゴ川の北側の支流に捨てるつもりだ」

「でも、あいつら、ヴィクを拷問しそう」ジュリアが言った。「それに、デューダってコーニーより恐ろしいやつよ。あいつらの居場所さえわかれば——ねえ、ブラッド、あなたのおじさんのロケットが必要だわ。おじさんのとこへ行って、ドローンを貸してって頼んでくれない？　二人を追跡できたら、ヴィクを助けることができる！」

ブラッドが何やらつぶやいたが、バンのエンジン音がうるさくて誰も聞きとれなかった。車はバウンドしながら、拷問で痛めつけられた人々のための施設、グレーテ・バーマン・インスティテュートへ向かっていた。入口に着くと、ジムは門柱のインターホンで誰かとやりとりをした。カジュアルな一般人の服装をしたスタッフが出てきて、一同を施設内に招き入れた。赤レンガの豪邸で、悪徳資本家が幅を利かせていた時代に建てられたものだが、パーマン・インスティテュートの手に渡ってからは、何年ものあいだ建て増しを続けている。

さらに多くのスタッフが出てきて、シルヴィア・ジグラーをストレッチャーへ移すのを手伝った。

「あたし、付き添います」ジュリアが顎をつんと突きだした。

「ええ、もちろん」スタッフが彼女を安心させた。「おばあさまの回復にはあなたが欠かせないわ。あなたが希望するなら、ストレッチャーに飛び乗ってそばにいてあげてもいいし、横を歩いて、わたしたちがおばあさまを部屋に案内してお世話するあいだ、手を握ってあげてもいいのよ」

さきほど案内してくれたスタッフがバンに同乗して表のゲートまで行き、一同が間違いなく敷地を出ていくことを確認した。コーニーのナンバープレートを捨てるため、川のほうへジムがバンを走らせるあいだに、ブラッドがさりげない口調を装って言った。「ジュリアが言ったとおりにしたほうがいいと思う？　ドローンを借りてコーニーとデューダを追いかける？」

「きみ、できるのかい？」

「じつは、ぼく、おじさんの〈スカイロケット〉のソフトと、おじさんが設計したソーラーアンテナを持ってるんだ」

バンのなかに沈黙が流れ、やがてジムが言った。「ヴィクから聞いたんだが、きみのおじさんのドローンで撮影された写真を捜し求める人物に、きみ、裸にされて身体検査をされたそうじゃないか。そういうのを全部持ってたとは知らなかった。どうやって隠したんだ？　呑みこんだとか？」

「グロいよ」ブラッドは言った。「それに、腸に送られて、次にウンコに埋もれたUSBメモリなんて、無事でいられるわけないよ。〈スカイロケット〉が消えたってレジーおじさんが言ったとき、ぼく、父さんが盗んだんだと思った。ほら、電話で父さんを脅してた男がいるから。そのことも知ってる？」

「ヴィクからざっと聞いただけだ。詳しいことは知らん」

「裸で身体検査されたってのに、ＵＳＢメモリをどうやって隠したんだ？」トムが言った。

「そのときは待ってなかったんだ。そういうのがあることも知らなかった。でも、火曜日にみんながぼくに向かってわめきたてたとき――最初に思ったんだ。いとこたちがドローンとＵＳＢメモリを盗んだのかもしれないって。あの二人がやりそうなことだもん。周囲をあわてさせるのが好きなんだ。でも、母さんの態度を見てるうちに、盗んだのは母さんで、レジーおじさんがぼくを疑っても知らん顔してるんじゃないかって思えてきた。母さんは前にも――いや、気にしないで。

とにかく、ぼくは自転車で飛びだした。最初のうちは、みんなから離れたくて必死にペダルを漕ぐだけだったけど、母さんのことを考えれば考えるほど――えっと、とにかく、家に帰ることにしたんだ。母さんがいつも品物を隠す場所を見てみたら、アンテナとＵＳＢメモリが入ってた。母さん専用のクロゼットの靴箱に。前にアルマーニの靴を買って、ものすごく大事にしてるから、その箱には誰もさわっちゃいけないんだ。ぼく、アンテナとＵＳＢメモリをとりだして、サルおじさん――ミスタ・コントレーラス――のとこに泊めてもらうことになったときも、ずっとリュックに入れておいた」

ジムが道路脇に車を寄せた。「そのドローンがあれば、ヴィクの追跡を続けるのに役立つということか？」

「ドローンは必要だけど、〈バイ＝スマート〉で売ってるようなのはだめだよ。国家安全保障局レベルのクオリティーでないと。ソフトはあるけど、ナンバープレートとかそういうもののデータベースにアクセスしようと思ったら、プログラムを組まなきゃいけない。それに、ぼくはゲーマーで、ドローンにも詳しいけど、レジーおじさんのソフトは複雑すぎる」ブラッドの声が細くなって消えた。「それから、プログラムに組みこむデータセットが必要なんだ。あの連中――コーニーとデューダ――に関するデータは何もない。くだらない案だったね。ぼくが考えることって、いつもそうなんだ」

「くだらなくはない。ただ、時間がかかる。たぶん、かかりすぎるだろう。とはいうものの、データはひとつあるぞ。おれたちはコーニーの車のナンバーを知っている」

「そうだね、このバンについてるから。だけど、そんなの役に立たないよ」ブラッドは叫んだ。

「おれたちの車にもナンバープレートがあるんだぞ――それがいまはコーニーのSUVについている。やつが車で走れば、おれたちのほうで見つけだせる。さあ、アクセル全開だ。ブラッド、おじさんの住所は？」

ブラッドには答えられなかった。電話がないからだ。ジムが高速道路を時速九十マイルで飛ばすあいだに、トムが住所を調べた。州警察の警官の横を通りすぎたとき、この車のナンバーが警察のデータベースに送られたが、法執行機関仲間のものだと判明したおかげで停止を命じられずにすんだ。

51　一難去って……

わたしはイスラム教の修道僧（ダルウィーシュ）になったつもりで旋回し、うずくまり、蹴り、空手チョップを見舞った。鋭いアッパーカットがガスの鼻を砕いた。ガスは悲鳴を上げてあとずさった。警備員二人が背後からわたしを囲もうとしていた。

記憶ケアユニットのドアがあいていた。わたしはそこに飛びこんで廊下を走り、逃げこめる場所はないかと必死に探した。

「女を止めろ」警備員がわめいた。

事務室から女性が姿を見せ、応援を求めて叫んだ。わたしは右へ向きを変えて、別の棟の廊下を走った。誰かがホイッスルを鳴らした。廊下の突き当たりに警備員が姿を見せ、こちらに突進してきた。警備員が猛スピードで走っていたとき、洗濯もののカートを押した女性がその前を横切った。警備員はカートにぶつかり、バランスを崩して、洗濯もののなかにドサッと倒れこんだ。

「セニョール、すみません、すみません！」

ジセラ・ケリガだった。わたしは足を止めて様子を見ることも手を貸すこともできないまま、廊下の先端まで走りつづけ、非常口から飛びだした。小道をたどってゲートへ。マグネットスイッチを操作するためのパネルが見つからない。フェンスの下に地面のくぼんだ場所があったので、這ってくぐり抜け、走りはじめたが、突然、顔が火に包まれたような感覚に襲われた。地面に倒れて草むらでのたうちまわった。目があけられなかった。顔のマスクをひきはがしたが、咳の発作が止まらなかった。

「ずいぶん走ったもんだな、ウォーショースキー。だが、おれから身を隠すことはできんぞ。立て、クソ女」コーニーだ。

わたしは横たわったまま、いまにも吐きそうだった。目を閉じていたため、胸郭にめりこんだ足を見ることはできなかった。

52　落とし穴と振り子

「みんな、どこにいる？」

頭に強烈な一撃。

まばゆい光がわたしの顔を照らしていた。たとえ光に目がくらんでいなくても、目の痛みがひどいため、前に置かれた灰色のスチールデスクぐらいしか見えなかっただろう。唇が腫れていた。視野の外にいる誰かに頭を殴られるより、話をしようと努力するほうが苦痛だった。デューダがわめいていた。でも、わたしを殴りつけているのはたぶんコーニーだろう。ふたたびホーマン・スクエア署に連れてこられたに違いない。

〝ホーム、ホーム・オン・ザ・スクエア〟――滑稽なコマーシャル・ソングが頭から離れなかった。

「少女はどこだ？」バシッ。

〝おまわりと手下が遊ぶ場所〟

「ばあさんはどこだ?」バシッ。

〝聞こえるのは……〟

バシッ。

〝元気をなくす言葉だけ……〟

バシッ。

〝そして、日ごと、夜ごとに殴られる〟

「〈スカイロケット〉のことを知る必要がある。誰かがおまえの愛人から奪ったんだ、タッド。ウォーショースキーのしわざに違いない」

新たな人物の声。どこかで聞いたような声だ。

「この世界の掟はわかってるはずだ、デューダ、それからガスも。まったくドジなことをしてくれたものだ。ノース・ショアとバリントンで空巣狙いをやるとはなあ。サメと一緒に泳ぐのを勘弁してほしければ、二人であのいまいましいドローンを奪いかえすしかないぞ」

コーキー・ラナガンだ。陰で糸をひいていた男。

「女にペッパースプレーを使いすぎたな」ラナガンが言った。「殴りつけたところでなんの役にも立たん」

「あんたは金融のプロだ、コーキー、だが、おれは尋問のプロだぞ」コーニーは言った。「口を割るまで痛めつけてやる」

拷問から逃れるために人々は口を割る。でも、本当のことは言わない。その事実を教えてあげようかとも思ったが、口から言葉が出てこなかった。ラナガンの言うとおりだ。ペッパースプレーの使いすぎ。

「スプレーの効果が消えるまで、三十分ほど女を放っておけ」ラナガンが言った。「どこへも行けないからな」

〝ホーム、ホーム・オン・ザ・スクエア。わたしはどこへも行けない〟わたしのお墓以外には。連中は自分たちの正体を隠そうともしていない。わたしが正体を言いふらすことはありえないのを承知しているからだ。ようやくコーニーの望みが叶う──逮捕に抵抗したわたしを正当防衛で射殺。

ドアが乱暴に閉まった。強力なアーク灯はついたままだった。殴られた頭と首が疼いていた。明日は痛みで首がまわらなくなるだろう。まだ生きていられたら。向こうの知りたいことを白状すれば、連中はわたしを殺すだろう。白状しなくても殺すだろう。行動に出るのよ、V・I、チャンスはいましかない。

無理に目を開いた。両手を見た。派手に戦ったものだ。親指の付け根が腫れあがり、誰かの顎を砕いてやったせいで疼いていた。デューダの顎だといいけど。

テーブルの上を見ると、近くに発泡スチロールのカップがあった。カップの底にコーヒーが一インチほど残り、煙草の吸殻が二本入っていた。テーブルにいくつかのしみ。コーヒーだと思いたい。ペーパークリップ。何か薄気味悪いものがこびりつき、乾きかけている。たぶん醬油だろう。あるいは血とか。ペーパークリップ。一ヤードほど向こう。手錠をかけられた手では届きそうにない。

テーブルに身を乗りだした。額がかろうじてクリップに届いた。テーブルに頭をつけたまま、クリップを少しずつひきよせた。覗き穴から監視している者がいれば、わたしが吐きそうだと思ってくれるだろう。もっとも、いつそうなるかわからない。ペッパースプレーと饐えたコーヒーと煙草のせいで、胃のなかのものがせり上がってきている。

表面にこびりついている唾や鼻水のことは考えないようにして、テーブルに口を這わせた。腫れた唇でクリップをくわえた。頭をテーブルにつけたまま、歯を使ってクリップを斜め向きにした。嚙もうとしたが、口のなかで行方不明になってしまい、やっとの思いで見つけだした。ゆっくり、慎重に。舌でクリップを押さえ、歯を使って脇にくぼみをつける。

頭をテーブルにつけておく。両手を持ち上げる。手は口に届かない。うつむく。そう、痛いけど、とにかくやる。めそめそしない。いちばんむずかしい瞬間。クリップを手に移す。床に落としてしまったら、わたしの命はない。ゆっくり、ゆっくり。指に残ったわずかな感覚でクリップのくぼみを探りあてる。クリップのいっぽうの端をまっすぐ伸ばす。わが手製のアレンレンチ。左手首をまわして鍵穴を見つけ、伸ばしたほうを差しこむ。ねじる。両手が汗に濡れている。手錠がカチッとはずれ、左手が自由になる。安堵でくらくらする。右手にとりかかる。今度は楽だ。手錠がカチッとはずれる。

照明が消えた。わたしは椅子からすべり下りると、低くかがんで壁ぎわまであとずさり、ドアがあると思われる方向へ進んだ。漆黒の闇だった。部屋には窓がなく、ライトもなく、暗闇と痛みのせいで、方向感覚をなくしてしまった。ようやくドアを見つけて立ち上がり、横の壁にぴったり貼りついた。ドアがあくのを待った。コーニーがリボルバーの弾丸をわたしに浴びせるだろう――逮捕しようとしたら、女が抵抗したので。

〈ホーム・オン・ザ・スクエア〉のコマーシャル・ソングを頭のなかで二、三回くりかえし、次に〈フィガロの結婚〉から〈なくしてしまった（ロ・ペルドゥータ）〉を歌った。これで五分たったはずだ。ドアの取っ手をひいた。たぶん開かないだろうと思っていたが、向こうは手錠を信頼していたに違いない。

ふたたび身をかがめて、ドアの細い隙間から這いだし、ころがり、すぐさま立ち上がって走ろうとした――ところが、廊下も真っ暗闇だった。

コーニーとデューダがわめき散らし、罵り声を上げていた。

「おまえら薄ノロども、非常用電源はないのか?」デューダ。

「こっちはくそったれの建築技師じゃねえんだよ」どなるコーニー。「電話の電源が入らん」

「わたしの電話もだ」ラナガン。

そこに何人かの声が加わった。ひどいパニック状態。誰の電話も使えない。さらに罵り声。人々がぶつかりあう音。

わたしは壁に背をつけたまま動きを止め、人がどこに群がっているかを感じとろうとした。わたしがいるスペースの両端で非常口のサインが輝いている。

電力が復旧するまでの時間はそう残されていない、活用しなきゃ、ウォーショースキー。五年生のわたし。校庭でほかの子に囲まれて怯えている。〝おまわりの子だ。つかまえろ〟ブーム＝ブームがいじめっ子たちに気づき、みんなを押しのけて助けに来てくれる。

〝ヴィク、肘だ。肘を使え〟

〝肘だ、ヴィク、怒り、恐怖、鍛錬のすべてを肘にこめろ〟わたしはぶよぶよの腹やひきしまった腹筋を肘で押しのけ、〝腕の場所に気をつけろ、馬鹿――ドジ――おたんこなす〟という罵声のなかを強引に進んだ。

緑色の非常口のサインにたどり着いた。その向こうの窓には耐火性のガラスブロックが使われていて、外にも明かりがないため、自分がどこへ向かっているのかさっぱりわからなかった。ドアを見つけ、用心深く進んでいくと、階段があった。ここがホーマン・スクエア署なら、わたしがいるのは二階だ。一階の窓はレンガで覆われている。そこで、手すりをつかみ、ふらつきながら一段ずつ下りていった。十二段、踊り場、向きを変えてさらに十二段。手探りでドアを捜す。ドアの向こうはまたしても闇。その瞬間、まばゆい光があたりを満たした。踊り場に戻ろうとした。

低くささやく声がした。「ヴィクか？　ヴィク——ジム・ストリーターだ」

53 大脱走

バンがガタガタ揺れながらポルク通りを走りだした。広場にはブルーと白の明滅する光があふれていた。そこを通り抜けるのに数分間の緊張を強いられた。バンを運転しているジムが言った。「こいつはスコット・コーニーのバンだ——プレートをたしかめろ、まぬけ。うしろに囚人を乗せて、コーニーのかわりに郡立病院へ運ぶとこだ——あいつがちょっとやりすぎたんでな」

わたしはバンの後部の簡易ベッドにストラップで拘束されていた。尋問中にコーニーが興奮しすぎたことを示す、説得力に満ちた姿だ。光がいまも目に痛い。話すのは少し楽になったが、唇がヒリヒリするし、咳をすると喉が痛い。

パトロール警官がわたしの顔を懐中電灯で照らした。「うん、コーニーの手仕事のようだ」ニタッと笑ってバンのドアを閉めた。

北へ曲がってケッジー・アヴェニューに出たところで、レジーが言った。「西側の窓を見ててくれ」

彼がパソコンのキーに触れると、真っ暗だったホーマン・スクエアの建物の窓がイエローホワイトに輝きはじめた。

「ヴィク、すごかったんだよ！」ブラッドが熱に浮かされたようにしゃべりつづけていた。「〈スカイロケット〉。レジーおじさんがそれ使って、電波を全部ブロックして、建物に届かないようにしたんだ。まるで、ヒュッ、天から手が伸びてきて、いきなりライトを消しちゃったって感じ。みんなの電話の電波とかもすべてブロック。全部のドアのロックが解除された。トムとジムとぼくがなかに入ったけど、どうやってヴィクを見つければいいのかわからなかった」

「ものすごくついてたんだ」トムが言った。「あんたがどこに閉じこめられてるかわからんから、フロアをひとつずつ受け持つことにした。どっかの部屋で鎖につながれてる場合に備えて、ひと部屋ずつ調べてまわるしかないと覚悟していた」

「つながれてたのは事実よ。でも、低レベルのテクノロジーのおかげで自由になれたの」

どういう意味かとブラッドが訊いた。

「どうやってやるのか、今度見せて」と言った。「ペーパークリップを歯でつまみ上げて手錠の鍵をはずしたの？　すげー、ヴィクが脱走したって知ったら変態コーニーがどんな顔するか、見てみたいな」

わたしは笑おうとしたが、咳きこんでしまった。「ええ、入場料を払う価値があるわよ」

トムはアイゼンハワー高速道路に入ったが、アシュランドの出口から一般道に戻った。すぐ近くに大きな病院が三つある。

「病院はいや。今夜は自分のベッドでゆっくりしたい。明日もずっと」

「あんたのためじゃないんだ、ウォーショースキー」トムが言った。「ジムとブラッドがあんたをバンに乗せてるあいだに、おれはコーニーのSUVを見つけて、あの車につけといたおれたちのプレートをはずしてきた。プレートを交換されたんだとコーニーが気づいたら、このバンについてるあいつのプレートを経由しておれたちを追跡できる――あいつにとっては簡単なことだ――〈アークエンジェル〉であんたを待ってたときに、あそこの監視カメラがおれたちの写真を撮ったしな。また、このバンにコーニーのプレートがついてるのを、パトロール警官がさっき見たばかりだ。もう一度プレートを交換しなきゃならん」

彼の作業は手早かった。二分もしないうちに、バンはふたたび走りだしていた。

「ブラッド、もうじきシカゴ川を渡る。こいつを橋から投げ捨ててくれ」トムはコーニーのプレートをブラッドに渡した。

「だけど、連中がバンに気づくんじゃない？」ブラッドは心配そうだった。「あなたも写真に撮られてるし」

「明日のいまごろ、バンはくすんだ茶色のかわりに、鮮やかなピカピカのブルーになってるさ。おれたちは大丈夫。さて、ウォーショースキー、あんたをどこへ連れてけばいい？犬がおれたちのとこにいるぞ。覚えてるか？」

ペピー。どうしてペピーのことを忘れていられたのだろう？〈アークエンジェル〉、ジュリアと祖母、ブラッド、〈スカイロケット〉、〈シャール・ハショマイム〉のシナゴーグ――ばかでかいポリ袋を抱えているような気がした。かさばった品ばかりなので、向こう側が見えない。

家に帰りたかった。自分のベッドに入りたかった。「コーニーとラナガンはしばらく事態の収拾に追われると思うわ。わたしの身は安全よ。あるいは、安全じゃないとしても、いまはもうフラフラで気にもならない。あなたのところに寄ってペピーを連れてってもいい？　ブラッド、きみが戻ってくれれば、ミスタ・コントレーラスはきっと大喜びよ」

「おれと一緒にうちに来たらどうだ？」レジーがブラッドに提案した。「リトヴァク家の者を結びつけてるクレイジーな絆に頼ってもいいってことを、おまえもそろそろ学んだほうがいい。とりあえず、そういう場合もあるからな。どうするかは自分で決めろ、ブラッド」

ブラッドは無言だった。

「双子はキャンプに出かけてて留守だ」レジーはさりげなく言った。「おまえのおばさんは実家の母親を訪ねている。おれのことは我慢してもらいたいが、おれだって目玉焼きぐらい作れるぞ」

わたしが階段をどうにかのぼってわが家に入ったときには、朝の五時になっていた。ペピーがそばを離れようとせず、まずダイニングルームについてきた。そこにわたしのタブレットが置いてあった。ぶちのめされて腫れ上がった顔を、破れた服を、あざになった手首を自撮りした。写真をマリに送信し、今日じゅうに追加のメッセージを送るというメモも添えた。

レジーの発明した装置が撮った複数の写真にガスとデューダが写ってたわ。誰かの家から美術品を運びだしてるところだった。二人は自分たちの哀れなお尻を刑務所入りから守るために、それらの写真を必要としている。レジーが〈スカイロケット〉のデモを実施した日に、ドニーは犯行中の二人の姿を目にした。二人を問いつめた。すると、ガスとデューダはドニーを、もしくは、写真を持っていると思われる相手を襲撃しはじめた。これ以上書けない。これ以上何も考えられない。レイシー・ジグラーの出したいいアイディアというのがなんだったのか、あなたのほうで考えて。

ペピーはシャワーにまでついてきた。わたしは二十分かけてシャワーを浴び、顔と全身からペッパースプレーを洗い流した。クロゼットの金庫からスミス&ウェッスンをとりだすわたしを、ペピーが心配そうに見ていた。コーニーかデューダがここに押し入ったら、こちらから先に銃を撃つことに、わたしはなんのためらいも感じないだろう。

わたしがようやくベッドに倒れこむと、ペピーは大きな安堵の息をついた。数秒もしないうちに、犬もわたしも眠りに落ちていた。ふたたび意識の表面に浮かび上がったとき、時刻は午後の二時を過ぎていた。

54　回　復

わたしは『戦争と平和』に負けない長さの〝することリスト〟を作った。内容もそれに負けないぐらい興味深いものだった。腕と脚はまだ腫れがひかず、ズキズキ疼いていて、行動に移る気にはなれなかった。

とはいえ、ペピーを外に出してやる必要があり、わたしの体内時計をリセットする必要もあった。ルーズフィットの服を着た。屋内で銃を身につけるのは気が進まないが、コーニーのことで神経過敏になっているため、スウェットシャツの下にショルダーホルスターを着けた。

庭に出て腰を下ろし、春の太陽を顔に受けながら、マラガのピーターに電話をかけた。

「おお、ベイビー、わたしはきみを誇りに思うと同時に恐れてもいる。まさに――まさに、不屈の人。きみがわたしを本当に必要としているのかどうか不安になってくる」

わたしは横隔膜のあたりに重苦しいものを感じた。「ピーター――わたし、不屈の人なんかじゃないわ。あなたが必要よ。愛が必要よ。ほかのみんなと同じように」

「きみはほかのみんなと同じではない」ピーターがゆっくりと言った。「たいていの人間は、窮地に陥った者のために自分の命を危険にさらすようなことはしないものだ。きみの恋人になれて、わたしは幸せな男だと思う」

「それって皮肉？」

「違う。真実だ。だが、パラシュートをつけずに次の崖から飛び下りる前に、きみを愛している者たちのことを少しは考えてほしい。われわれもきみを必要としてるんだ。わかるね？」

「わかってる」わたしはつぶやいた。でも、電話のおかげで、わたしが痛切に求めていた安らぎを得ることができた。

次に話をすべき相手はミスタ・コントレーラスだった。老人はわたしたちがジュリアの祖母を介護ホームから救出したときの一部始終を聞きたがった。また、わたしの目に黒あざができ、下顎から髪の生え際まで打ち身の跡が広がっている理由についても知りたがった。

自分が仲間に入れてもらえなかったので、老人はご機嫌斜めだった——格闘になれば役に立つ男だってことを、わしゃ、もう百回も証明したんじゃなかったかね？

「もちろん、協力してほしかったのよ」わたしはそう言いつつも、心のなかでは、老人があの場にいてコーニーからペッパースプレーをかけられる事態にならなかったことに感謝していた。

マリからは携帯メールが十件以上入っていて、わたしはそれをタブレットで読んだ。新しいスマートフォンを買わなくてはならないが、とりあえずのつなぎとして、使い捨て携帯の一台で彼にかけた。

「ウォーショースキー、今回の騒動が人気沸騰中だ。ホーマン・スクエアからどうやって脱走したんだ？　あそこの警備態勢は超厳重警戒の刑務所よりもすごいってのに」

「運がよかっただけよ。停電が起きて、どのドアも自動的にロックが解除されてしまったの」

「電力会社の〈コン・エド〉が当惑してるぞ」マリは言った。「広報課の人間に取材してきた。送電線にも変圧器にもなんら異常は認められないのに、あのブロックだけが約三十分にわたって停電したそうだ。きみ、どんな方法を使ったんだ？」

「何もしてないわよ。助け船を出してくれた囚人たちの守護聖人に感謝するのみね。さてと、よく聞いて。尋問室にコーキー・ラナガンがいたわ。デューダとコーニーと一緒に。それを目撃した者がほかにいるかどうかはわからない――目が見えなかったから。アーク灯とペッパースプレーのせいで」

「やつの声だったときみが断言しても、それだけを根拠にして記事にすることはできん。目撃者が必要だ」

「わたしは一時的に目が見えなくなってて――」

「証拠として弱すぎる、ヴィク、自分でもわかってるだろ。おれはきみを弟のように愛しているが、いくらきみがそう主張したところで、名誉毀損で訴えられて八桁の金を要求される羽目には陥りたくない」

「弟のように？　むしろ、家族のピクニックの場に飛んでくる血に飢えた蚊のように、じゃない？」わたしはブツブツ言った。それでも、ホーマン・スクエアで拷問を受けたわたしの話をマリが記事にしてくれることになった。目をひく見出しをつけられるし、依頼人に連絡をとりたくてもシカゴ市警が所在を明かしてくれないせいで苦労している弁護士たちにとっては、活動の燃料になるだろう。でも、コーニーからわが身を守る役には立たない。デューダからも。ラナガンからも。

フリーマン・カーターに電話をした。マリが録音したインタビューを事前に送っておき、ぶちのめされたわたしの身体の自撮り写真も添えた。フリーマンは警察の行き過ぎた取調べに対する苦情を提出するさいに写真もつけておく、と言ってくれたが、コーニーを警察から追いだすのは無理だろうという意見だった。

ピッツェッロ部長刑事にも電話して、これまでのことを詳しく話した。

「大変だったわね、ヴィク。でも、わたしがコーニーとじかに対決するわけにはいかないのよ。とにかく、コーニーはあなたを釈放したわけね。そうでしょ？」

「違うわ。ホーマン・スクエアで停電が起きたの。わたしは暗いなかを手探りで逃げだした。停電ですべてのドアのロックが解除されたから。怪物がいつまたどこで襲いかかってくるかわからないけど、わたしのお葬式にはすてきな弔辞をお願いね。ところで、コーニーのやつ、個人所有のSUVをプレートなしで乗りまわしてるかもしれないわよ。けっこう笑える話でしょ」

「あなたがはずしたの？」ピッツェッロが詰問した。

「わたしは警察に拘束されてたのよ、部長刑事さん。それに、ペッパースプレーをかけられたり、ぶちのめされたりしてなくても、ホーマンにある警官専用の駐車場に入る手段なんてわたしにはなかったわ」

「かもね、ウォーショースキー。ただ、あなたが拘束されてたときに、ホーマン・スクエアが停電しただけでなく、携帯電話基地局にもアクセスできなくなったとなると、あなたがボタンを押したんじゃないかと考えずにはいられないの」

「そんな能力があれば、ピッツェッロ、わたしはワンダーウーマンだわ。いいこと、わたしにそれだけのパワーがあれば、この哀れな街に法と秩序を行き渡らせるよう努めるでしょう」

わたしが電話を切ろうとしたそのとき、ピッツェッロが言った。「忘れないうちに言っておくわ。ラント・アヴェニューにあるあのクリーニング店だけど――盗まれた衣類が二ブロック先の路地で見つかったわ。とりあえず、一部だけどね。あとは近所の住民が勝手に持ち去ったみたい」

クリーニング店のラーナ・ジャーディンにとってはうれしい知らせだ。保険に入っていなかった分の弁償額が多少軽くなるだろう。衣類がいまもまともな状態であれば。

自撮り写真とマリがわたしにインタビューしたときの録音を、いまからピッツェッロとフィンチレーに送ることを彼女に伝えた。「ホーマン・スクエア署の問題を警察として少し調査するための、いいきっかけにしてもらえるかも。ところで、ベス・イスラエルで清掃員をしていたヤン・カーダールを殺したのは、たぶんタッド・デューダよ。それから、アリアドネ・ブランチャード――ほら、ジュリア・ジグラーと同じ病室にいた子――を殺したのは、デューダかコーニー、もしくは、二人の共犯とみてほぼ間違いない。ねえ、シカゴ市警にだって、捜査の再開を許可してくれそうな人がぜったいいると思うけど」

「たぶん無理ね、ウォーショースキー。あなただってわかってるでしょ」

「おっしゃるとおりよ、部長刑事さん。わたしがデューダを皿にのせて、アップルソースとダンプリングも添えて差しだしたら、行動に出てくれる?」わたしは乱暴に電話を切った。

次はグレーテ・バーマン・インスティテュートにかけた。インスティテュートのほうでは、わたしの身元を念入りに確認したうえで、シルヴィア・ジグラーが快適に療養していることを教えてくれた。床ずれの手当てが終わり、目下、身体に有害なショックを与えることなく意識を回復させられるよう、投薬量を調整しているところだという。何週間も薬漬けにされていたせいで知的機能に悪影響が出ていないかどうかは、時期尚早で判断しかねるとのことだった。

「でも、目をあけたとき、お孫さんの名前を呼んだんですよ。いい兆候です」ソーシャルワーカーがそう言ってくれた。

最後に電話した相手はロティだった。あちこち電話していたら午後の時間がつぶれてしまい、もう四時過ぎになっていた。ロティは本日の手術をすべて終え、ゆっくり話をする時間をとってくれた。前回のやりとりのときに怒りをぶつけられたせいで、ロティと話をするのは気が重かった。しかし、ガスと介護ホームの管理スタッフの会話をロティに伝え、母親を意識混濁状態にしてどんな書類にでもサインさせてやろうと彼が企んでいたことを話すと、ロティは渋々ながらわたしを赦免してくれた。

「ジュウェルが〈アークエンジェル〉のリハビリセンターの人たちと話をしたわ」ロティは言った。「ドニー・リトヴァクを入院させるにあたって、わたしが倫理的な一線を越えるのを渋ったことはあなたも覚えてると思うけど、いまのところ、あの偽名はまだばれていないし、ドニーが必要な治療を受けるにはあそこがぴったりのような気がする。〈アークエンジェル〉の管理スタッフはシルヴィア・ジグラーをぞっとするほど残酷に扱ったかもしれないけど、リハビリ担当のスタッフは自分たちの仕事をちゃんと心得てるという感じだわ」

わたしはシルヴィアの回復状況に関して受けた報告をロティに伝えた。シルヴィアが孫娘を目にしてすぐにその顔を見分けたのは有望な兆候であることに、ロティも同意した。

「でも、ミズ・ジグラーはまだまだ屋敷に戻れる状態ではないのよ。川岸にあるその屋敷は三階建てなんでしょ？　体力が回復して帰宅できることになったとしても、そんな大きな家をどうやって維持管理していけるのか、わたしにはわからない――あなたが戦ってきた男たちがいまも屋敷をほしがっているのなら、とくにね。

マックスが話してくれたんだけど、ベス・イスラエルの理事会にいる人が――不動産業界の女性でね――あの屋敷はすでに売買可能な状態だと考えてるそうよ。開発業者の提示価格はかなり高くて、二億から三億ドルのあいだですって。開発業者のあいだでは〝宝島〟と呼ばれてるみたい」

わたしがその知らせについてじっと考えているあいだに、ロティはさらにつけくわえた。「ゆうべはなんとか逃げおおせたけど、ヴィクトリア、コーニー警部補やラナガンのような連中と戦いつづける手段なんて、あなたにはないのよ。命があるうちに戦いを中止なさい」

「シルヴィア・ジグラーと孫娘を連中の餌にするつもりはないわ」わたしは言った。「わたしに向かって吠えるのはやめなさい」ロティは言った。「わたしだって、そんなことはしてほしくない。でも、ミズ・ジグラーがほかの誰かに屋敷を売れば、ご自分とお孫さんが楽に暮らしていけるだけの財産が手に入るわけでしょ。そして、あなたが戦っている男たちに屋敷を買うチャンスがなくなれば、連中だってジグラー家とあなたへの嫌がらせをやめるはずだわ」

「ロティ、シルヴィア・ジグラーの身の安全を考えるなら、すばらしい思いつきよ。でも、コーニーはわたしの死を望んでいる。もしこれがクリント・イーストウッドの映画なら、向こうがわたしを殺す前に、こちらから弾丸を撃ちこんで〝いい日になった〟って言えばいい。そして、わたしは警官殺しの罪で何年も服役することになる」

もっとましな案を考えなくては。ラナガンとコーニーとデューダがジグラー家の屋敷を宝島だと思っているのなら、それを利用する方法が何かあるかもしれない。

55 戦闘準備

ミッチとペピーには、二匹で一緒に過ごす時間が、わが隣人と過ごす時間が、そして、わたしと過ごす時間が必要だった。あちこち電話をかけつづけたせいで、わたしは消耗してしまった。ウーバーで車を呼んで、ソニアのボスのニッサンを置いてきた場所まで行ってもらった。ピクニックランチを買いこみ、犬二匹とミスタ・コントレーラスを車に乗せて、エヴァンストンにあるマックスの自宅へ向かった。その家は短い通りにあって、専用のビーチがついている。マックスのおかげで、のんびりくつろぐことができた。隣人とわたしは寒さよけの毛布にくるまり、犬たちは砂を掘ったり、波間で水しぶきを立てたりしていた。

しばらくすると、マックスがわたしのためにブルネッロのグラスを、わが隣人のためにグラッパを運んできた。次に、ロティの話に出てきたベス・イスラエル病院の理事会のメンバーについて話してくれた。

「きみの休息を邪魔する気はないんだが、ヴィクトリア、ミズ・ジグラーが屋敷の権利をまだ売却していないのはたしかなんだね？　その理事会メンバーが勤めている会社のほうで、投資対象の物件に関して極秘で検討をおこなったさいに、グース島も候補に挙がっていたそうだ」

「わたしのほうで確実だと言えることは何もないわ、マックス。でも、調べてみる。明日にでも。今日は短い休暇の最中なの」

マックスはあざになったわたしの顔をしげしげと見た。「そうだな。何時間か休暇をとる資格はあるだろう。ロティはもうきみの姿を見たのかね？　まだ？　そのほうがいいかもしれん」

翌朝もまだ、疼きと頭痛が残っていたが、唇と手の腫れはひいていた。そろそろ仕事に復帰するときだ。

マリの記事がすでに出ていた。ウェブ版で見るわたしのあざがあまりに毒々しいため、メークで捏造したのだというコメントがいくつかあった。記事は広くとりあげられ、警察の野蛮な行為がネット上で大きな話題になった。アメリカ国内だけでなく、法の支配が及ぶ世界じゅうのあらゆる場所から、そうした実例が送られてきた。ホーマン・スクエアをめぐる詳細な記事が世間を大いに騒がせているので、コーニーがふたたびわたしを狙いはじめるまでに一日か二日しかないかもしれないと思った。

マリが《ヘラルド＝スター》のIT分野専門のライターの一人を説得し、ホーマン・スクエアの停電に関する補足記事を書いてもらった。〈コン・エド〉の調査によると、送電線にも変圧器にもなんら問題はなかったそうだ。

ホーマン・スクエアには非常用電源があるが、それが作動しなかった。つまり、あのスクエア一帯に何者かが妨害電波を出していたとみなすのがもっとも妥当と思われる。シカゴ航空局が当該区域におけるドローンの動きをチェックし、〈コン・エド〉はその種の機器を自宅に置いている者が付近にいないかを調べているが、これまでのところ、航空局も〈コン・エド〉も納得のゆく説明を見つけられずにいる。

このあとに、アメリカのインフラ全体の脆弱さに関する長い議論が続いた。

マリに電話してお礼を言った。「わたしは目下、あなたのために別の大きなネタを追ってるところよ、クラーク・ケント。宝島へ遠征するつもりなの。すべての船が整列して出帆の準備が整ったら、あなたも一緒に来る？　急に呼びだすことになると思う。明日はたぶんだめだけど、できれば明後日には出かけたいわ」

マリは大乗り気で、わたしを質問攻めにした。

「忍耐よ、マリ。ブラヴァッキー夫人がよく言ってたでしょ。〝いずれすべてが明らかになります〟って」

マックスの病院の理事会メンバーがしていたという話が、わたしを悩ませていた。シルヴィア・ジグラーが屋敷の権利書を譲り渡す書類にサインしたという噂が流れているなら、たぶん、ガスが母親の字をまねて譲渡書に偽のサインをしたのだろう。

わたしはシルヴィアの不動産を管理している弁護士、イシュトヴァン・レイトに電話をかけた。彼も危惧していた。「その噂を流しているのがラナガンなら、誰かを説得してジグラー家の屋敷を解体させようとしているのだろう。開発可能なエリアではないことを知らないままで。そして、いったん解体されてしまったら、何年も法廷で争うことになりかねないし、ジュリアは裁判費用のために遺産を失ってしまう」

かなりまずい状況だ。コーニーにいたぶられたせいで、疼きと腫れがまだひいていないが、こうなったら行動に移るしかない。

新しいスマートフォンを買って、クラウドに保存されていたアプリや連絡先などをすべて販売店の天才的スタッフに移行してもらい、ブラッドとレジーに会うために北西の郊外へ車を走らせた。

レジーの妻も息子たちもすでに戻っていたので、わたしたちはレジーが自宅の作業場にしている小屋で会った。先日の夜の興奮がさめたあと、ブラッドはいつもの不器用な子に戻っていた。でも、元気にしていた。追跡される心配なしに両親と話ができるよう、レジーが盗聴防止機能付きの電話を持たせてくれた。アシュリーと短時間だけ話をしたところ、家に帰ってくるように言われた。父親とも話をした。父親はあと二日したら施設を出られるそうだ。

「けど、そのあと、父さんはどこへ行けばいいの？　母さんのとこには帰れないよ。父さんを殺そうとした男とつきあってんだもん。それに、ぼくもあそこへは行けない」

レジーはうなずいた。「ここにいたいなら喜んで置いてやるぞ、ブラッド。おまえには、おれには及びもつかん電子工学の才能がある。ただ、わが家の状況も最高とは言いかねるが」

息子たちに問題があることを、レジーが遠まわしに言っているように思われた。少なくとも、あの二人がブラッドに向ける態度には問題がある。

「ブラッドを何日かジグラーの屋敷に移したらどうかと思ってるんだけど」わたしは言った。「電気とガスを復旧させ、ほかにもいくつかの点を整備して住める状態にできたらね。ジュリアのおばあさんが自宅に帰れるよう、準備をしておきたいの」

「ヴィク――ブラッドをあそこへ連れてくのは危険すぎる。いい考えとは言えん」レジーは眉をひそめた。

「ジュリアも来るの?」ブラッドが言った。「ジュリアは、えっと、たぶん、必要として て――たぶん求めてて――」心の内を示す赤い色がブラッドの頬を染めた。

「きみの助けを?」わたしはそれとなく言ってみた。

「そんなことないか……。ジュリアも――ヴィクと同じで、ほかの人の助けなんか――」

「ジュリアがわたしと同じなら、助けを歓迎すると思うわ。レジー、頭ごなしに反対する前に、どんな助けが必要かを説明させて。ブラッド、きみにはお母さんと話をしてもらいたいの」

「ヴィク、無理だよ!」

「あなたたち二人がノー、ノー、ノーって永遠に言いつづける前に、わたしが考えてることを説明させてちょうだい」

わたしたちは一時間にわたって話をし、レジーもようやく、こちらの案にいくらか熱意を見せるようになった。ブラッドに至っては、アシュリーのいる自宅にひと晩かふた晩泊まることまで承知したほどだった。

帰る前に、レジーがわたしの新しいスマートフォンをとりあげ、マルウェアが仕込まれていないか調べてくれた。「クラウドから移したのか？　古い電話を捨てたのは正解だった。誰かがあんたを追跡してる。おれがそのイカレ野郎を追い払って、アプリを入れといたからな。追跡の動きが再開しても、そのアプリがブロックしてくれる」

空に浮かぶ目がわたしの現在地をコーニーかデューダに報告しているのではないかと不安に思うことなく、車で市内に入れるのだと思うと、気分が軽くなった。

最初に立ち寄ったのはパリエンテ夫妻のところだった。この前会ってから三日しかたっていないが、わたし自身が危険な目にあいすぎたため、夫妻が無事かどうか気にかかってならなかった。

ほとんどの者がパンデミック疲れのせいで、それ以外の問題にもうまく対処できなくなっている。ドンナ・イローナのひどく憔悴した顔を見るのが辛かった。話の途中で彼女は何度も黙りこみ、自分が何を言っていたのか忘れてしまい、謝ろうとした。

「謝らないで」わたしは言った。「ねえ、力を貸してもらえないかしら」

彼女の顔が明るくなった。「エミリオもわたしもずいぶん助けてもらったから、恩返ししたいとずっと思ってたのよ」

「危険かもしれないわ」わたしは警告した。「そして、ロティがこれを聞いたら、麻酔もかけずに手術室でわたしを切り刻むと思うのよ」

「シカゴ川に飛びこめなんて言うんじゃないでしょ?」ドンナ・イローナは言った。「それとも、歯を使って手錠をはずすとか? だったら喜んでお手伝いするわ」

最後の立ち寄り先はグレーテ・バーマン・インスティテュートだった。レジーがわたしの電話を安全にしてくれたが、使うのはまだためらいがあった。スタッフはシルヴィアにどうしても会わせてくれなかった——依然として衰弱がひどいというのだ——しかし、ジュリアを呼びだして、ゲートのところで話をさせてくれた。

ジュリアは猛烈な勢いでわたしに抱きついた。「ああ、ヴィク、無事だったのね。あなたのこと、読んだわ。あのむかつく警官に拷問されたって。そのあとで逃げだしたの? 歯でペーパークリップを操作して? 天才! ミッチはどうしてる? サルおじさんはどうしてる? ブラッドは元気?」

以前はジュリアの目のまわりに苦悩が浮かんでいて、わたしも気になっていたが、ようやくそれが消えていた。少なくとも食料が必要なのと同じぐらい、彼女にはナギーが必要だったのだ。

「おばあさんの様子はどう?」わたしは尋ねた。

「ずいぶんよくなったのよ。あたしのことがわかるし、家のことを訊いたりするの。記憶もちゃんとしてる。でも、キアラに——ソーシャルワーカーなんだけど——言われたわ。

話をしすぎないように、悪い知らせは伏せておくようにって。いっきにいろんな話をされても、いまはまだ理解しきれないし、悪い知らせを聞かされると、脳は回復するよりも先に衝撃を受けるんですって」ジュリアは鼻にしわを寄せた。「キアラは専門的な説明をしてくれたけど、あたしの記憶に残ったのはそれだけなの」

「おばあさんが家に帰れるようになったときのために、あの屋敷を住み心地のいい場所にしておきたいんだけど。自分にはもう管理しきれないと判断し、売却する決心をなさるかもしれないけど、ご本人が望むかぎり、あそこで暮らす機会を作るべきでしょ。だから、あなたに手伝ってもらって、おばあさんのために家のなかを整えたいの」

ジュリアは厳粛な顔でうなずいた。「もちろんよ、ヴィク。お望みどおり、なんでもするわ。あなたに続いて川に飛びこむことだって」

わたしは身震いした。「そこまで極端に走るのはやめましょう」

このやりとりのあとは、自分の人生を立て直すことに注意を向けた。ホーマン・スクエアから脱走して以来、休息したり犬と遊んだりして日々を過ごしたが、それ以外の時間は依頼人たちとの関係修復に注ぎこんだ。

自分でも驚くほど働き者になって、とっくに期限の過ぎた調査を完了させ、報告書を書いた——こういう仕事のおかげで請求書の支払いができるのだ。退屈な仕事なのがかえってありがたかった。頭の働きはある程度必要だが、肉体への負担はない。

こうして仕事をしている最中に、フィンチレー警部補がわたしに会いに来た。ホーマン・スクエアで何があったのか、どういうわけであそこへ連れていかれたかについて、さらに詳しい話を聞きたがった。シルヴィア・ジグラーを記憶ケアユニットから救出した件について彼に嘘をついても、なんの役にも立たないとわたしは判断した。フィンチレーはお返しに、わたしの行動をとやかく言うのを差し控え、コーニーがその場にいたのはたしかかどうかに話の焦点を合わせた。

「シカゴ市警の警部補が郊外の管区で実行犯を逮捕した――本来なら、ノースフィールドの警察の了解を得るべきだった。おれのほうで少し探ってみる。マロリー警部の耳にひとこと入れておこう――こっそりとな」

ボビー・マロリー警部は父が警察にいたころの親友だった。退職を目の前にしているが、いまも警察内で権力をふるっている。

その後、フィンチからもボビー・マロリーからも連絡はなかったが、コーニーや部下のティルマン巡査がわたしの自宅や事務所の近くをうろつくこともなかった。わたしは警戒を怠らなかったが、自分の用件で出かけるときは前ほどピリピリせずにすむようになった。一日だけ銃を持って出たが、父の言葉のひとつが胸によみがえり、銃はやはりしまっておこうという気になった。一度ならず父に言われたものだ――父さんはけっして銃に頼らない。銃があると、つい使いたくなる。脳が働きを停止して、ほかの方法を考えなくなる。窮地から抜けだそうとするときは、武器よりも脳のほうが役に立つんだぞ。

レジーのおかげでスマートフォンの安全性が保証されたことも救いだった。時間をとってソニアのボスのニッサンを返しに行き、かわりにマスタングを受けとった。ソニアはわたしがドニーをリハビリ施設に入れたことに対して、ぶっきらぼうに礼を言った。

「アシュリーがドニーとブラッドを捜してやってきた。グレゴリーのとこまで行ったようだよ。子供たちをあそこから連れだして正解だったね。ブラッドはレジーのとこに何日か泊まってたって、あたしがアシュリーに言っといたから、次はたぶんそっちへ行くだろう」

ドニーが〈アークエンジェル〉を出たあとでソニアのところに身を寄せても大丈夫かどうかについて、二人で話しあった。治療がずいぶん効果を上げているので、必要でないかぎりは、たとえ一分だろうと〈アークエンジェル〉の屋根の下にドニーを置いておく気になれなかった。ドニーは警察に拘束されているあいだに死亡したと、ピッツェッロ部長刑事がメディアにリークしてくれたが、〈アークエンジェル〉の施設内には敵方の目がいくつも光っている。いつなんどきガスかデューダの仲間がドニーに気づき、始末してしまうかわからない。

　ガスなどは図々しくも、わたしに会いに事務所までやってきた。母親とジュリアがどこにいるか教えろと言った。

「知らないわ、ミスタ・ジグラー。〈アークエンジェル〉の記憶ケアユニットに、あなたがお母さんを無事に預けたものと思ってた。薬漬けにされてお母さんの頭が働かなくなり、新たな開発計画の書類にサインするのを、待ってたんじゃなかったの？」

ガスは顔を真っ赤にした。「よくもそんなことが言えるな！　おふくろの健康はおれがいちばん気にかけてることだ。おふくろに何をした？」

「何もしてないわ、ミスタ・ジグラー。お友達のタデウシュ・デューダから聞いてると思うけど、彼の協力を得てシカゴ市警の警官たちが記憶ケアユニットでわたしを逮捕し、ホーマン・スクエアへ連行して拷問したのよ。ホーマン・スクエアで奇跡的に停電が起きたおかげで、わたしは逃げだし、いまこうしてあなたと話をしているわけなの」

ガスは椅子の上で居心地が悪そうにもぞもぞした。

「コーキーがあなたとタッドにご不満みたい。あんな方法で美術品を取得するなんて大馬鹿コンビだと思ってるのね」

「なんの話だかさっぱりわからん」ガスは言ったが、説得力に欠けていた。

「コーキーは〈スカイロケット〉をほしがってるわ。差しださなかったら、あなた、切り捨てられるわよ」

「くそったれの〈スカイロケット〉なんか、おれには必要ない。上等のドローンやソフトがなくたって、レイシーが何もかも計画してくれたからな。コーキーなんかくたばりゃいいんだ」

「でも、写真がたくさん流出してるのよ。あなたとタッドが貴重な美術品を持って誰かの家から出てくる姿が写ってるやつ」わたしは急に黙りこんだ。「レイシーのいいアイディアってそれだったのね。〈アークエンジェル〉に入居した人たちがかつて住んでいた豪邸。その人たちがレイシーの勤務する病院から〈アークエンジェル〉に送られてきたのなら、レイシーは入居者の名前にアクセスできる立場にあった。その家に住人がいるかどうかをチェックするのは簡単で、無人になっていれば、あなたとタッドが忍びこんだ」

「人のことを泥棒呼ばわりするのは許さんぞ。名誉毀損で訴えてやる」

「名誉毀損が成立するのは、それが事実でない場合だけよ。ところで、ある人から聞いたんだけど、その人、あなたの姪があなたのお母さんの屋敷に入るところを見たそうよ。わたしはまだ確認に行ってないけど――ホーマン・スクエアでデューダとコーニーから受けた傷が治りきってないから。でも、ジュリアがあの屋敷にいるとすると、あなたのお母さんが家に帰れるほど元気になったのかもしれないわね」

「すると、やっぱりおふくろの居場所を知ってるんだな？」

「知らないわよ」わたしはきっぱりと嘘をついた。「そういう話を聞いたと言ってるだけ――話してくれた人は、自分が何を言ってるのか、わかっていなかったのかもしれない。そろそろ、お母さんの信託財産を管理してる弁護士にあなたから連絡をとって、新たな遺言書と新たな信託契約書にサインするようお母さんを説得するのに力を貸してもらえないか、その弁護士に頼んでみてもいいんじゃない？　お母さんの居所をあなたのほうで突き止められるのなら」

ガスはそそくさとわたしの事務所を出ていき、通りに出る前に早くも電話で話をしていた。わたしはコーキー・ラナガンに電話をかけた。

「ミズ・ウォーショースキー――お友達のライアスンがきみに関してとんでもない記事を出してくれたものだな。生のソープオペラ、警察の残虐さを訴える左翼の力強い味方というわけだ。意識高すぎのチンピラ連中は記事を歓迎するかもしれんが、ビジネス上の決定に影響を及ぼすことはたいしてないと思う」

「あらあら、コーキー、マリの記事が事実に反するっていうほのめかしでなきゃいいけど。あなたのいとこのスコット・コーニーが、わたしのときと同じ形であなたを尋問すれば、フェイクニュースかそうでないかをあなた自身で判断できるはずよ。トーク番組のホストのなかには、拷問は大学のサークルのいじめと似たようなものだと言う人もいて、もしかしたら、その意見が正しいのかもしれない。だって、どちらも人の命を奪うわけだし」

ラナガンが険悪な声になった。「こんな電話で、きみ自身の時間だけでなく、わたしの時間まで無駄にしてほしくないものだ。こちらは多忙な身でね、理論上の議論をしている暇はない」

「残念だわ。ガス・ジグラーがついさっき、ここに来たのよ。純粋に理論上の意見だけど、ガスは母親がもうじき屋敷に戻ってくると思っている。母親を説得して新たな書類にサインさせたいと願っている——これも理論上の意見よ。あの人、ひどくお金に困ってるから、〈クロンダイク〉を通じて契約がまとまるのを待ってる余裕はないみたい。シルヴィアの屋敷をさっさと売り払うか、もしく、レイシーの利口なアイディアを実行しつづけるでしょうね。でも、もちろん、それも理論上の意見に過ぎないけど」

向こうが返事をする前に、わたしのほうで電話を切った。

56　宝　島

一台のセダンが、グース島の屋敷の正面にできるだけ近づいて停止した。運転席の人物がトランクから車椅子を出すと、昔ふうの看護師のユニホームを着けた女性が降りてきて、弱々しい感じの白髪の女性をセダンから助け降ろし、車椅子へ移した。看護師が患者の乗った車椅子を押して歩道を進むあいだに、屋敷からジュリア・ジグラーが飛びだしてきた。車椅子のそばに膝を突いて老婦人の手を握り、自分の頬に押しあてた。看護師がジュリアの肩をそっと叩いて何か言うと、少女はあわてて立ち上がった。運転していた人物が車椅子の老婦人を抱き上げて屋敷に運びこんだ。ジュリアと看護師が車椅子と一緒にあとに続いた。数分すると、運転していた人物が屋敷から現れ、セダンはもと来た道を戻ってその先の世界へ出ていった。

遅い午後のことだった。四月も終わりに近づいて日は長くなり、暖かくなっていたが、川のそばはまだまだ肌寒くて、光は不安定に揺らぎ、橋の下ではとくにそうだった。誰かが一階と二階の明かりをつけていて、シルヴィア・ジグラーの寝室もそこに含まれていた。角部屋で、庭を見渡す大きな出窓がついているので、ベッドに寝たまま木々や小鳥を眺めることができる。

どっしりした枝々が新緑に包まれはじめたところだった。庭の向こうから誰かが双眼鏡で部屋をのぞいていた場合、淡い緑色の透けるような葉でその人物の視界をさえぎることはできそうもない。ジュリアがキングサイズのベッドに腰かけて女性に生き生きと話しかけ、女性は目を閉じて横になったまま、ジュリアの手を優しく叩いていた。かなりの高齢に見える。双眼鏡が老婦人の頬と額に走るしわを拡大している。目はひどく落ちくぼんでいる。記憶ケアユニットで過ごした日々のせいで、十歳以上老けこんだように見える。

看護師がトレイを持って現れ、老婦人をなだめすかして少しでも食べさせようとした。老婦人はスープを何口か飲んだが、あとは手で払いのけるしぐさをした。看護師はベッドの脇の明かりを消し、窓から見えない場所にひっこんだ。数分後、少女が部屋を出た。

屋敷は静まり返っていた。近くの橋をがたがた渡る車の騒音で、庭の物音は聞きとりにくい。眠りにつこうとするガンの群れが川岸で低く鳴いていた。庭に巣を作っているフクロウたちが、からまりあった木の根のあいだに潜りこんだ小動物を狙って狩りをしていた。怯えた小動物の悲鳴は、シルヴィアの寝室にいる者には聞こえなかった。ウェットスーツ姿の男二人が川から出て庭に忍びこんだときのバシャッという音も聞こえなかった。

約一時間後、さっきセダンが止まったのと同じ場所にSUVが停止した。五人の男が降りてきた。ふんぞりかえって歩く五人の騒々しい笑い声は、屋敷のなかの者すべてに聞こえたことだろう。玄関ドアはロックされていたが、男たちの一人が鍵を持っていた。玄関ドアをあけ、宮廷ふうのお辞儀をまねて、あとの四人を招き入れた。

男は広い居間を懐中電灯で照らし、スタンドを見つけてスイッチを入れた。「この屋敷はこのまま残しといて、新たな開発プロジェクトの中核にしてもいいんじゃないか。アシュリー・ブレスラウが二、三週間前にここに来たとき、内装を考えてたぞ。おまえも一緒にいただろ、デューダ」

「大事なことから片づけていこう、ジグラー」男の一人が言った。「あんたの母親と交渉して、このプロジェクトをいい形でスタートさせるとしよう。屋敷のなかを知ってるのはあんただ――母親のところへ案内しろ」

玄関ホールから二階へ続く大階段を、五人は乱暴な足どりでのぼっていった。二階の踊り場は正方形で、三方に手すりがある。手すりを支える小柱には、手彫りの葉と蔓の模様がついている。同じく葉の形をした壁の燭台には明かりが入っている。もっとも、雫形の電球の光は繊細なガラスの燭台には少々強すぎる。

「なんとまあ、ジグラー、すごい屋敷だな。相続人からはずされて、あんたが頭に来たのも無理はない。過ちを正しに出かけるとしよう」

男たちはぞろぞろと廊下を進み、シルヴィアの寝室まで行った。ジグラーがドアをおざなりにノックして押しあけた。

「起きろ、起きろ、おふくろ。ちょっとだけ法律の仕事をする時間だ。終わったら、おふくろの望みの場所に戻してやるからさ」

「オーガスタス?」ベッドの女性の声は震えていて、か細くて、ほとんど聞きとれなかった。「ここで何してるの? 誰に入れてもらったの?」

「おれの家だぞ、おふくろ。ジュリアは未成年者だ。あの子に鍵は必要なかったから、おれが預かることにした。明かりをつけて、新しい信託契約書にサインしてもらおう。〈クロンダイク〉の顧問弁護士が作成したものだ。完璧だってことがおふくろにもわかるだろう」ガスが身をかがめてベッド脇のスタンドをつけた。

「まず目を通さなきゃいけないけど、今夜はやめておくわ、オーガスタス。ひどく疲れてるの。テーブルに置いといて。明日の朝、見ておくから」

「われわれがここに来たのはあんたと議論するためじゃないんだ、ばあさん。サインするまで帰らないからな。いますぐサインして、さっさと終わらせよう」こう言ったのはいちばん大柄な男で、銃を手にしてベッドの裾のところに立っていた。

「銃は使うな、デューダ。人に聞かれたら困る」

「こんな見捨てられたような墓場じゃ、誰にも聞こえやしないさ」

「少女がここにいる。その子が警察を呼ぶだろう」

「コーキー、あんた自身がばあさんになりつつあるな。おれが警官だぞ。一般市民が自分の身元を明らかにしないばっかりに撃たれちまうのは、いつだって辛いことだが、そのうち乗り越えられるようになるもんだ」

「おふくろ、血と脳みそを枕にまき散らしたあんたの姿をジュリアに発見させたいのか?」ガス・ジグラーが言った。「身体を起こして書類にサインするんだ」

ベッドの女性が上掛けをはねのけ、両脚をまわすなり、オーガスタスの横隔膜に強烈な蹴りを入れた。デューダとコーニーが発砲した瞬間、女性は床にころがった。

ストロボの閃光が室内を満たし、不意に男たちの目をくらませた。揺れる光のなかにあたりの光景が次々と浮かび上がったが、ベッドの女性の姿はどこにもなかった。コーニーが銃を撃ちはじめた。枕に向かって弾丸を撃ちつくした。

「おまえのおふくろじゃなかったぞ、ジグラー。ウォーショースキーのクソ女だ。この大馬鹿野郎、のしかかるように立ってたくせに、別人だってこともわからなかったのか?

女を殺してやる」

「コーニー」わたしは叫んだ。「あなたがいま殺したのは枕よ」

急いで階段へ向かった。低く身をかがめて敵をかわしながら走った。廊下にストロボが光った。悪党どもがやみくもに撃ちまくり、次々と弾丸を浴びせてくる。階段にたどり着いたわたしは、手すりにまたがって途中の踊り場まですべり下り、手すりの外へ脚を出し、一秒ほど静止してから飛び下りた。

「着地！」と叫んだ。

上のほうでドサッと音がした。何人かが転倒する音、階段をころげ落ちる音、痛そうな悲鳴。

玄関ドアが開いた。拡声器を通して声が響いた。「こちらはシカゴ市警。武器を捨てろ。くりかえす。こちらはシカゴ市警。この家は包囲されている。武器を捨てろ」

「フィンチレー警部補」わたしは言った。「なんてうれしい驚きなの」

57 幸せな家族

ロティは激怒していた。「あんな無謀な計画にミセス・パリエンテを巻きこむなんてことがよくもできたわね！　あなた自身の命を危険にさらしただけでも問題なのに――あの人の身体がどんなに弱ってるか、あなただって知ってるでしょう？」

「ミセス・パリエンテと話をしたの？」わたしは訊いた。「計画に参加できることになって、あの人、わくわくしてたわよ。何年も前からもう、プリム祭のときにオレッキエ・ディ・アマンというクッキーを焼くことぐらいしか、まわりの人に期待されてなかったんですもの」

「しかも、あの少女まで！」ロティはわたしの言葉を無視した。「あなたは年老いた女性と未成年者を危険にさらしたのよ。しかも、あなた自身がどうやって弾丸から逃れたかというと――！」

「タイミングよ。みんなでリハーサルしたの。でも、もちろん、番狂わせの可能性は百通りぐらいあったけどね」

わたしたちがいるのはジグラー家の屋敷の居間だった。マックスがロティと一緒にやってきた。リトヴァク家の人々もかなり来ていた。レジー、ドニー、ソニア。それからブラッドとグレゴリー。マリはカメラマンを連れてきた。報道はするが、録音はしない、金儲けの材料に使うこともしない、という誓いを立てていた。ジュリアもいた。ストリーター兄弟もいた。そしてもちろん、ミスタ・コントレーラスも犬二匹を連れてやってきた。ロティと同じく怒り狂っていたが、怒りの主な原因はわたしが彼に何かの役を演じるよう頼まなかったことにあったため、ロティは老人のことを同盟者だとは思っていなかった。

「ねえ、ロティ先生、ヴィクのことそんなに怒らないで。すごかったんだから」ジュリアが言った。「ナギーはバーマン・インスティテュートでまだ治療中だけど、ミセス・パリエンテはナギーのベッドで二、三時間横になってただけなのよ。次にストリーター兄弟がやってきた。川から上がってきたの——わくわくしちゃった！　あたしが裏口から二人を入れ、二人はミセス・パリエンテを抱えて出ていった。あたしのことも連れていこうとしたけど、もちろん、あたしはこの家を離れるわけにいかなかった。ガスおじさんが家を奪おうとしてるんだもの。ちょっと危険だったけど、ヴィクがあたしを守ってくれることはわかってた。レジーおじさんがドローンのプログラムを作って、ドローンにあらゆるものを撮影させたわ。あの悪徳警官とあたしを殺しに来た男を。二人があたしたちを撃つところを。それから、ガスおじさんが言ったことはドローンに残らず録音されてる。信じられないぐらいわくわくしちゃった」

「どこで見つけてくるの？」ロティがわたしに訊いた。「あなたに劣らず非常識な行動に走ることしか考えてないような、こういうティーンエイジャーの少女たちを」

「ロティ、あなたはわたしが一生かかっても出会いそうにない大きな危険から逃れてきた人でしょ。おじいさんが二人の孫をイギリスへ逃がそうとして、あなたを四歳の弟と一緒に列車に乗せたとき、あなたは九歳だった。どうやって無事にイギリスに到着できたのか、国境でドイツの警備兵に身体検査をされたとき、どうやってとり乱さずにすんだのか、わたしにはわからない。わたしたちがやったことなんて、レイク・ショア・ドライブを車で走るより少しだけ危険なことに過ぎなかったのよ」

「それに、ナギーも似たような経験をしてきたわ」ジュリアが言った。「ハンガリー動乱のなかで立ち上がったときは、あたしと同じ年で、そのあとハンガリーを離れなきゃいけなかった。でないと、刑務所に放りこまれただろうし、殺される危険だってあったから、ロシアとハンガリーの警備兵の目を逃れる方法を工夫したそうよ。ナギーは今日、あたしを誇りに思うって言ってくれた。ガスおじさんに立ち向かい、屋敷を守ろうとするナギーのためにがんばったから」

マックスがロティの肩に手を置いて優しくさすった。「この二人の言うとおりだよ、ロットヒェン。それに、いいかい、二人はシルヴィア・ジグラーの命を救い、彼女の屋敷を救ったんだ。誰もが家でネットフリックスを見ていたら、この世に正義は存在しなくなってしまう」

ドローンが撮影した動画のコピーをレジーがすでに作ってくれていた。わたしを殺そうとするコーニー、ラナガン、デューダ。それを手伝うガス・ジグラーと、コーニーのいつもの手下ベン・ティルマン巡査。見どころのひとつは、ストリーター兄弟のトムとティムが大階段の踊り場に仕掛けておいたネットだった。わたしが「着地！」と叫ぶと同時に、ストリーター兄弟がネットをピンと張った。五人組が罠にかかった。ラナガンが片脚を、デューダが片腕を骨折。ただし、わたしたちがそれを知ったのは、二人の手当てが終わったあとのことだった。

レジーが動画のコピーをフリーマン・カーターに送り、それをフリーマンがクック郡の州検事と、イリノイ州北部方面担当の連邦検事に送った。

ラナガンがイリノイ州政府に強力なコネを持っているため、州の法執行機関は彼に手を出すのを渋った。しかしながら、わが昔の仲間ジョナサン・マイケルズの話によると、連邦検事が関心を持っているらしい。

ラナガンのいとこのコーニー警部補について言っておくと、フィンチレーに逮捕されたものだから、怒り狂っていた。彼も、あとの四人も、ジグラー家の屋敷に押し入った夜に負った怪我を強調していた。

コーニーはストリーター兄弟とわたしが警官に対する傷害罪で逮捕されるよう望んでいた。シカゴ市警友愛会のリーダーはもちろん、コーニーの味方だったが、この男とコーニーに対して寄せられた警察の権力濫用への苦情が百件を超えているため、州検事は確証のない二人の証言を受け入れるのを躊躇した。フリーマンがレジーの動画を州検事に送ったあとはなおさらだった。州検事にはラナガンを起訴する気がないのと同じく、わたしを起訴する気もなさそうだと知って、わたしは胸をなでおろした。

「しかし、動画の件が理解できないんだが」マリが言った。「というか、少なくとも、きみの〈スカイロケット〉の件が理解できん。〈スカイロケット〉が消えてしまったから、きみはとりもどそうと駆けずりまわったわけだが、たしか正常に作動しなかったはずだよな」

「屋敷にいたあの夜、〈スカイロケット〉は使わなかった」レジーが言った。「何台もの小型ドローンにプログラムを組みこんで、音声と動きを記録できるようにしたんだ。また、ドローンが閃光を発し、それで悪党どもを混乱させることができた。おれの〈スカイロケット〉はそれよりはるかに複雑だ。無事に戻ってきたから、たぶん実用化できると思う。作業にとりかかってるところだ――だが、この子の協力をあてにしている」レジーはブラッドの肩をバシッと叩いた。「ドニー、ここに金の卵がいるぞ。大事にしてやれ」

ブラッドは真っ赤になり、紐を結んでいない靴を凝視した。

58 昔の英雄行為

こういう事件は厄介なもので、事件の範疇に入らない。すっきりした解決は望めない。もちろん、迅速に解決することもない。〈アークエンジェル〉の記憶ケアユニットでシルヴィア・ジグラーだけでなくその他の患者も虐待を受けていたため、訴訟が起こされたが、裁判は今後何年も続くことになるだろう。問題点のうち、迅速に決着がついたものもいくつかあった——フリーマンが裁判所に差し止め命令を出してもらい、〈シャール・ハショマイム〉の権利書をラナガンが使えないようにした。州検事は説得を受けて、ラナガンに権利書を売却したラーマ・カラブロを詐欺容疑で起訴することにした。

ラナガンの陰険な検査によってシナゴーグの建築法違反が明らかになったものの、市のほうでは、年老いた人々がここで礼拝を続けるのを黙認することにした。そして、ロティと地元の小売店主たちの気前の良さによって、建物の修繕がおこなわれた。

また、ハッピーエンドもいくつかあった。たとえば、アシュリーとドニーの結婚生活。

ドニーがウェスト・リッジの家からアシュリーを追いだした。離婚訴訟を起こし、ブラッドと一緒に家族カウンセリングを受けはじめた。ブラッドはまた、レジーの作業場に入り浸っている。パンデミックの渦中にあり、年明けには合衆国を破壊しようとする暴挙が現実のものとなって、人々の心がすさんでしまったこの時期に、ブラッドの進歩はわたしを元気づけてくれた。

春の終わりにピーターがようやく帰国し、彼との再会がわたし自身の心身の回復を助けてくれた。

ジュリア・ジグラーが花のように成長していくのを見るのも楽しみだった。祖母がすっかり元気になって家に帰れるようになるまで、ジュリアはわたしと——そして、ミッチとペピーと——一緒に暮らした。ジュリアがわたしのところにいるあいだに、作業チームが屋敷の修復を進めた。週に一度か二度、二人で進捗状況を見に出かけ、犬を庭に放してネズミやウサギを自由に追いかけさせ、デューダとコーニーの銃撃による傷跡がちゃんと修理されていることを確認した。

ジュリアとわたしは日々のスケジュールをこなしていた——わたしは依頼人すべての仕事に没頭し、依頼人がわたしに向けるきわめて正当な苛立ちを軽くしようと努めた。ジュリアは学校の勉強に没頭し、教師たちが彼女に向けるきわめて正当な苛立ちを軽くしていた。蒸し暑いシカゴの夏がさらに暑くなるころ、二人とも金色の星をもらえたように感じた。

シルヴィア・ジグラーがバーマン・インスティテュートからついに帰宅したとき、わたしはジュリアを祖母のもとへ返すことに胸の痛みを感じた。二匹の犬と一緒に川岸の屋敷で一日を過ごして、シルヴィアが自宅に落ち着くのを手伝い、必要な食料がそろっていることを確認した。

シルヴィアは頬がふっくらして、きびきびと歩けるようになっていた。目が輝いていた。二カ月前にわたしが〈アークエンジェル〉から運びだした女性と同一人物とは、とうてい信じられなかった。

「ヴィク――そうお呼びしていいかしら。孫があなたの話ばかりしているから、ミズ・ウォーショースキーってお呼びするのはしっくり来ないのよ。気が向いたらいつでも、好きなだけ、ここにいらしてね。でも、わたしを過保護になさる必要はないのよ。あなたがわたしの命を、そして、ジュリアの命も救ってくださったことに、二人とも感謝しています。いくら感謝しても足りないぐらい。でも、大切にしてくださる必要はありません」

「誰だって大切にされたいと思うものです」わたしは反論した。「わたしだって、ほかの誰にも負けないぐらいそう思っています」

シルヴィアは微笑した。「そうでしょうとも。誰だって、愛され、大切にされていると いう思いは必要だわ。でも、わたしはぞっとするほど無力な状態に置かれていたから、い まは可能なかぎり自立した人間になりたいと思っているの。ごろごろして誰かに世話をし てもらう――そんな生き方はしてこなかったし、これからもするつもりはないわ」

「ナギーがすごい英雄だったってことはヴィクも知ってるのよ。ソ連の戦車やハンガリー の秘密警察と戦ってきた人だもんね」

シルヴィアは首を横にふった。「当時のわたしはいまのおまえと同じ年で、友人たちも わたしも、自分の手で祖国に正義と自由をもたらすことができると信じていた。ずいぶん 多くの友人が亡くなった。失われた命のことを考えると、わたしは耐えられないの。あの あとで目にした世界も、以前の世界に劣らずひどいものだったから。やがて、このアメリ カに来てようやく自由を手にしたと思ったのに、またしても無力になってしまった。実の 息子が権力者にすり寄ってわたしを殺そうとしたときに、七十年ほど昔の英雄行為がなん の役に立ったというの？　わたしを突き動かした原動力は憤怒だった。息子の目論見を成 功させてなるものかという激しい怒りだった」

ジュリアが驚愕の表情で祖母からわたしに視線を移した。「ナギー、お願いだから、そ んな言い方しないで。ねっ！」

わたしはジュリアの肩に腕をまわした。「ミズ・ジグラー、いまはきびしい時期です。わたしたちみんなが忍耐の限界まで来ています。でも、あなたの勇気が、あなたの生き方が、その限界を乗り越える力をジュリアとわたしに与えてくれました。

若かったわたしが公選弁護士としてスタートしたころ、わたしの胸にはあなたと同じ情熱が、そして、自分の手で周囲の世界に正義をもたらすことができるという信念がありました。いくらがんばっても、ときには人ひとりを救うのが精いっぱいであることを、辛い経験から学びました。でも、人ひとりを救えるなら、それは時間の浪費ではなく、敗北でもありません。あなたを救おうとするなかで、わたしたちはジュリアも救いました。ジュリアはきっと、すばらしい偉業と勇気でそれに報いてくれるでしょう」

ジュリアのほっそりした肩から緊張がいくらか消えた。「あなたも英雄だったわ、ヴィク。キモい顔したあの悪党どもを撃退したんだもん。ナギーが戦車を撃退したのと同じぐらい大変なことよ」

シルヴィアが孫娘を抱きよせた。「ごめんね、ジュリア。わたしは苦い感情を抑えきれなくなっていた。祖母が聞かせてくれた古い諺を忘れてたわ――ひとつの魂を殺せば、それは全世界を殺したのと同じこと。でも、ひとつの魂を救えば、それは全世界を守ったのと同じこと」

シルヴィアは笑みを浮かべ、もういっぽうの手をわたしに向かって差しだした。「あなたはわたしを救い、わたしのユルチャを救ってくれました、ヴィク。だから、あなたはふたつの全世界を守ったことになるのよ」

謝辞

わたしが本書を執筆したのはパンデミックが始まった年だった。何人かの作家仲間は世間から隔離された日々のなかで、新たな形の創作に没頭するようになった。ほかの仲間は構想を練ることも、作家としてウィットを発揮することもできなくなった。わたしは不幸なことに、第二のグループに入ってしまった。ふと気づくと、自分の思いつきと筋書きに絶えず疑問をはさみ、原稿を書いては捨てることをくりかえしていた。あなたに楽しんでもらい、たとえ数時間でも悩みを忘れてもらえる要素が、本書のなかにあるよう願っている。

何度も原稿を読みなおし、ストーリーが展開していくなかで登場人物と時間の流れを記録してくれた、ロレイン・ブロチュに感謝している。プロット上の問題をわたしと徹底的に話しあい、プロットを新たな形で考えるのに手を貸してくれたマーガレット・キンズマンにも感謝している。そして、とりわけ、担当編集者のエミリー・クランプとキャロリン

・メイズに感謝を。この二人はゴツゴツした原稿を小説として仕上げるのを助けてくれた。本書のもともとのアイディアはダグ・フォスターから来ている。もっとも、こちらでさまざまなひねりを加え、プロットを拡張したため、ダグはそれに気づかないかもしれない。

現代の十五歳の子たちが害虫のような連中を描写するのに使う言葉については、エラ・ローグがアドバイスしてくれた。ダッシェル・グッドはこうした子たちのクラウドの利用法についてアドバイスをくれた。

マコーミック・ブリッジハウス&シカゴ川博物館のジョシュ・コールズ館長は、シカゴ川の橋守小屋の写真を提供してくださった。パンデミックによる行動制限のため、わたし自身が博物館を見てまわることはできなかった。

ホーマン・スクエア警察署はシカゴのウェスト・サイドに実在する。噂によると、黒い箱のような建物で、ここに勾留された人々は弁護士にも家族にも連絡できないという。わたしがホーマン・スクエア署のことを初めて知ったのは、二〇一六年四月の《ガーディアン》紙の記事を読んだときだった。個人的に署を訪ねる方法がわからなかったため、建物内部の様子は完全にわたしの想像の産物である。

アクションシーンの多くが、シカゴ川に浮かぶ人工の島、グース島とその周辺でくりひろげられる。本物のシカゴっ子なら、ジグラー家の屋敷があるのはグース島ではないことに気づくだろうが、わたしは〝グース島と向かいあう形でシカゴ川に突きでている一角〟という呼び方を続けたら物語のテンポが落ちてしまうと考えた。作家の勝手な脚色をどうか見逃していただきたい。

シカゴ・アヴェニューの橋の下でおこなわれているサイコロ賭博の場には、ヴィンス・バッゲットが連れていってくれた。

わたしはいつも多くの人々に助けられている。万が一、この謝辞にあなたのお名前が漏れていたら、どうかお許しください。

訳者あとがき

〝月日のたつのは早いものだ。〟

二〇一〇年八月に刊行された、サラ・パレツキーのデビュー作『サマータイム・ブルース』の翻訳新版のあとがきに、訳者はそう書いた。早川書房から初版が出たのが一九八五年だから、その二十五年後のことだった。以後、月日はますます早く過ぎ去るようになり、気がついたら、そのときからさらに十四年もたってしまった。今回も〝月日のたつのは早いものだ〟と書きたい気分だ。原作 ***Indemnity Only*** のアメリカでの出版は一九八二年なので、パレツキーの作家生活もすでに四十二年に及ぶわけだ。

V・Iシリーズは二年にだいたい一作のペースで書き継がれていて、本書『コールド・リバー』がシリーズ長篇二十一作目にあたる。

隣人のミスタ・コントレーラスと共同で飼っている二匹のゴールデン・レトリヴァー、ペピーとミッチを連れて、V・Iが散歩に出たところ、ご機嫌斜めだったミッチがいきなり逃げだした。道路を渡り、ミシガン湖へ続く岩だらけの斜面を下りて姿を消してしまった。あわててあとを追うペピーとV・I。ようやく見つけたミッチは、湖畔の岩場に投棄されたコンクリートブロックのあいだに潜りこんでいた。V・Iが強引にミッチをひきずりだしたところ、その奥に、なんと、一人の少女が倒れていた。微弱な脈、脚の火傷。あわてて九一一に通報し、少女が救急車で搬送されるのを見届け、警察や取材陣の質問をかわしてようやく帰宅。これで一件落着だと思ってホッとしたのだが、じつは、これがV・Iを巻きこんで翻弄することになる大事件の幕開けだった。

湖畔の岩場になぜコンクリートブロックがあるのかというと、シカゴ市では高速道路やビルを解体するとき、運搬しやすいようにコンクリート材を砕き、それを湖岸へ運んで消波ブロックのかわりに使うそうだ。そうしたコンクリート材の奥に瀕死の少女が身を隠していたわけだ。

本書では冒頭から二匹のゴールデンが大活躍で、訳者などは毎回この二匹の愛らしさに癒されているが、よくよく考えてみると、本当はどちらももう高齢のはず。ペピーの初登場は一九八七年刊の*Bitter Medicine*（日本ではその翌年、『レディ・ハートブレイク』としてハヤカワ文庫から出版）で、当時三十代だったV・Iが現在はもう五十代だから、シリーズのなかの世界でも二十年近い歳月が流れたことになる。しかも、初登場のとき、ペピーはすでに成犬だった。この作品でV・Iが出会った医者が飼っていた犬だった。血統書の名前はすばらしく格調が高くて、プリンセス・シェーラザード・オヴ・デュ・ペイジ。略してペピー。こちらは親しみやすい。

ミッチはペピーの息子で、ラブラドル・レトリヴァーとのミックス犬である。初登場は一九九二年刊の *Guardian Angel*（日本では一九九六年に『ガーディアン・エンジェル』としてハヤカワ文庫から出版）。発情期を迎えたペピーが散歩の途中で脱走して妊娠してしまう。相手は近所の黒ラブ。赤ちゃんが八匹生まれ、七匹はよそへもらわれていったが、ミスタ・コントレーラスの希望でこの子だけが手元に残され、ミッチと名づけられて母犬のそばで大切に育てられた。全身金色で耳だけが黒い（見てみたい）。

二匹とも年齢を重ねているはずだが、作中で犬の年齢に言及しているところはまったくない。ミスタ・コントレーラスについては、V・Iが折に触れて「この人はもう九十代だし」とつぶやき、老人に無理をさせないよう気遣っている場面がけっこうあるが、犬についてはこの種の描写がいっさいない。今回も二匹が大活躍だが、疲れた様子はまったくなく、若いときと同じように元気に走りまわっているのを見て、訳者としてホッとしている。いつまでも年をとらずにいてほしいものだ。

ミシガン湖のほとりで幕をあけた物語は、やがて、シカゴ川のグース島へと舞台を移す。

シカゴ中心部から少し北へ行ったあたりに浮かぶ、全長二・五キロ、幅八百メートルほどの人工の島である。十九世紀後半から二十世紀にかけて工業地帯として栄えたが、その後衰退した。本書に登場するジグラー家の屋敷が建てられたのも一八八〇年代。この島が繁栄していた時代である。やがて繁栄に翳りが出はじめて、住人や企業の多くが島を離れたが、近年になって再開発が進められ、かつての工業地帯が住宅や高層ビルに変わってきている。本書の背景となっているのが、そうした現象である。

弱き者たちを助けるために身体を張って悪と対決するV・Iのまわりには、頼もしき相棒としてV・Iに協力するマリ・ライアスン、手厳しい意見をぶつけながらも陰で力になってくれるロティとマックス、体力の衰えを少しだけ自覚しはじめたミスタ・コントレーラスなどのシリーズ初期からのレギュラー陣に加えて、恋人の考古学者ピーター・サンセンや、比較的新しくレギュラーとなったピッツェッロ部長刑事などがいて、彼女を支えてくれる。悪徳警官に警察署へ連行されたり、シカゴ川に飛びこんで必死に泳いだり、何かと大変なV・Iではあるが、けっして孤独ではない。

以前はマリと喧嘩をしたり、ロティを怒らせてしまったり、けっこういろいろあったが、ここ何作かはそういうこともなくなっている。V・I自身、年をとって多少丸くなってきたのかもしれない。

パレツキーの次の作品は*Pay Dirt*。二〇二四年五月にアメリカで出版の予定で、V・Iはシカゴを離れてふたたびカンザスへ出かけるようだ。さて、今度はどんな活躍を見せてくれるのだろう。楽しみに待つことにしよう。

二〇二四年一月

訳者略歴　同志社大学文学部英文科卒，英米文学翻訳家　訳書『ペインフル・ピアノ』パレツキー，『ポケットにライ麦を〔新訳版〕』『オリエント急行の殺人』クリスティー，『アガサ・クリスティー失踪事件』デ・グラモン（以上早川書房刊）他多数

HM=Hayakawa Mystery
SF=Science Fiction
JA=Japanese Author
NV=Novel
NF=Nonfiction
FT=Fantasy

コールド・リバー〔下〕

〈HM⑩④-33〉

二〇二四年二月十日　印刷
二〇二四年二月十五日　発行
（定価はカバーに表示してあります）

著者　サラ・パレツキー
訳者　山本（やまもと）やよい
発行者　早川浩
発行所　株式会社早川書房
郵便番号　一〇一 - 〇〇四六
東京都千代田区神田多町二ノ二
電話　〇三 - 三二五二 - 三一一一
振替　〇〇一六〇 - 三 - 四七七九九
https://www.hayakawa-online.co.jp

乱丁・落丁本は小社制作部宛お送り下さい。送料小社負担にてお取りかえいたします。

印刷・三松堂株式会社　製本・株式会社フォーネット社
Printed and bound in Japan
ISBN978-4-15-075383-2 C0197

本書は活字が大きく読みやすい〈トールサイズ〉です。